LUZIFER'S FLUCH

PAKT MIT DEM TEUFEL, BUCH 1

ELIZA RAINE

EINS

NOX

»Kann ich sonst noch etwas für dich tun?« Das Mädchen zog einen Schmollmund, dann schob sie sich langsam den Träger ihres tief ausgeschnittenen Tops über die Schulter. Mit einem übertriebenen Schwung ihrer kurvigen Hüften bewegte sie sich um meinen Schreibtisch herum auf mich zu.

»Was hast du sonst noch?«, fragte ich sie und ließ meinen Blick von ihrem vollen Dekolleté zu dem Servierwagen schweifen, den sie in mein Büro geschoben hatte.

Ihre Zunge schoss aus ihrem Mund und sie leckte sich in einer anzüglichen Geste über ihre Lippen.

»Was immer du möchtest, mein Hübscher.« Sie lächelte und schob ihre manikürten Finger in ihr Oberteil. Für einen Moment sah ich die weiche Haut ihrer Brust aufblitzen und das dunkle Rosa einer Brustwarze wurde kurz sichtbar.

Sie verschwendete ihre Zeit mit mir.

. . .

Gefallene Engel waren mächtig und ich war der Mächtigste von ihnen. Aber das bedeutete nichts im Angesicht eines Gottes. Und ich war verflucht worden. Und zwar von dem am meist gefürchteten Gott von allen. Als Teil meiner Strafe hatte Exanimus mir die Fähigkeit genommen, körperlich auf Erregung zu reagieren. Er war jedoch so freundlich gewesen, mir mein Verlangen zu lassen, und je länger ich nicht in der Lage war, selbst ein kleines bisschen Erlösung zu erfahren, desto mehr baute sich meine Lust in mir auf.

Es war Folter.

Ich nahm die Augen nicht von der lüsternen Frau, die jetzt näher an mich herantrat. Den Fluch hatte ich mir selbst zuzuschreiben. Und jetzt hatte ich keine andere Wahl, als ihn zu ertragen.

ZWEI

BETH

»Oh Gott, oh Gott, oh Gott, es tut mir so leid.«
Ich ließ mich auf die Knie fallen und meine Wangen brannten so heiß, dass ich halb erwartete, sie würden in Flammen aufgehen. Auf allen vieren begann ich die Papiere aufzuheben, die mir aus den Händen gefallen waren.

Das würde mich lehren, nicht zu klopfen.

Ich konnte nicht anders, als von den Papieren aufzublicken und zum Schreibtisch meines Chefs hinüberzuschauen. Die Frau in seinem Büro hatte langes blondes Haar, das ihr über den Rücken fiel und versuchte nicht einmal die Tatsache zu verbergen, dass ihr Spaghettiträger-Top heruntergezogen war und sie definitiv keinen BH trug. Als ich meinen Blick von ihren Brüsten abwandte, begann sie betont langsam ihr Oberteil wieder hochzuziehen, und ich konzentrierte mich auf meinen Chef, Mr. Nox.

Sein Gesichtsausdruck war fast schadenfroh und ein

räuberischer Hunger lag in seinen hellblauen Augen, der mich zusammenzucken ließ.

»Kann ich dir helfen?« Seine tiefe Stimme hatte einen irischen Einschlag und obwohl meine Wangen brannten, wurden sie jetzt noch heißer.

»Es tut mir so leid, Sir. Ich wusste nicht, dass Sie heute hier sind.« Meine Worte waren ein Flüstern, als hätte ich ein Meeting unterbrochen und ihn nicht mit einer halbnackten Dame in seinem Büro erwischt.

»Nun, hier bin ich.« Er deutete auf die Frau, die sich gerade das erbärmliche bisschen Stoff über ihren nackten Arm schob. Sie hielt ihren Blick auf Mr. Nox gerichtet und sah mich nicht ein einziges Mal an. »Ich bin im Moment ein wenig beschäftigt. Du kannst die Papiere dort liegen lassen, wenn du willst.«

»Auf dem Boden?«

»Es sei denn, du möchtest sie hierherbringen?« Seine Augen funkelten verrucht und seine vollen Lippen zuckten verführerisch. Ich schüttelte den Kopf, ließ die Akten, die ich gerade wieder aufgelesen hatte, fallen und verließ den Raum so schnell wie meine flachen Schuhe mich trugen.

»Danke, Beth«, tönte seine Stimme hinter mir her, als die Milchglastür zu schwang.

»Verdammt!«, murmelte ich wütend und ging schnell zum Fahrstuhl. Hätte das noch peinlicher werden können? Als ich mich zum hundertsten Mal dafür züchtigte, nicht angeklopft zu haben, brach eine kleine Stimme der Empörung durch meine Scham. Wenn sich jemand unangemessen verhalten hatte, dann war er es gewesen. Ich meine, Türen haben nicht ohne Grund

Schlösser. Wenn er Frauen in seinem Büro ausziehen wollte, sollte er die Tür abschließen.

Das Bild seiner gemeißelten Wangen, seines dichten, dunklen Haares und seiner hellen, hungrigen blauen Augen erfüllte meinen Geist.

Er kannte meinen Namen. Die Erkenntnis traf mich, als das Piepen des Aufzugs ertönte und die Türen sich lautlos öffneten. Mr. Nox, der Chef der Firma LMS Financial Services, kannte meinen Namen. Aber wie konnte das sein? Er war der millionenschwere Besitzer und ich war nur eine bescheidene Finanzanalystin.

Oh Gott, warum hatte ich nur zugestimmt, für Anna einzuspringen? Sie war diejenige, die normalerweise Berichte in die oberste Etage brachte. Das Date, für das sie sich während ihrer Mittagspause verabredet hatte, war besser gelaufen als erhofft und sie war nicht rechtzeitig zurückgekehrt, um die Akten zum Chef zu bringen und so hatte ich zugestimmt, sie zu vertreten. Jetzt wünschte ich, ich hätte es nicht getan.

Ich suchte Annas Schreibtisch auf, sobald ich wieder im neunten Stockwerk war. Der neunte Stock war der Stock, in den Leute wie ich gehörten, in dem hoch aufragenden Londoner Wolkenkratzer, der LMS Financial Services beherbergte. Sie war nicht da. Ich eilte zurück zu meinem eigenen Schreibtisch, holte mein Handy heraus und schrieb ihr schnell eine SMS.

· · ·

Anna, ich bin ohne zu klopfen in sein Büro gegangen und er hatte ein Mädchen da drin! Du bist mir was schuldig. Was, wenn ich meinen Job verliere?

Einen Moment später piepste mein Handy und eine Antwort erschien auf dem Bildschirm.

Hahaha, OOPS! Er wird dich schon nicht entlassen. War er nackt?

Ich schüttelte den Kopf und legte das Handy zurück in die Schublade. Was, wenn ich ihn nackt gesehen hätte? Ich hatte ihn bisher nur in einem Anzug gesehen, aber... Meine Vorstellungskraft tat sofort das Nötige, um mir Mr. Nox ohne seinen perfekt geschnittenen Anzug vorzustellen. Gebräunte, straffe Haut über definierten Bauchmuskeln, starke, breite Schultern, das V seiner Taille, das nach unten führt...

Oh Gott. Mir meinen Chef nackt vorzustellen war vollkommen unangebracht. *Reiß dich zusammen, Beth,* sagte ich mir und schüttelte erneut den Kopf in der Hoffnung, dass das Bild verschwinden würde.

Das tat es aber nicht.

Ich versuchte, mich auf die zwei bedeutenden Marktanalysen zu konzentrieren, die ich an dem Nachmittag fertigstellen musste. Jedes Mal, wenn das Aufzugpiepen ertönte, schaute ich auf und fürchtete, dass mein Chef sich nähern könnte. Aber gnädigerweise kam Mr. Nox nicht.

Auch das Mädchen, das in seinem Büro gewesen war, sah ich nicht. Irgendwie beneidete ich sie um ihr Selbstbewusstsein. Ich meine, ich mochte Sex schon, aber ich konnte mir nicht vorstellen, den Mut zu haben, es hinter unverschlossenen Türen mit meinem Freund in einem Bürogebäude zu treiben.

Bei dem Gedanken an meinen Freund Alex stöhnte ich auf. Ein unangenehmes Gefühl machte sich in meinem Magen breit; dieses Gefühl, das ich bekam, wenn ich mich wirklich nicht mit etwas beschäftigen wollte, es aber nicht vermeiden konnte. Ich wusste, worauf das Gespräch, das wir an diesem Abend führen mussten, hinauslaufen würde. Aber ich konnte es nicht weiter aufschieben.

Mein Handy vibrierte in der Schublade und ich zog es heraus, dankbar für die Ablenkung.

Beth, ich werde heute nicht mehr ins Büro kommen können. Könntest du bitte die Bilanzen nach oben bringen, bevor du gehst? Du hast was gut bei mir.

»Anna!« Ich rief ihren Namen laut aus, was mir einen bösen Blick von Rupert vom Schreibtisch gegenüber einbrachte.

Mein Gesicht begann zu glühen, wenn ich nur daran dachte, wieder nach oben zu gehen und dieses hinreißende Gesicht wiederzusehen. *Er kannte meinen Namen.* Die Tatsache blitzte in meinem Kopf auf und mit einem tiefen Atemzug schloss ich die Augen.

Ich war ein Profi. Ich hatte zwei Jahre lang für Mr. Nox gearbeitet und ich würde hier Karriere machen. Irgendwann jedenfalls. Ich hatte nicht vor, das jetzt zu versauen. Ich würde es ja wohl schaffen, einen verdammten Bericht zu ihm zu bringen.

Als ich mich zum zweiten Mal dem Büro von Mr. Nox näherte, legte ich Wert darauf, so laut wie möglich an die Scheibe zu klopfen, ohne mir die Knöchel zu verletzen. Als er keine Antwort gab, rief ich laut: »Mr. Nox? Ich habe hier die Bilanzen für Sie.«

Immer noch keine Antwort.

Nervös blickte ich auf die Papiere in meiner Hand hinunter. Warum zum Teufel konnte er keine E-Mail benutzen, wie der Rest der Welt?

Ich klopfte erneut und rief laut: »Hallo? Darf ich reinkommen?« Als ich mir sicher war, dass sich niemand in dem Büro befand, stieß ich die Tür vorsichtig auf und spähte hinein.

Es war niemand drin. Mit einem erleichterten Seufzer schritt ich in den Raum und ging auf den Schreibtisch zu. Es war riesig, aus Mahagoni gefertigt, und sah vollkommen fehl am Platz aus in diesem ultramodernen Eckbüro. Zwei der Wände waren vom Boden bis zur Decke verglast, was mir einen unglaublichen Blick auf die Abenddämmerung über der Skyline von

London City ermöglichte. Ich nahm mir einen Moment Zeit, die beeindruckende Aussicht zu bewundern, bevor ich den Bericht auf den perfekt aufgeräumten Schreibtisch legte. Die Papiere waren ordentlich gestapelt, ein Mont Blanc Stift stand gerade in einem schicken Ständer und ein Brieföffner in Form eines winzigen Dolches lag in der Mitte des polierten Holzes.

Hatten sie Sex auf diesem Schreibtisch gehabt, nachdem ich gegangen war? Ein seltsames Gefühl regte sich hinter meinem Bauchnabel, als ich mich wieder an Mr. Nox hungriges Gesicht erinnerte. Wie würde es sich wohl anfühlen, mit einem solchen Mann zu schlafen?

Ich räusperte mich und schimpfte mit mir, meine Gedanken wieder in diese Richtung abgleiten zu lassen. Ich musste damit aufhören, an so einen Schweinskram zu denken.

Entschlossen drehte ich mich um, um den Raum zu verlassen und erblickte etwas auf dem Boden, das direkt hinter dem Schreibtisch lag. *Haar.* Goldenes Haar.

Ich erstarrte und mein Puls beschleunigte sich.

Ein Gefühl, dass etwas ganz und gar nicht mit rechten Dingen vor sich ging, überkam mich, als ich einen zögernden Schritt näher herantrat.

Galle stieg in meiner Kehle auf, als ich das Ende des Schreibtisches erreichte und der Körper, der auf dem Boden hinter dem Schreibtisch lag, in mein Blickfeld trat.

Es war die Frau, das zuvor hier gewesen war. Und sie war tot.

»Sagen Sie, kennen Sie das Opfer?«

Die Stimme der Polizistin verklang im Nichts, als die Tür des Büros aufschwang und Mr. Nox hereinkam. Mein Kopf schoss hoch. Ich saß auf dem Plüschteppich mit dem Kopf zwischen den Knien und versuchte mich darauf zu konzentrieren, tief durchzuatmen. Mein Magen krampfte sich zusammen.

Ich hatte mich bisher nicht für schwach oder zimperlich gehalten, aber einer jungen Frau mit eingeschlagenem Kopf zu sehen, hatte mich umgehauen. Der Anblick all des Blutes, der Schock der Entdeckung und die Angst, dass mein eigener Chef ein Mörder war, hatten mich an den Rande eines Zusammenbruchs gebracht.

Auch die beiden uniformierten Polizisten und die drei weiß gekleideten Mediziner hielten inne und sahen zu dem berühmten Geschäftsmann auf.

»Mr. Nox«, sagte die Polizistin, die mit mir gesprochen hatte. »Ich bin Inspektor Singh. Kennen Sie diese Frau?«

Sie deutete unverblümt zur Leiche und ich hielt mich davon ab, ihrer Bewegung zu folgen und sie mir noch einmal anzusehen.

»Ja. Sie heißt Sarah Thornton. Sie liefert zur Mittagszeit Sandwiches in dieses Gebäude. Ich glaube, die Firma, für die sie arbeitet, heißt *Susie's Sandwiches*. Ich werde nachsehen.«

Eine neue Welle von Galle stieg in meiner Kehle auf, als ich seine Worte verarbeitete. Ich hatte ihr Gesicht nicht gesehen, als sie vorhin Mr. Nox angestarrt hatte und jetzt, mit ihrem auf einer Seite eingedrückten Kopf, war es noch schwieriger, sie zu erkennen. Aber er hatte recht. Sie war die Sandwich-Dame.

»Wann haben Sie sie zuletzt gesehen?«, fragte Inspektor Singh Mr. Nox. Sein Blick huschte zu mir hinunter, dann zurück zu Inspektorin.

»Muss Miss Abbott noch lange hierbleiben? Sie sieht ziemlich grün im Gesicht aus.« Inspektor Singh sah zu mir hinüber.

»Nein, wahrscheinlich nicht. Ich denke, wir haben alles, was wir für den Moment brauchen.« Sie reichte mir eine Visitenkarte. »Wenn Ihnen noch etwas einfällt, rufen Sie mich bitte an. Geben Sie dem Beamten an der Tür Ihre Adresse und Telefonnummer, wenn Sie rausgehen.«

»Ich habe ihre Adresse und Telefonnummer«, mischte sich Mr. Nox ein. Sein durchdringender Blick richtete sich auf mich und mein Herz hämmerte in meiner Brust. Wollte er damit etwas sagen? Oder schlimmer, war es eine Drohung?

»Gut«, sagte die Inspektorin. »Sie können gehen, Miss

Abbott.« Ich stand langsam auf. »Danke für Ihre Hilfe und es tut mir leid, dass Sie in etwas so Unangenehmes verwickelt wurden«, fügte sie sanfter hinzu. Ich schenkte ihr ein schwaches Lächeln.

»Werden Sie es schaffen, nach Hause zu kommen, Miss Abbott?« Mr. Nox irischer Akzent ließ seine Worte besonders sanft klingen, aber ich vermied es, ihn anzusehen und schüttelte schnell den Kopf.

»Ich komme schon klar«, murmelte ich und schob mich durch die Glastür, um mich von dem Geruch von Blut zu entfernen. Und möglicherweise von einem Mörder.

Ich brauchte fünfzig Minuten, um nach Hause zu kommen und die meiste Zeit davon, um mit dem Zittern aufzuhören. Ich war mir nicht sicher, dass Mr. Nox das Mädchen getötet hatte. Er hatte nicht so ausgesehen, als würde er ihr den Schädel einschlagen wollen, als ich sie zusammen gesehen hatte.

Wenn ich logisch darüber nachdachte, während ich zwischen den vielen anderen Pendlern auf dem Weg nach Westen in der Londoner U-Bahn eingeklemmt war, machte es immer weniger Sinn, dass er sie getötet haben sollte. Warum sollte ein so reicher Mann die Drecksarbeit selbst machen und das noch in seinem eigenen Büro? Das war nicht klug. Und es ist unwahrscheinlich, dass seine Worte vor all den Polizisten eine Drohung gewesen waren.

·   ·   ·

Als ich den Bahnhof von Wimbledon erreichte, war ich dankbar, aus dem überfüllten Zug auszusteigen und in die kühle Luft zu kommen. Der Fußmarsch zu meiner Wohnung half mir, meine Nerven zu beruhigen. Die Distanz, die ich zwischen mich und das arme Mädchen gebracht hatte, half unermesslich. Als ich jedoch meine Wohnungstür erreichte, drehte sich mein Magen wieder um. Ich musste immer noch mit Alex reden.

»Hörst du mir überhaupt zu?« Alex blickte zu mir auf und riss seine Augen von dem Fernsehbildschirm los, auf dem sein Computer-Avatar in einem Kriegsgebiet herumlief, während Schreie und Schüsse aus den billigen Lautsprechern des Fernsehers tönten.

»Natürlich, Süße.«

»Was habe ich dann gerade gesagt?« Er würde mir nicht antworten können. Alex war kein schlechter Kerl, aber er war auch kein besonders guter Kerl. Er war regelrecht faul. Ich hatte das gewusst, als ich zugestimmt hatte, ihn bei mir einziehen zu lassen, als er aus seiner WG rausgeflogen war, aber ich hatte nicht geahnt, dass er sich weigern würde, sich einen Job zu suchen und überhaupt Miete zu zahlen.

»Irgendwas mit deinem Boss«, sagte Alex und hämmerte auf die Tasten seines PlayStation-Controllers ein.

»Ich habe eine Leiche in seinem verdammten Büro gefunden!« Alex sah mich wieder mit großen Augen an.

»Eine Leiche? Eine echte Leiche?«

»Ja. Und ich kannte die Frau. Sozusagen. Sie hat uns jeden Tag das Mittagessen ins Büro gebracht.«

Der Blick in Alex Augen flackerte interessiert auf, bevor er sich wieder auf den Fernsehbildschirm konzentrierte. »Wie ist sie gestorben?«

»Sie wurde umgebracht.« Ich wollte nicht laut sagen, dass sie eindeutig mit etwas Schwerem auf den Kopf geschlagen worden war. Mehr als einmal. Mir wurde wieder schlecht.

»Scheiße«, sagte Alex und tippte weiter auf den Tasten des Controllers herum.

»Ist das alles, was du dazuzusagen hast? Ich habe eine Leiche gefunden und selbst das bringt dich nicht dazu, mit dem Videospielen aufzuhören?«

»Sorry, Süße. Brauchst du eine Umarmung?«

»Alex, ich brauche mehr als eine verdammte Umarmung« Der Tonfall meiner Stimme musste sich geändert haben, denn Alex drehte sich komplett zu mir herum und sah mich an. Ich holte tief Luft. Ich wollte ihm nicht die Frage stellen, die ich stellen musste. Ich wusste bereits, wie die Antwort lauten würde. Vor Schreck wurde meine Brust eng. »Hast du heute Morgen Geld aus meinem Portemonnaie genommen?« Alex zuckte mit den Schultern.

»Ich habe mir einen Zwanziger genommen, ja.« Mein Magen krampfte sich zusammen.

»Warum, Alex? Wir hatten doch vereinbart, dass du mich fragst, wenn du Geld brauchst.«

Alex warf den Controller auf das Kissen neben sich und stand auf. Er trug eine graue Jogginghose und ein enges blaues T-Shirt und seine rotbraunen Haare waren zu lang und fielen ihm in Locken über die Ohren. Er war umwerfend und das, kombiniert mit einem großartigen Sinn für Humor, war genug gewesen, um mich zu fesseln. Ich war so dumm gewesen.

»Mein Gott, du klingst wie meine Mutter, nicht wie meine Freundin.«

»Wenn du dich nicht wie ein Kind benehmen würdest, dann würde ich nicht wie deine Mutter klingen.«

»Du kanntest meine Lebensumstände, als du dich mit mir eingelassen hast«, sagte er und der Ton seiner Stimme war hart.

»Ich wusste, dass du pleite bist, ja. Aber ich wusste nicht, dass du dich an meinem Geldbeutel bedienen würdest!« Ich verschränkte meine Arme und holte noch einmal tief Luft. Ich wusste, wohin dieses Gespräch führen würde und zwar an einen Ort, an dem ich nicht sein wollte.

»Was geht es mich an, dass du Schulden hast? Ich will einfach nur ein gutes Leben.« Seine Worte durchbrachen meine Entschlossenheit, ruhig zu bleiben und Wut wallte in meinem Bauch auf.

»Ist das dein Ernst? Ich habe dich umsonst hier wohnen lassen. Du hast nicht einmal einen Job! Ich reiße mir jeden Tag den Arsch auf und bezahle für alles!«

»Gott, du bist so verklemmt. Entspann dich einfach, ja?«

»Ich habe es dir doch schon gesagt, Alex, du kannst nicht einfach den ganzen Tag rumsitzen, dich weigern zu arbeiten und mich beklauen!«

»Scheiße«, murmelte Alex und kramte seinen Kapuzenpulli zwischen den Couchkissen hervor. »Ich gehe ein bisschen raus, damit du dich beruhigen kannst.«

»Alex, ich will, dass du ausziehst.« Eine Träne entkam meinem linken Auge und lief mir die Wange hinunter.

»Nein, nein, Süße. Du bist nur gerade ein bissen sauer.« Sein Verhalten änderte sich augenblicklich, er ließ den Kapuzenpulli fallen und bewegte sich um die Couch herum auf mich zu, seine großen braunen Augen sahen mich flehend an.

»Ich bin schon seit Monaten sauer, Alex. Und ich habe dir gesagt, wenn du noch einmal Geld aus meiner Tasche nimmst, ist es vorbei. Ich habe das ernst gemeint.« Alex hielt inne.

»Gib mir noch eine Chance.«

»Nein.«

»Aber ich liebe dich.«

»Warum hast du mich dann nicht nach dem Geld gefragt?«

»Übertreib doch nicht, es ist nur ein Zwanziger...«

Ich unterbrach ihn und erhob wieder meine Stimme: »Darum geht es nicht! Es geht darum, dass du etwas tust, worum ich dich gebeten habe, es nicht zu tun! Ich habe dir gesagt, wie wichtig es für mich ist!« Alex Gesichtsausdruck verhärtete sich, als ich fortfuhr. »Ich habe dir gesagt, wenn du es noch einmal tust, ist es aus mit uns und du hast es versprochen. Du hast es mir versprochen.« Meine Stimme brach.

»Du glaubst echt du bist etwas Besseres.« Der Tonfall in seiner Stimme überraschte mich. Alex hatte noch nie so mit mir gesprochen. »Weißt du was? Ich will sowieso nicht hier sein. Es ist langweilig hier. Du bist langweilig.«

»Verschwinde. Nimm deine Sachen und geh.«

»Das habe ich vor.« Sein sonst so warmer Gesichtsausdruck war kalt und in seiner Stimme lag ein grausamer Tonfall, den ich noch nie gehört hatte. »Und wenn ich weg bin, kannst du wieder in deinem beschissenen, langweiligen Büro arbeiten, mit deiner beschissenen, langweiligen, fünfundsiebzigjährigen besten Freundin rumhängen und die beschissenste, langweiligste Frau sein, die ich je getroffen habe. Und fürs Protokoll? Du bist auch beschissen und langweilig im Bett.«

Still kullerten Tränen über mein Gesicht und Wut breitete sich in meinem Inneren aus.

Ich hatte keine Ahnung gehabt, dass er so fies sein konnte. In den drei Jahren, die wir zusammen gewesen waren, war er noch nie fies gewesen.

Jeder Teil von mir wollte sich revanchieren, ihn beschimpfen, die unbezahlte Miete einfordern. Aber was würde das bringen? Ich war mit strengen Regeln aufgewachsen und ich wusste, dass ich mich mit so einem Verhalten auf sein Niveau herablassen würde, was mich meiner moralischen Überlegenheit berauben würde. Meine arme Mutter würde sich schämen, wenn ich die Fluch- und Schimpftirade loslassen würde, die sich in meinem Kopf wie ein Gewitter zusammenbraute.

»Geh. Sofort«, sagte ich stattdessen.

»Ach, lass gut sein, Beth, das brauchst du mir nicht noch einmal zu sagen. Ich nehme meine Sachen und dann bin ich weg.« Er drehte sich um und stapfte die Treppe hinauf.

Wut durchströmte mich in Wellen und der Drang,

ihm zu folgen und ihm etwas an den Kopf zu werfen, war so stark, dass ich es fast getan hätte.

Mit einem Knurren drehte ich mich zur Tür. Ich musste weg, sonst würde ich explodieren und meine gesamte Wut würde aus mir herausbrechen.

VIER

BETH

Alex hatte nicht übertrieben, als er sagte, meine beste Freundin sei fünfundsiebzig, aber er hatte unrecht, als er sie langweilig nannte. Ich marschierte über die Grünfläche in Richtung des Altersheims und strich mir die Tränen von den Wangen. Das Leben in London war teuer und der einzige Grund, warum ich noch hier war, war, dass die Schwester meiner Mutter mir eine Wohnung vererbt hatte. Ich hatte sie nie kennengelernt, da meine Mutter nach Amerika gezogen war, als sie noch jung war und nicht mehr nach England zurückkehrte, nachdem sie meinen Vater kennengelernt und mich bekommen hatte. Aber die Schwestern blieben in Kontakt und meine Tante Penny hatte nie eine eigene Familie gehabt. Sie starb an einem Herzinfarkt, nur zwei Monate bevor meine Eltern verschwanden und ich erbte ihre Wohnung, die komplett abbezahlt war. Es war ein Zufluchtsort gewesen, als ich vor fünf Jahren den Verlust meiner Eltern hatte akzeptieren müssen. Ein Ort, an dem ich versuchen konnte, neu anzufangen.

Ohne Alex würde ich jetzt einen weiteren Neuanfang wagen, allein. Er war vielleicht faul und anscheinend ein größerer Arsch, als mir bewusst gewesen war, aber zumindest hatte er mir Gesellschaft geleistet. Das war immerhin etwas. Ich verzog das Gesicht und versuchte, mich zusammenzureißen. Ich hatte schon lange gewusst, dass wir keine Zukunft hatten. Er liebte mich nicht. Es war an der Zeit, weiterzuziehen.

Das deprimierende Gefühl, dass selbst ein Idiot, der mich ausnutzte, besser war als nichts, beschlich mich. Eine Flutwelle von Selbstzweifeln stieg in mir auf und drohte mich zu überrollen, bis der Anblick des Vordereingangs des Lavender Oaks Altersheims meine Aufmerksamkeit erregte.

Meine zweistöckige Wohnung lag in einem kleinen Block mit drei anderen identischen Wohnungen und dieser Block war einer von sechs. Aber die anderen fünf Blöcke waren in ein privates Altersheim verwandelt worden. Das bedeutete, dass ich nach 21 Uhr keinen Lärm mehr machen durfte und dass regelmäßig verrückte alte Leute an meine Tür klopften oder kaum bekleidet auf dem Gelände herumliefen. Aber für mich machte das irgendwie den Reiz aus. Meine Erziehung war streng und förmlich gewesen und es hatte etwas unbestreitbar Befreiendes, den alten Leuten dabei zuzusehen, wie sie beschlossen, dass sie lange genug brav gewesen waren.

Und Francis war mein absoluter Favorit.

»Süße, was ist denn los?«, dröhnte ihre Stimme, als ich den großen Aufenthaltsraum von Lavender Oaks betrat.

»Ich habe Alex gesagt, dass er gehen soll«, sagte ich und warf mich in einen alten, zerfledderten Sessel neben ihr. Sie legte ihr Strickzeug in ihrem übergroßen Schoß ab und neigte ihren Kopf zur Seite. Ihre dunkle Haut war an all den Stellen faltig, die von einem Leben voller Spaß zeugten; Lachfalten umgaben ihre Augen und ihren Mund.

»Dem Himmel sei Dank.«

»Wirklich?« Ich schaute sie überrascht an.

»Er war nicht gut für dich, Süße.« Sie war Amerikanerin und ihr Akzent war deutlich den Südstaaten zuzuordnen. Der Klang beruhigte mein aufgebrachtes Herz sofort.

»Du hast vielleicht recht. Er war nicht sehr nett, als ich ihm sagte, er solle verschwinden. Ich musste gehen, bevor ich die Beherrschung verlor.«

»Arschloch.« Die Pfleger schimpften immer mit den alten Leuten, wenn sie fluchten, besonders mit Francis und sie hatten mich gebeten, das gleiche zu tun. Aber in diesem Fall fand ich, dass die Situation es rechtfertigte, also sagte ich nichts. »Was hat er denn getan, dass du ihm endlich den Laufpass gegeben hast?«

»Er hat Geld aus meinem Portemonnaie genommen«, sagte ich ihr.

»Wofür hat er es ausgegeben?«

»Von mir aus hätten es Diamanten oder Drogen sein können«, sagte ich wütend. »Es war nicht seins.«

»Ich liebe Drogen«, sagte sie. »Und Diamanten auch.« Ich warf ihr einen Blick zu und sie tätschelte mein Knie. »Tut mir leid, Süße. Er ist ein Faulpelz, der dich nur ausnutzt.«

»Genau«, sagte ich. »Jedenfalls habe ich sein wahres Gesicht gesehen, als er merkte, dass ich es ernst meinte. Er sagte, ich sei langweilig.« Francis sah mich stirnrunzelnd an.

»Ich mag ihn nicht besonders, aber Süße, das ist nicht die schlimmste Beleidigung, die ich je gehört habe. Tatsächlich bin ich schon mit viel unhöflicheren Worten beschimpft worden.«

Ich bezweifelte es nicht.

Ich senkte meine Stimme und fuhr fort, bevor sie lautstark die unhöflichen Dinge aufzählen konnte, die sie genannt worden war und uns beide in Schwierigkeiten brachte.

»Er sagte, ich sei langweilig im Bett.«

»Er hat was gesagt?«, explodierte sie. Es war nur eine weitere Bewohnerin im Aufenthaltsraum und sie schreckte vor Überraschung über Francis Ausbruch so sehr auf, dass sie ihr Puzzle vom Tisch wischte. »So ein Arschloch. Es gibt keinen guten Grund, die sexuellen Fähigkeiten einer Frau zu bewerten. Das ist hinterhältig.«

Die andere alte Dame blickte finster in unsere Richtung.

»Und wenn er recht hat?«, flüsterte ich. »Ich schätze, ich bin ziemlich langweilig. Das hat sich vielleicht auf das Schlafzimmer übertragen.« Die Flutwelle der Selbstzweifel war wieder über mir zusammengebrochen und krachte gegen die schwache Barriere meines Selbstvertrauens.

»Süße, es gibt niemanden auf der ganzen Welt, der schlecht im Bett ist. Wenn der Sex schlecht ist, bist du mit der falschen Person zusammen. So einfach ist das.«

»Ich dachte aber nicht, dass der Sex schlecht war«, murmelte ich.

Meine Wangen erhitzten sich bei dem Gesprächsthema, aber ich hatte sonst niemanden, mit dem ich über diese Art von Dingen reden konnte. Francis hatte eine urteilsfreie Einstellung zu allem, anders als die meisten meiner anderen Freunde. Und meine lang verschollenen Eltern.

»Hat er dich zum Höhepunkt gebracht?«

»Francis!«, zischte ich und jetzt brannte echte Hitze in meinem Gesicht.

»Du bist prüde, Süße, aber das bedeutet nichts. Du musst nur Zeit mit dem richtigen Mann verbringen.« Unbehaglich rutschte ich auf meinem Stuhl hin und her, schlug die Beine übereinander und wieder auseinander, um sie nicht ansehen zu müssen.

»Wenn du von meiner Mutter erzogen worden wärst, wärst du auch prüde«, sagte ich leise. Ich hatte durch die Hänseleien von Schulfreunden und gestohlenen Büchereibüchern lernen müssen, wo Babys herkamen.

»Es ist nichts Verbotenes daran, zu tun, wonach dein Körper verlangt«, sagte Francis entschlossen, beugte sich vor und tätschelte erneut mein Knie.

»Stimmt«, nickte ich. In dem Bemühen, weiterzumachen, bevor sie wieder nach Orgasmen fragte, sprach ich schnell weiter. »Ich bin weniger traurig, als ich erwartet hatte«, sagte ich. »Hauptsächlich bin ich wütend. Ich denke, ich muss tief im Inneren gewusst haben, dass diese Trennung kommen würde.«

»Wenn ich wusste, dass es kommt, dann wusstest du

es auch. Du hattest in den letzten sechs Monaten nichts Gutes über ihn zu sagen.«

»Oh. Warum hast du nichts gesagt?« Francis dunkle Augen wurden weicher und sie sah mich lange schweigend an.

»Süße, ich kann verstehen, dass du nicht alleine leben willst. Es stand mir nicht zu, dir zu sagen, dass du ihn rauswerfen sollst. Aber ich bin froh, dass du es getan hast.«

»Ich werde gut alleine leben können«, sagte ich mit einer Überheblichkeit, die ich nicht wirklich spürte. Als ich das erste Mal nach London gekommen war und Francis kennengelernt hatte, war ich immer noch dabei, den Verlust meiner Eltern zu verarbeiten und die langen Nächte allein waren schwierig gewesen. Sie hatte mich in dieser Zeit am schwächsten Punkt meines Lebens erlebt.

Aber das war vor fünf Jahren gewesen. Das Sprichwort, dass die Zeit alle Wunden heilt, war wahr. Ich konnte es schaffen. Ich musste es schaffen.

»Ich weiß, dass du das wirst. Und außerdem bin ich ja auch noch hier.« Sie strahlte mich an und ich drückte ihre Hand.

»Willst du Cribbage spielen?«, fragte ich sie.

»Sicher.«

Sie hatte mir in den letzten Jahren viele Kartenspiele beigebracht, aber ich wusste, dass Cribbage ihr Lieblingsspiel war. Es war schnell und kompetitiv und es gab ihr viele Gelegenheiten, mich zu beschimpfen.

Während wir spielten, erzählte ich ihr von meiner schrecklichen Entdeckung im Büro. Ich ließ den Teil aus, in dem ich das Mädchen mit Mr. Nox erwischte, da ich das Gespräch nicht wieder auf Sex lenken wollte.

»Du hattest einen anstrengenden Tag, Süße.« Ich nickte und deckte die Karte in der Mitte des Tisches auf. »Nun, von allen verdammten Karten, die du hättest aufdecken können...« Francis flüchtige Tirade wurde von einem Schrei unterbrochen, der durch das ruhige Gesellschaftszimmer schallte. Überrascht ließ ich meine Karten fallen und riss meinen Kopf herum, um zu sehen, woher das Geräusch kam.

Eine kleine, verhutzelte alte Dame stand in der Tür und hielt einen zitternden Arm hoch. Sie deutete auf mich.

»Du! Du verkehrst mit dem Teufel!«

»Ähm, was?«

»Ich kann ihn um dich herum sehen. Deine Aura ist schwarz!« Sie torkelte auf unseren Kartentisch zu und Francis seufzte.

»Tabitha ist neu hier und ein kleines bisschen verrückt«, flüsterte sie laut.

»Hallo, Tabitha«, sagte ich nervös, als sie uns erreichte. Sie deutete immer noch mit einer wackeligen Hand auf mich und ihre Augen waren weit aufgerissen.

»Du bist ein Teil von ihm«, krächzte sie.

»Süße, diese junge Dame hat nichts mit dem Teufel zu tun«, sagte Francis betont langsam. »Sie heißt Beth und sie ist meine Freundin.« Tabithas Augen ließen nicht von mir ab, als Francis sprach.

»Du wirst ihn retten. Du wirst ihn befreien. Du verkehrst mit dem Teufel!« Sie heulte den letzten Satz laut heraus und Francis erhob sich kopfschüttelnd von ihrem Stuhl.

»Nun komm schon, Tabitha. Lass uns Schwester Sally suchen.«

Ich blinzelte ihnen hinterher, als Francis sie zurück zur Rezeption führte. Wenn es in London jemanden gab, der mit Teufeln verkehrte, dann war das sicherlich nicht ich.

Ich wünschte Francis eine Stunde später gute Nacht und machte mich auf den Weg über die Rasenfläche zu meiner Wohnung. Es war schon eine Weile her, dass ich alleine geschlafen hatte und es an dem Tag tun zu müssen, an dem ich eine Leiche gefunden hatte, war nicht ideal.

Aber Alex war schon viel zu lange besser als nichts und ich weigerte mich, mich weiterhin so erbärmlich zu fühlen. Ich sammelte meine Entschlossenheit zusammen und versuchte, sie zu verstärken.

Er hatte gehen müssen. Ich liebte ihn nicht. Ich hatte ihn schon lange nicht mehr geliebt. Ich fühlte mich traurig, ihn nicht wiederzusehen, aber ich war nicht am Boden zerstört und als ich mich an seine grausamen, unnötigen Worte erinnerte, verwandelte sich meine Traurigkeit in Wut. Es war definitiv an der Zeit zu lernen, allein zu leben.

Als ich den Schlüssel in meiner Haustür drehte und sie aufstieß, hatte ich gehofft, Alex Schlüssel auf dem kleinen Tisch im Flur zu sehen. Vielleicht einen Zettel, auf dem er sich dafür entschuldigte, ein Arsch gewesen zu sein. Oder meine zwanzig Pfund zurück.

Aber da war nichts.

Ich seufzte. Das bedeutete, dass ich meinen Schlüssel von ihm zurückbekommen oder die Schlösser austauschen musste. Was Geld kosten würde, das ich nicht hatte.

Ich erstarrte, als ich das Wohnzimmer betrat.

Alex war definitiv weg. Und mein Fernseher auch.

Meine Kinnlade fiel leicht herunter, als ich in die Küche ging. Die Mikrowelle war verschwunden.

»Er würde doch nicht...« Ungläubig gefroren die Worte auf meinen Lippen, während ich mich durch den Rest meiner Wohnung arbeitete. Alles, was mehr als fünfzig Pfund wert war, war weg. Er hatte sogar meinen Föhn mitgenommen.

Gott sei Dank hatte er die halbe Flasche Weißwein, die noch im Kühlschrank stand, dagelassen. Ich schüttete das meiste davon in ein Glas und setzte mich auf die Couch.

Abgesehen von den Geräten gab es wenig Wertvolles in der Wohnung. Zum Glück hatte ich meinen Laptop auf der Arbeit gelassen und der Schmuck meiner Mutter und meine anderen Wertsachen waren im Bankschließfach. Aber was zum Teufel sollte ich ohne meine Elektrogeräte machen?

Obwohl meine Schulden im letzten Jahr nicht gewachsen waren, waren sie auch nicht geschrumpft. Ich konnte keinen Kredit bekommen, um alle meine Sachen zu ersetzen. Ich würde die Polizei anrufen müssen. Der

Gedanke an die Polizei ließ mich an dieses schreckliche Büro denken, an das Blut und die Leiche.

Ich nahm einen weiteren Schluck des Weins. Wie hatte ich nicht wissen können, was für ein totaler Idiot Alex sein konnte? Ich hatte mit ihm zusammengelebt, um Himmels willen und ich hatte keine Ahnung, was für ein Arschloch er war.

Was für ein wirklich beschissener Montag.

FÜNF

Als ich mich am nächsten Tag meinem Bürogebäude näherte, stieg die Angst in mir auf und der Bagel, den ich am Morgen gegessen hatte, drehte sich mir im Magen um. Das Gebäude, in dem meine Firma ansässig war, war eines der beeindruckendsten Bauten in der Stadt. Es lag mitten im Finanzdistrikt und hatte die Form eines riesigen, quadratischen Mikrofons, überzogen mit glänzendem, reflektierendem Glas. Es hatte den Spitznamen *Walkie-Talkie* erhalten. Als es erbaut wurde, glänzte es so hell, dass die reflektierten Sonnenstrahlen einen Teil eines Autos zum Schmelzen brachten und es musste eine Folie angebracht werden, um die Strahlen zu lindern.

Auch Touristen konnten das Gebäude besichtigen und ein weitläufiger und üppiger *Himmelgarten*, der sich auf der Spitze befand, lockte täglich hunderte von Besuchern an. Ich war noch nie dort oben gewesen. Das Ticket kostete dreißig Pfund und soweit ich wusste, gab es für das Personal keine Ermäßigung. Dreißig Pfund entsprachen dem Lebensmittelbudget von zwei Wochen. Ich konnte es nicht für den Besuch eines Dachgartens ausgeben.

Die Gehälter in der Stadt waren gut, sogar auf meinem niedrigen Karriereniveau und wenn da nicht die Schulden gewesen wären, die ich auf der Suche nach meinen Eltern angehäuft hatte, hätte ich gut leben können.

Meine Wohnung war abbezahlt und meine einzige andere große Ausgabe war mein Bahnticket. Ich lächelte den Sicherheitsbeamten an, als ich durch die glänzenden Pforten schritt und warf dann einen sehnsüchtigen Blick auf den schicken Kaffeeverkäufer direkt vor dem Haupteingang. Ich hatte meinen eigenen Instantkaffee in meiner Schreibtischschublade. Eine Billigmarke aus dem Lebensmittelladen. Er schmeckte ein wenig nach alten Keksen und roch auch nicht viel besser, aber er war billig und enthielt Koffein. Ich würde damit leben müssen.

Als der Aufzug anstieg, bemerkte ich, dass die Frau, die zur gleichen Zeit wie ich eingestiegen war, mir immer wieder Seitenblicke zuzuwerfen schien. Meine Besorgnis wuchs. Was, wenn alle schon wussten, was in Mr. Nox Büro passiert war? Was, wenn sie mir Fragen stellten? Ich wollte nicht eine einzige Sekunde der gestrigen schrecklichen Entdeckung ein weiteres Mal durchleben.

Auf meinem Schreibtisch lag ein Zettel, als ich ihn erreichte.

Bitte Mr. Nox aufsuchen, sobald Sie das lesen.

Mir wurde schlecht.

»Beth! Oh mein Gott, ich kann es nicht glauben!«, quietschte Anna halb, als sie von ihrem Stuhl ein paar

Tische weiter aufsprang und auf ihren scharlachroten Absätzen zu mir hinüber torkelte. Sich gut zu kleiden war Pflicht, wenn man in einem Londoner Büro wie diesem arbeitete. Was meine Kollegen vielleicht ahnten, aber nicht sicher wussten, war, dass ich all meine schönen Kleider gebraucht auf eBay kaufte.

Alle Mitarbeiter drehten sich zu mir um, als sie mich erreichte und ich verfluchte innerlich die offene Bauweise des Büros.

»Ja. Verrückt, oder?«, murmelte ich unbeholfen.

»Das ist ja wohl eine Untertreibung! Ein Mord, in unserem Büro! Ich meine, wer hätte das gedacht?« Sie senkte ihre Stimme, aber sie sprach immer noch laut genug, dass jeder sie hören konnte. »War da eine Menge Blut?«

Ich ballte die Notiz in meiner Faust zusammen und winkte ab.

»Ich muss los«, sagte ich und ließ meine Handtasche auf meinen Stuhl fallen, bevor ich direkt wieder zurück zum Aufzug lief.

Heute würde ein langer Tag werden.

Inspektor Singh stand in der eleganten Eingangshalle zur Chefetage und ihre dunklen Augen weiteten sich erst und verengten sich dann, als sie mich aus dem Lift heraustreten sah.

»Miss Abbott, ich war gerade auf dem Weg zu Ihnen.« Mein Herz setzte einen Schlag aus.

»Wirklich? Warum?«

»Bitte kommen Sie durch.« Als wir das Büro von Mr.

Nox erreichten, zögerte ich, unwillig, den Raum zu betreten.

»Können wir das nicht woanders besprechen?« Die Inspektorin warf mir einen Blick zu und nickte dann. Wir machten uns auf den Weg zu einem anderen Büro ein paar Türen weiter, einem großen Konferenzraum mit einem länglichen Tisch und etwa fünfzehn Stühlen darum. Ich wählte wahllos einen aus und setzte mich. Mein Herz hämmerte. Ich war mir sicher, dass sie nur einige routinemäßige Fragen haben würde, aber von der Polizei befragt zu werden, war immer nervenaufreibend.

Kaum hatte mein Hintern das Leder berührt, schwang die Tür wieder auf und mein Herz machte einen weiteren Purzelbaum, als Mr. Nox hereinkam.

»Ich möchte, dass meine Mitarbeiter Beistand an ihrer Seite haben«, sagte er sanft. Ich musterte ihn schnell, betrachtete seinen dunkelblauen Anzug, seine perfekt gestutzten Stoppeln und sein gutaussehendes Gesicht.

Warum zum Teufel war er hier? Um sicher zu gehen, dass ich nichts sagte? Seine hellen Augen trafen auf meine und ich sah schnell weg.

»Gut, wenn das für Sie in Ordnung ist, Miss Abbott?«, fragte Inspektor Singh.

Ich nickte stumm. Ich hatte ganz sicher nicht vor, mich mit ihm zu streiten.

Mein mich immens einschüchternder Chef zog einen Stuhl hervor, drei Plätze neben meinem.

Inspektor Singh begann: »Miss Abbott-« Ich schnitt ihr das Wort ab.

»Nennen Sie mich bitte Beth« Ihre Förmlichkeit machte mich nur noch nervöser.

»Beth, kanntest du Sarah Thornton?« Das Bild des eingeschlagenen Kopfes der Frau erfüllte mein geistiges Auge und ich schluckte hart, um eine Welle der Übelkeit herunterzuschlucken.

»Nein. Ich meine, ich habe sie manchmal in der Mittagspause im Büro gesehen, aber ich habe noch nie mit ihr gesprochen.«

»Okay. Hat dein Freund jemals ihren Namen erwähnt?«

»Was? Alex? Warum sollte Alex sie kennen oder mir gegenüber erwähnen?« Verwirrung erfasste mich und nahm Oberhand über meine Nervosität. Die Inspektorin warf mir einen mitleidigen Blick zu.

»Alex Smith kannte Sarah.« Ich starrte sie an und wartete auf mehr. »Wir haben Grund zu der Annahme, dass er... gestern Zeit mit ihr verbracht hat.« Das ungute Gefühl kehrte mit voller Wucht zurück.

»Ich verstehe nicht, was Sie mir damit sagen wollen.«

Inspektor Singh stieß einen langen Seufzer aus. Ich spürte, wie sich Mr. Nox Blick in mich hineinbohrte.

»Beth, Alex und Sarah hatten laut ihrem Mitbewohner seit mindestens drei Monaten eine sexuelle Beziehung. Er hat sie gestern Morgen gesehen und wir sind uns ziemlich sicher, dass er Cannabis von ihr gekauft hat.«

»Er hat einen Zwanziger aus meiner Handtasche genommen«, flüsterte ich. »Die ganze Zeit, die ich bei der Arbeit war, hat er eine andere gevögelt?«

»Ich fürchte, es sieht so aus. Kannst du mir fürs Protokoll bestätigen, dass du nichts davon wusstest?«

»Das meinen Sie doch nicht ernst? Natürlich wusste ich nichts davon! Ich dachte, er würde den ganzen Tag lang Videospiele zocken!« Ich bereute es sofort geschrien zu haben und legte meine schwitzenden Handflächen flach auf den Glastisch und schloss die Augen. »Es tut mir leid. Es tut mir leid, dass ich so unhöflich bin.« Ich öffnete meine Augen und fixierte die Polizistin. »Ich habe ihn gestern Abend gebeten auszuziehen, weil er Geld aus meiner Handtasche genommen hat. Er ist gegangen und hat meinen Fernseher, meine Mikrowelle und so ziemlich alles andere, was irgendwelchen Wert hatte, mitgenommen.«

Eine Hitzewelle schien durch den Raum zu rollen und ich zog unbehaglich an meinem Kragen. Wie zum Teufel hatte ich nicht mitbekommen, was für ein Typ Alex wirklich war?

»Hast du ihn seitdem gesehen oder von ihm gehört? Wir würden gerne mit ihm sprechen.«

»Nein. Ist er ein Verdächtiger? Ich kann mir nicht vorstellen, dass er in dieses Gebäude eingedrungen und einer Frau den Kopf eingeschlagen hat.« Das konnte ich wirklich nicht, egal was für ein betrügerisches Arschloch er war.

»Er ist eine Person von Interesse und wir würden gern mit ihm reden. Und Beth, ich bin mir sicher, dass du verstehen kannst, dass auch du eine Person von Interesse bist, wenn man bedenkt, dass das Opfer eine Beziehung mit deinem Freund hatte.«

Für einen Augenblick war ich mir sicher, dass mein Bagel wieder auftauchen würde.

»Ich? Aber ich könnte niemals...« Ich brach ab, als meine Atmung flach wurde und mein Kopf schwamm. Ich sah Mr. Nox an. »Er kannte sie.« Die Worte sprudelten aus mir hervor, ehe ich sie stoppen konnte. Etwas flackerte hell in den Augen meines Chefs auf.

»Die Polizei ist sich über die Art meiner Beziehung zu Miss Thornton im Klaren.« Seine Worte waren geschmeidig wie Seide und er nahm seine Augen nicht von meinen.

»In der Tat. Es scheint, als wäre sie eine vielbeschäftigte junge Frau gewesen«, seufzte die Polizistin. »Wenn du etwas von deinem Freund hörst...«

»Ex«, unterbrach ich sie bissig.

»Ja, richtig. Wenn du etwas von deinem Ex-Freund hörst, sag mir bitte sofort Bescheid.«

»Wenn ihr ihn zuerst findet, sagt ihm, dass ich meinen Fernseher zurückhaben will.« Wut löste meinen Schock ab und baute sich mit einer Kraft auf, die ich nur mit Mühe unterdrücken konnte.

Die Inspektorin nickte mir zu und verließ den Konferenzraum.

»Klingt, als wäre dein Freund ein Arschloch.« Ich sah meinen Chef überrascht an.

»Mr. Nox, ich weiß nicht, warum Sie sich in diese Sache einmischen, aber ich brauche keinen Beistand. Danke.« Ich wollte allein sein und konnte noch nicht zurück an meinen Schreibtisch. Ich wollte, dass er mich in Ruhe lässt, damit ich meinen Scheiß auf die Reihe kriege.

»Das mit dem Siezen ist nicht nötig. Nenn mich einfach Nox.«

»Was?« Ich wollte nicht unhöflich sein, aber ich war an meinem Limit.

Alex hatte mich betrogen. Drei Monate lang. Die Erinnerung an Sarahs große Brüste erfüllte meinen Geist, gefolgt von einem lebhaften Bild von ihr und Alex zusammen. Wut schwoll in mir an.

»Bitte nenn mich Nox. Das Mister ist nicht nötig.«

»Warum?«

»Weil ich das Gefühl habe, dass wir eine Menge Zeit miteinander verbringen werden.« Ich blinzelte ihn an. »So wie ich das sehe, Beth, steckst du in Schwierigkeiten. Du bist die Hauptverdächtige in einem Mordfall.« Mir fiel die Kinnlade herunter.

»Hauptverdächtige?«

»Hast du eine Ahnung, wie schwer es ist, in die oberste Etage dieses Gebäudes zu gelangen? Du hast eine Codekarte für den privaten Aufzug und ein Motiv so alt wie das Leben selbst.«

»Oh mein Gott.« Er hatte recht.

»Einer verschmähten Frau traut man einiges zu.« Seine blauen Augen funkelten mit etwas, das Erregung hätte sein können.

»Ich habe es nicht getan! Sie können mich nicht für etwas verurteilen, das ich nicht getan habe!« Nox hob eine Augenbraue und lehnte sich in seinem Stuhl zurück. Guter Gott, er sah aus, als wäre er direkt aus einem Armani-Katalog gestiegen.

»Ich fürchte, die Polizei hat Quoten, die sie erreichen müssen. Lass es dir von jemandem sagen, der sich mit schlechtem Benehmen auskennt; die Strafverfolgungsbehörden sind nicht alle Engel und sie machen nicht immer alles richtig.« Panik durchzuckte meinen ganzen Körper und ich spürte, wie mich eine weitere Welle von Schwindelgefühl durchfuhr.

»Was soll ich nur tun?«

»Ich könnte dir helfen.« Ich starrte ihn an.

»Warum? Warum sollten Sie mir... solltest du mir helfen?«

»Sie wurde in meinem Büro ermordet. Und ich habe sie sehr gemocht. Ich habe ein persönliches Interesse daran, dass ihr Mörder gefunden wird.« Ich schluckte.

»Okay. Wie kannst du mir helfen? Weißt du etwas?« Offensichtlich konnte ich mein Misstrauen nicht aus meiner Stimme heraushalten, denn sein Mund verzog sich zu einem Lächeln. Selbst durch meine aufsteigende Panik hindurch, löste sein Lächeln etwas Heißes und Fremdes in mir aus.

»Denkst du, ich habe sie getötet?« Seine Stimme war weich.

»Ich habe sie zuletzt mit dir in deinem Büro gesehen.« Ich wich seinem Blick aus und Verlegenheit überflutete mich erneut. »Und als ich sie das nächste Mal sah, war sie tot.«

»Ich habe sie sehr lebendig hier zurückgelassen, das kann ich dir versichern.« Ich sah zu ihm auf, aber konnte seinem Blick nicht standhalten. Ich fühlte mich überwältigt - Wut, Panik und Ungerechtigkeit prügelten auf mich ein und übertönten meine Fähigkeit, richtig zu denken.

Es war heiß hier - zu heiß. Ich hatte das Gefühl, zu ersticken.

»Kann ich den Rest des Tages frei haben?«, platzte ich hervor und war entsetzt, dass meine Stimme brüchig klang.

»Ja. Mein Fahrer wird dich nach Hause bringen.«

»Was?«

»Willst du lieber mit der U-Bahn fahren?« Ich konnte mir nichts Schlimmeres vorstellen, als fünfzig Minuten an die Achselhöhlen anderer Leute gepresst zu werden und selbst bei dem Gedanken wurde meine Klaustrophobie ausgelöst, zusammen mit meiner bereits rasenden Panik und Wut.

»Nein.« Ich schüttelte den Kopf.

»Claude wird dich in fünf Minuten vor dem Gebäude abholen.« Er stand schnell auf und streckte seine Hand über die Stühle zwischen uns aus. Zögernd ergriff ich sie, als ich aufstand.

Ein kurzer Moment lang verschwamm meine Sicht und meine Beine wurden wackelig. Er hielt meine Hand fester, bis es nachließ, als hätte er gewusst, dass es kommen würde.

Aber als meine Sicht sich klärte und ich sein Gesicht sah, runzelte ich die Stirn. Seine Augen waren vor Schreck geweitet und seine Lippen waren wie vor Überraschung geschürzt. Ein Kribbeln schien von seiner Hand auf meine überzugehen und er ließ sie abrupt los. Dann verließ er den Konferenzraum ohne ein Wort.

SECHS

BETH

Auf dem Rücksitz des riesigen Autos schaffte ich es irgendwie, mich für die ganze Fahrt durch den Londoner Verkehr zusammenzureißen. Zwar dauerte es genauso lange wie die Fahrt mit der Bahn, aber zumindest hatte ich Platz und frische Luft hier. Tatsächlich könnten noch drei weitere Personen mit mir im Fahrzeug sitzen und ich hätte immer noch mehr Platz als ich brauchte. Die Klimaanlage blies kühlende Luft über mich und ich lehnte mich auf dem weichen Leder zurück und versuchte, meine Gefühle zu sortieren.

Hauptsächlich war da Wut. Wut darüber, dass ich für dumm verkauft worden war. Wut darüber, dass ich dem Mann, mit dem ich drei Jahre lang zusammen gewesen war, so wenig bedeutet hatte. Wut darüber, dass ich dumm genug gewesen war, mich von ihm ausnutzen zu lassen. Es war aber auch eine gehörige Portion Scham und Selbstzweifel dabei.

Hatte er mich betrogen, weil ich wirklich langweilig im Bett war?

Kaum hatte sich die Frage in den Vordergrund gedrängt, übertönte Francis Stimme sie: *»Kein Mann hat das Recht, die sexuellen Fähigkeiten einer Frau zu bewerten.«*

Alex war ein Arschloch, genau wie Nox es gesagt hatte. Normalerweise benutzte ich das Wort nicht so häufig und meine Mutter wäre entsetzt, wenn sie es laut ausgesprochen aus meinem Mund hören würde. Aber es war eine Tatsache, Alex war ein Arschloch.

Und schlimmer noch, er hatte mich zu der Hauptverdächtigen in einem Mordfall gemacht. Ich lehnte mich in meinem Sitz nach vorne und stützte mein Gesicht auf meine Hände auf. *Ein Mord.* Das war real. Real und ernst und erschreckend. Die Polizei konnte nicht wirklich glauben, dass ich fähig war, jemanden zu töten. Schon gar nicht so brutal. Ich könnte nicht einmal etwas heben, das schwer genug wäre, um den Schaden zu verursachen, der dem Kopf des Mädchens zugefügt wurde.

Die Galle brannte in meiner Kehle bei diesem schrecklichen Gedanken.

»Ist alles in Ordnung, junge Dame?« Der Fahrer war ein älterer Herr und hatte einen besorgten Gesichtsausdruck. Als ich aufblickte sah ich, dass er mich im Rückspiegel betrachtete.

»Ja. Alles bestens. Danke.« Er nickte, dann fuhr er weiter, als die Ampel auf Grün umschaltete.

Ich hatte gelogen. Mir ging es nicht gut. Ich fühlte mich schmutzig; der Gedanke, dass Alex vom Bett dieses Mädchens zu meinem ging, war mir ernsthaft unangenehm. Vor allem, weil ich wusste, dass sie sich ihren Kick auch gerne woanders holte. Wenn sie gestern sowohl mit

Alex als auch Nox geschlafen hätte... Ich rieb mir über die Unterarme.

Sobald ich in meiner Wohnung war, zog ich mich aus und stieg unter die Dusche. Ich blieb unter dem fließenden Wasser stehen, bis es kalt wurde, schrubbte den Fleck, der mein abscheulicher Ex-Freund war, von meiner Haut und wollte verzweifelt, dass alle Spuren von ihm verschwinden.

Ich wusste, dass ich versuchen musste, ihn anzurufen. Aber nicht heute. Ich war zu wütend. Zu rachsüchtig. Mutter würde sich schämen für die Gedanken, die mir durch den Kopf gingen. Vor allem das Fluchen.

Als ich mich abgetrocknet hatte, zog ich meinen Pyjama an, obwohl es mitten am Tag war. Ich wollte nicht noch einmal nach draußen gehen. Ich musste für eine Weile allein sein und überlegen, was ich als nächstes tun wollte.

Das Unmittelbarste und Einfachste auf meiner Liste war, meine Schlösser austauschen zu lassen.

Ich tätigte ein paar Anrufe und fand heraus, dass es mich zweihundert Pfund extra kosten würde, wenn ein Schlüsseldienst noch am selben Tag in die Wohnung käme, also buchte ich widerwillig einen Termin für den ersten verfügbaren Termin, der in zwei Tagen war.

Nachdem das erledigt war, beschloss ich, es mir mit einem guten Buch und einer Tasse Tee auf meiner Couch gemütlich zu machen, um mich zu beruhigen. Vielleicht würde ich danach klarer denken können. Doch als ich mit Tee und Kindle in der Hand ins Wohnzimmer trat, erstarrte ich.

Mr. Nox stand in der Mitte des Raumes und sah in seinem Designeranzug so deplatziert aus, wie es nur möglich war.

»Was zum Teufel?«, kreischte ich.

»Ich wollte dich nicht erschrecken«, sagte er und hielt seine Hände in die Höhe. Sein tiefer irischer Akzent wirkte sofort beruhigend, auch wenn es das nicht hätte sein sollen. Er war in meine verdammte Wohnung eingebrochen.

»Wie bist du hier reingekommen?«

»Ich kann Schlösser knacken«, sagte er abweisend. »Ich habe beschlossen, dir ein Angebot zu machen.«

»Dann ruf mich an! Du kannst nicht einfach in meine Wohnung einbrechen!«

»Ganz im Gegenteil, das kann ich wohl. Du hast billige, unsichere Schlösser.«

»Das ist nicht der Punkt!«

»Genau das ist der Punkt. Du brauchst meine Hilfe.«

»Was ich von dir brauche, ist, dass du klingelst. Seine Augen flackerten und ich hätte schwören können, dass es echtes Licht war.

»Du hast es ja gerade nötig. Du hältst es doch auch nicht nötig, anzuklopfen.« Wut und Verlegenheit sprudelten aus mir heraus.

»Wenn du Leute in deinem Büro ficken willst, dann schließ die Tür ab! Meine Tür war verschlossen!«

»Ficken? Echt?« Sein Mund formte ein verruchtes Grinsen. Ich konnte spüren, wie meine Haut zu brennen begann. »Ich ficke nicht einfach dahergelaufene junge Damen. Ich bin der Herr der Sünde.«

»Herr der Sünde? Ist das so eine Sex-Sache? Wie BDSM?« Ich bereute es sofort gefragt zu haben, setzte meinen Tasse ab und wedelte mit den Armen, bevor er etwas sagen konnte. »Warte, stopp, ich will es nicht wissen. Du kannst nicht in mein Haus einbrechen.«

Er starrte mich einen langen Moment an. Lange genug, damit ich wirklich zu schätzen wusste, wie unglaublich gut er aussah. Sein dunkles Haar war gerade so ein bisschen zu lang, so dass ich instinktiv mit meinen Händen hindurch fahren wollte. Seine Lippen waren die perfekte Mischung aus voll und männlich, wie geschaffen für das schmutzige Grinsen, das er mir zuwarf. Und seine elektrisch blauen Augen waren grenzwertig hypnotisierend.

»Du hast recht. Ich hätte anklopfen sollen. Ich entschuldige mich. Und wenn du mich fragst, ich habe Sarah Thornton nie auch nur ein Haar gekrümmt.«

»Oh.« Ich hatte nicht wirklich erwartet, dass er sich entschuldigen würde. Ich glaubte nicht, dass sich arrogante Millionäre oft entschuldigten. Ich war mir allerdings nicht sicher, ob ich ihm das mit Sarah glaubte. »Warum bist du hier?« Seine Augen wanderten langsam an meinem Körper hinunter und nahmen meinen Pyjama in Augenschein. Ich verschränkte die Arme vor der Brust und umklammerte meinen Kindle fester.

»Ich habe ein Angebot für dich.« Neugierde stieg in mir auf.

»Schieß los.« Ich machte einen kleinen Schritt auf meine Haustür zu und spürte das beruhigende Gewicht meines Handys in meiner Tasche, als ich mich bewegte. Seine Augen funkelten.

»Ich habe die Macht, dir zu helfen. Aber ich werde im Gegenzug etwas von dir wollen.« Die Alarmglocken läuteten in meinem Hinterkopf und kämpften mit der Anziehungskraft, die er auf mich ausübte.

Das hörte sich verdammt dubios an. Aber er hatte recht; ich brauchte *wirklich* Hilfe.

»Was willst du?«

»Dass du eine Nacht mit mir verbringst.« Mir blieb der Mund offenstehen.

»Was glaubst du eigentlich, wer du bist?«

»Der Herr der Sünde.«

»Du bist ein verdammter Perverser! Raus aus meinem Haus!«

»Du musst nur die Nacht mit mir verbringen. Du musst nichts tun, was du nicht tun willst.« Seine Stimme war sanft und ruhig.

Ich stemmte die Hände in die Hüften und Empörung übermannte mich.

»Ach wirklich? Du willst, dass ich mitkomme und die ganze Nacht Monopoly mit dir spiele? Als ob ich freiwillig die Nacht mit jemandem verbringen würde, der sich selbst den Herrn der Sünde nennt!« Er zuckte mit den Schultern.

»Ich bin sehr gut in Monopoly. Aber ich sollte dich warnen, ich schummle.« Ich fletschte frustriert die Zähne.

»Raus hier.«

»Denk darüber nach. Die Bedingungen meines Deals lauten wie folgt: ich helfe dir aus der Klemme und du verbringst eine Nacht in meiner Gesellschaft. Klingt nach einer einfachen Entscheidung.«

»Hört sich für mich an, als wärst du total verrückt. Geh.« Ich deutete mit einem leicht zitternden Arm auf die Tür.

»Lass mich wissen, wie du dich entscheidest«, sagte er. »Aber bevor ich gehe, gibt es noch etwas, das ich dir sagen muss.«

»Was? Was könntest du denn in deinem charmanten Hilfsangebot ausgelassen haben?«, fragte ich sarkastisch.

»Ich bin der Teufel.«

BETH

»Du bist... was bist du?«

Tabithas Geschrei über den Teufel blitzte in meiner Erinnerung auf und ich schüttelte den Kopf.

Der Mann war eindeutig geistesgestört.

»Ich bin der Teufel. Luzifer. Der Lichtbringer. Herr der Sünde. König der Finsternis. Ein gefallener Engel.«

»Genau. Natürlich bist du das. Und du bist in einer Wohnung in Wimbledon, weil...« Ich hielt meinen Blick starr auf ihn gerichtet und bewegte meine Hand so langsam wie möglich zu meinem Handy, bereit, die Polizei zu rufen.

Er war verrückt. Was bedeutete, dass *er* wahrscheinlich Sarah getötet hatte.

»Weil ich sowohl aus dem Himmel als auch aus der Hölle rausgeschmissen wurde und mich mit der Gesellschaft von Sterblichen begnügen muss.« Er stieß einen kleinen Seufzer aus. »Ich habe den starken Verdacht, dass einer meiner gefallenen Brüder in Sarahs Mord verwickelt ist und als solcher fühle ich mich verpflichtet, dir zu helfen. Die Polizei wird niemals einen übernatürlichen Mörder fangen, was bedeutet, dass höchstwahrscheinlich nur du eine Chance hast, dieses Verbrechen aufzuklären.«

Seine Worte waren so verrückt, dass mein Verstand fast komplett aussetzte, als hätte jemand die Pause-Taste gedrückt.

»Du bist verrückt«, sagt ich schließlich, aus Mangel an originellen Ideen.

»Nein. Ich wollte es ja gar nicht erwähnen, aber die Bedingungen meiner Macht besagen, dass, wann immer der Teufel einem Sterblichen einen Deal anbietet, der Sterbliche sich vollkommen bewusst sein muss, mit wem er es zu tun hat.« Er zuckte mit den Achseln. »An Regeln muss man sich halten.«

»Völlig verrückt«, murmelte ich.

»Ich bin nicht verrückt. Aber ich habe Macht. Und vertraue mir, wenn ich dir sage, dass du, wenn du mein Angebot nicht annimmst, den Rest deines Lebens im Gefängnis verbringen wirst, für ein Verbrechen, das du nicht begangen hast.«

Seine Worte ließen mir eine Gänsehaut über den Rücken laufen. Ihre Ernsthaftigkeit durchschlug die Absurdität seines Geschwafels und dieses Unsinns über Teufel.

Egal wie verrückt er auch war, Macht hatte er. Oder zumindest Einfluss. Ich hatte nichts.

»Ich werde darüber nachdenken«, sagte ich leise.

»Gut«, sagte er mit einem Nicken.

Er machte ein paar lange Schritte auf meine Tür zu und ich trat schnell zurück, um ihm aus dem Weg zu gehen. Er hielt inne, als er sie erreichte und als er sprach, war sein Tonfall köstlich leise. »Die Bedingungen eines Deals mit dem Teufel sind unumstößlich. Wenn du dich entscheidest, die Nacht mit mir zu verbringen, werde ich dich nicht zwingen, etwas zu tun, was du nicht tun willst.« Seine Augen waren auf meine fixiert. Blaues Licht tanzte in ihnen und für den Bruchteil einer Sekunde war ich mir ziemlich sicher, dass ich ihn alles mit mir machen lassen würde.

Doch die Vernunft verdrängte mein Verlangen schnell.

»Ich sagte, ich werde darüber nachdenken und das werde ich auch.« Mit einem letzten, durchdringenden Blick ging er schweigend.

Mein Herz pochte schmerzhaft gegen meine Rippen, als ich auf die Stelle starrte, an der er eben noch gestanden hatte. Konnte mein Leben noch surrealer werden?

Ich verbrachte den Rest des Tages damit, so zu tun, als ob ich in keinem Schlamassel steckte. Als ob mein Freund nicht das Sandwich-Mädchen gevögelt hätte und ich sie nicht tot mit eingeschlagenem Schädel gefunden hätte und vor allem, dass mein großartiger millionenschwerer Chef nicht in meine Wohnung eingebrochen wäre, um mir Sex anzubieten, während er mir gestand, der Teufel zu sein.

Ich versuchte es, aber ich scheiterte.

Ich erwog, Francis zu besuchen, entschied mich aber

dagegen, da ich mich nicht traute, all die verwirrten und unangenehmen Gedanken und Ängste auszusprechen, die in meinem Kopf herumschwirrten.

So sehr ich mich auch bemühte, ich konnte den winzigen Teil von mir, der Angst hatte, dass Nox Behauptungen wahr waren, nicht abtun.

Ich hatte alles Geld, das ich hatte und noch viel mehr, dass ich nicht hatte, ausgegeben, um meine Eltern zu finden. Aber sie waren wie vom Erdboden verschwunden.

Bevor ich aufgegeben hatte, hatte es eine Zeit gegeben, in der mein Gehirn die Tatsache nicht verarbeiten konnte, dass sie verschwunden waren, und ich war wirklich davon überzeugt gewesen, dass ihnen etwas Übernatürliches zugestoßen war. Es gab keine andere Antwort für ein so vollständiges Verschwinden ohne die kleinste Spur.

Später hatte ich den Gedanken als ein Symptom der Trauer abgeschrieben, eine Unfähigkeit, meinen Verlust zu akzeptieren. Aber jetzt war diese Stimme wieder da. Es gab zu viele Dinge im Leben, die nicht erklärt werden konnten, um die Existenz von etwas Magischem oder Göttlichem ausschließen zu können.

Ich lehnte den Kopf zurück und schloss meine Augen. *Dein Chef ist nicht Luzifer*, sagte ich mir. *Er ist nur ein egoistischer Wahnsinniger.* Ein menschlicher Mörder steckte hinter dieser blutigen Angelegenheit und die Polizei würde ihn finden.

Aber was, wenn sie es nicht taten? Was, wenn Nox recht hatte und meine Verhaftung der einzige Weg war, dass die Londoner Met ihre Quote an verurteilten Mördern für das Jahr erfüllen konnte?

Eine Gänsehaut bildete sich an meinen Armen und ein Schauer lief mir den Rücken herunter. Der Gedanke an das Gefängnis war schlimm genug, aber ein Leben lang für ein Verbrechen einzusitzen, obwohl ich unschuldig war? Das war unerträglich.

Wenn der Preis für die Hilfe von Mr. Nox, dem wohlhabenden Londoner Magnaten, eine Nacht in seiner Gesellschaft war, *sollte* ich sie vielleicht annehmen.

Seine Aufrichtigkeit war spürbar, als er sagte, er würde mich zu nichts zwingen, dass ich nicht anders konnte, als ihm zu glauben. Die Vorstellung, etwas *zuzulassen*, verstärkte meine Gänsehaut um ein Vielfaches. Ich musste diese Entscheidung mit meinem Kopf treffen, nicht mit einem anderen Teil meines Körpers.

Als ich mich um acht Uhr abends schon in mein Bett legte, verfolgte mich ein Gedanke mehr als alle anderen.

Was, wenn Nox der Mörder war?

Er war bei ihr gewesen, in diesem Raum. Er war stark genug, um die Tat zu begehen. Und er hatte sich gerade zum verdammten Teufel erklärt.

Wenn ein Mann so verstört war, dass er sich selbst für den Herrn der Sünde hielt, würde er dann sicher auch eine Sünde wie Mord rechtfertigen können?

Ich vergrub mein Gesicht in meinem Kopfkissen und stöhnte auf. Zuzustimmen, die Nacht mit ihm zu verbringen, wäre Wahnsinn.

~

Ich hatte in meinem ganzen Leben noch nie einen Traum gehabt, in dem ich mir bewusst war, dass ich träumte. Aber als ich auf einen kristallklaren, gefrorenen See hinaustrat, wusste ich mit Sicherheit, dass es nicht real war.

»Hast du über mein Angebot nachgedacht?« Nox glitt über das Eis auf mich zu. »Du siehst übrigens umwerfend aus.« Als er sich mir näherte, sah ich einen Hunger in seinen Augen, der mich Muskeln anspannen ließ, von denen ich nicht wusste, dass ich sie hatte. Ich sah an mir herunter, um seinem raubtierhaften Blick auszuweichen.

Ich trug ein zitronenfarbenes Ballkleid und ich konnte mein kastanienbraunes Haar sehen, das in Wellen über meine Brust fiel. Ich schaute wieder auf und keuchte. Nox stand nur wenige Zentimeter von mir entfernt.

»Und?«

»Hast du sie umgebracht?«, hauchte ich. Wenn ich in einem Traum war, dann konnte es nicht schaden, direkt zu fragen.

»Nein. Ich töte keine Menschen. Das ist einer der Gründe, warum ich in dieser misslichen Lage bin.«

»Wie das?« Ich drehte den Kopf und sah ihn an.

»Ich bin verflucht«, flüsterte er und schaffte es, das Wort so auszusprechen, als wäre es schmutzig. Begierde pulsierte durch mich hindurch.

»Wie meinst du das?«

»Wenn du dem Deal zustimmst, werde ich dir mehr

erzählen.« Sein Atem war warm auf meinen Lippen, so nah stand er neben mir.

»Ich weiß nicht, ob ich dir vertrauen kann.«

»Lass es mich dir beweisen.«

»Wie?«

»Ich bin ein gefallener Engel. Ich habe Kräfte, die deine Vorstellungskraft übersteigen.« Ich blinzelte ihn an. »Küss mich.«

»Was?«

»Küss mich. Die Lust wird meine wahre Seele offenbaren.«

»Nein.« Er lächelte und diese wunderschönen blauen Augen tanzten vor Verlangen und Verlockung.

»Das hier ist ein Traum, Beth. Was hast du zu verlieren?«

»Du bist gefährlich.«

»Mehr als du ahnst.«

»Wenn du der Teufel bist, dann bist du böse und grausam.« Etwas Dunkles huschte durch seine Augen und er versteifte sich.

»Ich bin nicht grausam. Zornig, ja. Grimmig, ja. Tödlich, ja. Aber ich bin nicht grausam. Und ich zahle jetzt den Preis dafür.« Ich runzelte die Stirn.

»Was meinst du?«

»Küss mich und du wirst meine Seele spüren. Ich herrsche über die Lust.«

Er roch nach Whiskey und Rauch und er hob langsam eine Hand an meine Wange. Seine Finger schwebten Millimeter von meiner Haut entfernt. Er wartete auf meine Erlaubnis, wurde mir klar. Ich nickte leicht mit dem Kopf und als seine warme Berührung auf meine kühle Wange traf, schoss ein Lustimpuls durch meinen Körper. Er schien an all den richtigen Stellen zu verweilen und seine Finger tanzten meinen Kiefer und meinen Hals hinunter, umkreisten meine nun bebende Brust und strichen mir über meine gespannten Brustwarzen. Als die federleichte, unsichtbare Berührung sich nach unten bewegte, gab ich ein kleines erschrecktes Geräusch von mir und die Hand ließ von mir ab.

»Ich bin der Herr der Sünde und du brauchst mich«, murmelte er. Ich schaute in seine Augen und merkte, dass ich verzweifelt alles glauben wollte, was er mir sagte. Ich wollte, dass er der war, von dem er sagte, dass er es war, nicht grausam, sondern gefährlich, heftig und lustvoll.

Bevor ich über die Handlung nachdenken konnte, bewegte ich meinen Kopf vor und als meine Lippen seine trafen, explodierte die Hitze in meinem Inneren. Seine Zunge fand meine und die Berührung war so sinnlich, so richtig, dass ich aufstöhnte.

Seine Handfläche strichen über meine Wange und dann schoben sich seine Finger in mein Haar, zogen mich näher an ihn. Unsere Münder begannen einen Tanz, von dem ich nicht gewusst hatte, dass ich die Schritte kannte.

Er war göttlich. Perfekt. Unwiderstehlich. Und während ich ihn küsste, wusste ich mit absoluter Gewissheit, dass er die Wahrheit sagte.

Als ich aufwachte, spürte ich ein fast schmerzhaftes Pochen zwischen meinen Beinen und eine tiefe Verärgerung darüber, dass ich allein in meinem Bett war und nicht auf dem gefrorenen See. Ich hatte den Teufel geküsst.

»Was ist nur los mit dir?«, schimpfte ich laut mit mir selbst, während ich meine Beine aus dem Bett schwang.

Der Traum blieb jedoch die ganze Zeit über bei mir, auch als ich duschte und mich für die Arbeit anzog. Nox Lippen, die Hitze in seiner Berührung, das Versprechen in seiner Stimme, die sanften Bewegungen seiner Zunge...

Es war unmöglich, dass ich ihm jetzt noch in die Augen sehen konnte. Ich meine, schmutzige Träume über seinen Chef zu haben war ja eine Sache... Aber das war ein so intensives Erlebnis gewesen, dass ich mich nicht trauen würde, ihm in nächster Zeit in die Augen zu sehen.

· · ·

Als ich wieder an meinem Schreibtisch im Großraumbüro ankam, wurde ich von den glänzenden Augen all meiner Kollegen beobachtet. Ich setzte mich unbeholfen hin, vermied es, irgendjemanden anzusehen und schaltete meinen Laptop ein. Mein Festnetztelefon blinkte rot auf und ich nahm den Hörer ab.

»Beth«, antwortete ich, abgelenkt von der alarmierenden Anzahl von E-Mails vom Vortag, die meinen Posteingang füllten.

»Ich muss dich in meinem Büro sehen. Sofort.« Es war Nox Stimme und ich ließ fast den Hörer fallen.

»Warum?«

»Ich habe Informationen für dich.«

»Okay. Ich komme sofort hoch. Aber...« Ich spürte, wie alle um mich herum mich anstarrten und sprach meine Bitte in einem gedämpften Flüstern aus: »Können wir uns irgendwo anders als in deinem Büro treffen?« Ich wollte nie wieder einen Fuß in diesen Raum setzen.

»Ich habe das Büro gewechselt. Raum 6B.«

»Oh gut«, sagte ich mit einem Seufzer der Erleichterung. Ich schöpfte auch einen kleinen Trost daraus, dass er nicht in einem Büro bleiben wollte, in dem eine Frau brutal getötet wurde.

»Ich erwarte dich in fünf Minuten. Und ich hoffe, du trägst wieder gelb.« Er legte auf, während sich ein eiskaltes Kribbeln auf meinem Rücken ausbreitete.

Ich besaß keine gelbe Kleidung. Das einzige Mal, dass er mich in Gelb gesehen haben könnte, war... Das zitronenfarbene Ballkleid, das ich in meinem Traum getragen hatte.

Nein. Das war nicht möglich. Das konnte nicht sein.

Schmetterlinge flatterten mir Bauch und ein Gefühl, dass die Dinge weit außerhalb meiner Kontrolle lagen, ließ meinen Kopf schwirren, als ich von meinem Schreibtisch aufstand und mich auf den Weg zu den Aufzügen machte.

Der Geruch von Kaffee umwehte mich, als ich die Tür von Büro 6B öffnete. Es war nicht so beeindruckend wie das Eckbüro, aber es hatte eine riesige Glasfläche und einen absolut atemberaubenden Blick auf die Themse. Kräne zierten die Lücken zwischen den Wolkenkratzern und ich schöpfte Beruhigung aus der Normalität der Skyline.

»Wie trinkst du deinen Kaffee?« Nox drehte sich zu mir um. Er stand an einem großen Kaffeeautomaten. Der Anblick seines gemeißelten Kiefers, der heute nur einen Hauch von Stoppeln aufwies und seiner verruchten blauen Augen brachte die Erinnerung an den Traum zurück. Ich hüstelte.

»Schwarz, ohne Zucker, bitte.« Er hob eine Augenbraue und wandte sich wieder der Maschine zu. Ich hatte nicht vor, ihm zu sagen, dass ich mich daran hatte gewöhnen müssen, keine Milch oder keinen Zucker zu haben, weil es eine Zeit gegeben hatte, in der ich mir diesen Luxus nicht leisten konnte.

»Hast du gut geschlafen?« Schalk tanzte in seinem Gesicht, als er mir eine Tasse reichte und dann zu einem großen Ledersessel vor seinem Schreibtisch deutete.

»Gut, danke, Mr. Nox.«

»Bitte, nenn mich einfach Nox.«

»Ist das dein Vorname oder Nachname?«

»Beides. Hast du über mein Angebot nachgedacht?« Ich runzelte die Stirn.

»Ich dachte, du hättest Informationen für mich?«

»Habe ich auch. Aber ich habe dir Hilfe im Austausch für etwas angeboten. So funktioniert ein Deal. Ich kann dir nicht einfach geben, was du willst.« Der Anblick seiner Lippen, wie sie die Worte *was du willst* formten, waren beunruhigend erregend und ich rutschte auf meinem Sitz hin und her. »Ich glaube nicht, dass die Polizei mir etwas anhängen wird. Ich kann es nicht getan haben; ich war den ganzen Nachmittag im Büro.«

»Sie haben einen Todeszeitpunkt. Es war sehr nah an dem Zeitpunkt, als du mit den Bilanzen aufgetaucht bist.«

»Was?«

»Und keine der Kameras in den Aufzügen hat an dem Tag funktioniert. Ein weiterer Grund, warum ich glaube, dass meine übernatürlichen Brüder involviert sind. Sie sind gut darin, die Technik durcheinander zu bringen.«

Mein Magen zuckte wieder, die Schmetterlinge flatterten nicht mehr, sondern schlugen nun Purzelbäume in meinem Bauch.

»Nimm den Deal an, Beth. Ich verspreche dir, du wirst es nicht bereuen.« Als ich nichts sagte, setzte er sich auf seinen Stuhl und verschränkte die Finger. »Ich will dich genauso wenig in einer Gefängniszelle sehen, wie du in einer sein willst.«

»Warum nicht?«

»Du hast was. Ich möchte dich besser kennenlernen.« Großer Gott, wie sollte ich rationale Entscheidungen treffen, wenn selbst die Art, wie er sprach, pornografisch klang? Seine Zunge benetzte seine Lippen und ich holte tief Luft.

Er wusste von dem gelben Kleid aus meinem Traum. Es könnte ein Zufall sein, oder eine Vermutung, oder etwas ganz anderes. Aber wenn es das nicht war und er mich wirklich in meinem Traum besucht hatte, dann gab es eine geringe Chance, dass seine Behauptung, dass es sich um ein übernatürliches Verbrechen handelte, auch wahr war. Und wenn das der Fall war, würde die Polizei den Mörder nicht fassen. Ich würde die Hauptverdächtige bleiben.

»Du wirst mich zu nichts zwingen?«

»Ich schwöre. Ich wurde geschaffen, um diejenigen zu bestrafen, die mit Gewalt nehmen. Ich dulde es nicht. Ich verachte es.« Dunkle Schatten huschten über seine hellen Augen und ein schwacher roter Schimmer ging von ihm aus. Der Instinkt wegzurennen und mich zu verstecken ergriff mich; eine Urangst, die unmöglich zu unterdrücken war.

Dieser Mann war gefährlich. So viel war ganz klar. Ich konnte es körperlich spüren.

Aber ich spürte auch die Wahrheit in seinen Worten. Er würde mich zu nichts zwingen.

Ich befand mich in einer Situation, die bereits beängstigend jenseits meiner Kontrolle lag. Und Tag für Tag schien sie sich meinem Zugriff weiter zu entziehen. Vielleicht war Nox der Teufel. Vielleicht war er einfach komplett verrückt. Aber wenn es eine Chance gab, die Kontrolle über mein Schicksal wiederzuerlangen, dann musste ich sie ergreifen.

Vielleicht konnte ich aus dem Deal aussteigen, sobald mein Name reingewaschen war. Vielleicht konnte ich ihm sogar einen neuen Deal anbieten. Aber im Moment, wenn es auch nur die geringste Chance gab, dass das, was er sagte, wahr war, dass etwas Übernatürliches in der Welt existierte, dann brauchte ich Hilfe.

»Okay«, sagte ich und sah ihn direkt an. Entzücken funkelte in seinen Augen, das unwiderstehliche Lächeln erschien wieder auf seinem Gesicht.

»Ausgezeichnet.«

Er streckte seine Hand über den Schreibtisch aus und ich stellte zögernd meinen Kaffee ab, bevor ich sie nahm.

»Wir haben einen Deal. Meine Hilfe, deinen Namen von einem Mord reinzuwaschen, im Austausch für eine Nacht mit mir.« Der irische Akzent war köstlich verführerisch und ein feuriges Kribbeln breitete sich aus, als wir uns die Hände schüttelten.

Ich hatte gerade einen Pakt mit dem Teufel geschlossen.

»Du hast gesagt, du hättest Informationen für mich«, sagte ich und zog meine Hand zurück, bevor er bemerken konnte, wie klamm meine Handfläche war.

»Und die habe ich.« Sogar seine Augen lächelten, als er eine Akte von seinem Schreibtisch hob. Er war definitiv erfreut, dass ich sein Angebot angenommen hatte und ich wusste nicht, ob das gut oder schlecht war. »Sarah Thornton hatte mehr als einen Job.« Er reichte mir die Akte und ich nahm sie an mich.

»Warum druckst du immer alles aus?«, fragte ich ihn und klappte die Akte auf.

»Ich habe dir doch gesagt, dass übernatürliche Wesen nicht immer gut mit Technik umgehen können.«

»Dieses Gebäude ist voll von Technologie«, erinnerte ich ihn.

»Ich weiß. Es ist anstrengend. Lies.« Ich sah ihn stirnrunzelnd an, tat aber, was er sagte. Meine Augen weiteten sich ein wenig bei den Worten in der Akte.

»Woher hast du all diese Informationen?«

»Geld kauft Wissen.«

»Könntest du noch vager sein?«

»Ich habe meine besten Ermittler darauf angesetzt, alles was sie über Sarah herausfinden konnten, in kürzester Zeit auszugraben.«

»Oh.« Ich schluckte unbehaglich, wollte meine nächste Frage nicht stellen, aber sie auch aus dem Weg schaffen. »Hat sie nur mit dir und meinem Ex-Freund geschlafen?«

»Ich habe nicht mit ihr geschlafen.«

»Ich habe euch beide in deinem Büro gesehen und ich bin geneigt, dir nicht zu glauben.«

»Ich hatte und habe nie Sex mit Sarah Thornton gehabt. Was du gesehen hast, war ihr Versuch, mich zu verführen.« Seine Worte waren einfach und sachlich.

Ich spürte, wie meine Wangen sich erhitzten.

»Sie hat dich Stunden vor ihrem Tod angemacht? Was für ein schlechtes Timing für dich«, murmelte ich.

»Wenn ich mich recht erinnere, warst du diejenige mit dem schlechten Timing.«

»Du hättest deine Tür abschließen sollen«, schnauzte

ich. »Wir werden das nicht noch einmal durchgehen.« Ich wedelte mit der Akte durch die Luft. »Hier steht, dass Sarah abends in einem Club gearbeitet hat.«

»Ja. Um deine ursprüngliche Frage zu beantworten: Sarah hatte einen Freund. Das ist wahrscheinlich der Grund, warum die Polizei nach Alex sucht. Wenn ihr Freund herausgefunden hat, dass sie fremdgegangen ist, hat er sie vielleicht umgebracht. Und er könnte auch ihren heimlichen Liebhaber angegriffen haben. Hast du von ihm gehört?« Ich schnaubte und fühlte mich wieder wütend und schmutzig.

»Er hat alle meine Sachen gestohlen. Er wird sich kaum bei mir melden.«

»Hat er noch einen Schlüssel zu deiner Wohnung?« Nox Ton war plötzlich ernst und der sonst so spielerische Ausdruck in seinem Gesicht war verschwunden.

»Ja. Aber der Schlüsseldienst kommt morgen.« Sein Mund wurde zu einer harten Linie.

»Morgen ist vielleicht zu spät. Da draußen läuft ein Mörder herum, der mit dir und Alex in Verbindung steht.«

Abwehr und Verärgerung stach auf mich ein, so dass ich ohne nachzudenken sprach: »Nun, wenn du für den Notfalldienst bezahlen willst, dann bitte.«

Nox blinzelte und griff dann zum Hörer seines Telefons.

»Verbinde mich mit Geoff«, sagte er. Ich starrte ihn mit offenem Mund an, als er denjenigen, der Geoff war, anwies, sofort zu meiner Adresse zu fahren und neue Schlösser zu installieren.

»Was machst du da?«, fragte ich, als er aufgelegt hatte.

»Ich beschütze meinen neuen Besitz. Ich habe ein persönliches Interesse an deiner Sicherheit.« Ich runzelte die Stirn.

»Ich bin kein Wirtschaftsgut. Und ich gehöre dir nicht.«

»Nun, das wirst du für eine Nacht und ich werde nicht riskieren, dass dir vorher etwas zustößt.« Der Glanz war wieder in seinen Augen und die Ernsthaftigkeit war verflogen.

»Wo wir gerade dabei sind...« Nervös griff ich nach meinem Kaffee. Ich nahm einen Schluck und war angenehm überrascht darüber, wie lecker er war. »Diese eine Nacht findet erst statt, wenn du meinen Namen reingewaschen hast, korrekt?«

»Es sei denn, du willst, dass es früher passiert.«

»Auf keinen Fall.«

»Dann ja. Ich werde meinen Teil der Abmachung zuerst erfüllen.« Ich nickte, etwas zuversichtlicher.

»Gut.« Nox stand plötzlich auf und ich richtete mich in meinem Stuhl auf.

»Wir werden heute Abend den Club besuchen, in dem Sarah gearbeitet hat. In der Zwischenzeit habe ich deinem Vorgesetzten mitgeteilt, dass du auf unbestimmte Zeit in mein Büro abgeordnet bist.«

»W-was? Aber was ist mit meiner Arbeit?« Der Gedanken an den Stapel an ungelesenen E-Mails blitzte in meinem Kopf auf. Meine Arbeit war mir wichtig.

»Ich würde sagen, Ihren Namen von einem Mordverdacht reinzuwaschen ist im Moment wichtiger, Miss Abbott, oder nicht?«

»Ähm... Ja. Ich denke schon.« Ich runzelte die Stirn. »Was soll ich denn den ganzen Tag über machen?«

»Geh und kaufe ein Kleid für unser Undercover-Date heute Abend.« Meine Augenbrauen hoben sich so weit, dass meine Stirn schmerzte.

»Ein Kleid kaufen? Ein Date?«

»Ja. Wir wollen nicht, dass die Polizei mitbekommt, dass wir in dem Fall herumstochern. Also werden wir essen gehen und dann den Club besuchen. Ein völlig unschuldiges Date.«

Rotes Licht schien wieder von ihm auszugehen, als er das Wort *unschuldig* sagte, und ich spürte einen Schauer von etwas, von dem ich dachte, dass es entweder Aufregung oder Angst war, aber ich hatte keine Ahnung, welches von beiden.

»Ich habe Kleider«, sagte ich.

»Und bis heute Abend wirst du dir noch eins besorgen.« Sein Tonfall machte deutlich, dass das nicht zur Debatte stand. Er zog ein dünnes Lederportemonnaie aus seiner Tasche und reichte mir dann eine tiefschwarze Karte. Eine Kreditkarte, erkannte ich bei näherem Hinsehen. »Wir werden im Ivy essen, also kaufe bitte etwas Passendes.«

»Das ist doch nicht dein Ernst?«

»Oh, Beth.« Er beugte sich zu mir herunter, nah genug, dass ich das Licht in seinen Augen tanzen sehen und den gleichen köstlichen Holzrauchduft an ihm riechen konnte, den ich in meinem Traum hatte. »Es ist mir todernst.«

NEUN

Es stellte sich heraus, dass Nox es wirklich ernst meinte. Egal wie sehr ich protestierte, dass ich keine Figur aus Pretty Woman war, alles was ich von meinem Chef bekam, war ein böses Grinsen. Irgendwann gab ich auf. Wenn ich heute nicht arbeiten sollte, dann würde ich tun, worum er mich gebeten hatte und ein verdammtes Kleid kaufen. Aber auf gar keinen Fall würde ich es behalten, wenn das hier vorbei war. Ich brauchte sein Mitleid nicht.

Claude wartete in der Limousine vor dem Gebäude auf mich und sprang aus dem Auto, um mir die Tür zu öffnen, als ich den Wagen erreichte.

»Schon gut, Claude, danke«, sagte ich zu ihm. Er verneigte respektvoll seine schwarze Mütze vor mir.

»Mr. Nox sagt, ich muss Sie so behandeln, wie ich ihn behandle«, sagte er und seine braunen Augen leuchteten interessiert.

»Ich kann Autotüren selbst öffnen. Und das würde ich auch gerne tun, wenn es dir recht ist. Und nenn mich bitte Beth.« Das hohe Klingeln einer Fahrradklingel erregte unsere Aufmerksamkeit und mit einem Nicken kletterte Claude zurück ins Auto, bevor der mürrische Fahrradfahrer den Teil der Straße erreichte, den wir mit dem großen Fahrzeug blockierten.

»Es gehört zu meinem Job, die Tür zu öffnen«, sagte Claude auf dem Weg zur Oxford Street. Er klang leicht beleidigt und ich seufzte.

»Es tut mir leid. Das habe ich nicht gewusst«, sagte ich. »Bitte halte mir auf jeden Fall die Tür auf.« Ich fühlte mich verdammt unbeholfen, aber Claude strahlte mich im Spiegel wieder fröhlich an. »Lässt Mr. Nox viele Mädchen durch London kutschieren?«, fragte ich so beiläufig wie möglich.

»Nein, Ma'am.«

»Ma'am? Bitte, nenn mich Beth. Ich bestehe darauf.«

»Das kann ich nicht.«

»Aber duze mich zumindest?«, versuchte ich es. Ich konnte nicht damit umgehen, Ma'am genannt zu werden. So nannten sie die Königin, um Himmels willen.

»Okay, Fräulein Abbott«, sagte Claude und zwinkerte mir zu.

»Also, es gibt nicht allzu viele Freundinnen, die du herumfährst?«, lenkte ich ihn auf meine Frage zurück.

»Nicht wirklich, nein. Zumindest keine im letzten Jahrhundert.« Ich spürte, wie mein Gesicht mir entglitt.

»Keine im letzten... Wie lange? Es klang, als hättest du gerade Jahrhundert gesagt.«

»Ups! Nein. Keine im letzten Jahr. Das habe ich gemeint.« Claude lächelte, dann begann er vor sich hinzusummen und machte damit klar, dass das Gespräch beendet war. Ein kaltes Kribbeln bahnte sich seinen Weg über meine Haut.

Entweder sagte Nox die Wahrheit, oder seine Mitarbeiter waren genauso verrückt wie er selbst.

Ich kaufte schließlich ein Kleid von Karen Millen. Wenn ich ganz ehrlich war, war das Anprobieren von Kleidern, die so viel kosteten wie meine monatlichen Stromrechnungen, irgendwie aufregend.

Ich hatte lange genug in London gearbeitet, um zu sehen, wie die Reichen und Schönen lebten; in jeder Bar, jedem Schaufenster, jedem Sportwagen und jeder wahnsinnig gut gekleideten Person, an der ich vorbeiging.

Aber ich wusste, dass ich nie zu ihnen gehören würde und das war auch okay so. Ich begnügte mich mit dem, was ich hatte, kaufte Kleidung aus zweiter Hand und lebte auf kleinem Fuß. Die Leute hatten die Tendenz, gute Sachen wegzuwerfen oder zu verkaufen. Mein Lohn war gut und zum ersten Mal seit dem Verschwinden meiner Eltern schaffte ich es, mit meinem Geld einigermaßen auszukommen - endlich hatte ich jeden Monat genug übrig, um einen Teil meiner wahnsinnigen Schulden zu tilgen. Jedenfalls bis Alex angefangen hatte, es auszugeben.

Das Wissen, dass der Preis des marineblauen Maxikleides, das ich mir ausgesucht hatte, zwei Monate meiner Kreditrückzahlung abdecken würde, war der Punkt, an dem das Vergnügen des Shoppingerlebnisses unangenehm wurde.

Ich könnte es nach dem Date einfach verkaufen. Das Geld würde mir viel mehr Gutes tun als so ein Kleid im Schrank hängen zu haben. Aber war das moralisch bedenklich?

Ich war sicher nicht so streng und stolz, wie meine Mutter es gewesen war, aber ich hatte einen ausreichend soliden moralischen Kompass und Sinn für Würde, um mir zu verbieten, ein teures Kleid zu behalten, für das ein Verrückter bezahlt hatte, oder etwa nicht?

Du hast zugestimmt, mit ihm zu schlafen, um seine Hilfe zu bekommen. Die Stimme tauchte in meinem Kopf auf, als die Kassiererin mir meine Tasche reichte, die viel zu schön war, um eine einfache Einkaufstasche zu sein. Ich biss die Zähne zusammen und gab ihr ein schnelles Dankesnicken, bevor ich den Laden verließ.

Da stand ich nun und versuchte, hochmütig ob eines Kleides zu sein, obwohl ich zugestimmt hatte, die Nacht mit einem Mann zu verbringen, den ich kaum kannte, im Austausch dafür, dass er meinen Namen von einem Mordverdacht reinwaschen würde.

Wie zur Hölle war ich da nur hineingeraten?

Claude fuhr mich nach Hause nach Wimbledon und machte eine große Sache daraus, meine Taschen aus dem riesigen Kofferraum des Autos zu holen, als wir ankamen. Ich bedankte mich bei ihm und versuchte nicht zu zeigen, wie komisch ich mich fühlte, dass er so tat, als würde er für mich arbeiten.

»Oh, und du wirst die hier brauchen«, sagte er und reichte mir einen Metallring mit drei identischen Schlüsseln. »Mr. Nox hat gesagt, dass der Schlüsseldienst da war. Ich wünsche dir noch einen schönen Tag, Fräulein Abbott!«

Er drehte sich um und lenkte seine gebrechliche Gestalt zurück ins Auto, während ich auf die Schlüssel in meiner Hand hinabblinzelte.

Irgendwie, ohne dass ich vor Ort gewesen war, um die Tür zu öffnen, war der Schlosser tatsächlich da gewesen. Ein glänzendes neues Yale-Schloss war anstelle des alten Mechanismus an meiner Haustür installiert worden und auch oben und unten waren Riegel angebracht worden.

Wut kreiste in meinem Bauch, als ich auf die Tür starrte. Ich meine, es war eindeutig ein besseres Schloss, als ich es mir hätte leisten können und ein nicht zu leugnender Teil von mir war froh, dass Alex zu keinem Zeitpunkt hereinspazieren konnte, besonders wenn er mit einem Mord in Verbindung gebracht wurde. Aber das war meine Wohnung! Mein Chef sollte keinem Schlüsseldienst die Erlaubnis geben, in meine Wohnung einzubrechen.

Als ich auf die Schlüssel in meiner Hand hinunterblickte, fragte ich mich, ob Nox einen hatte. Ich verdrängte die zischende Erregung, die den Gedanken begleitete, dass er mitten in der Nacht auftauchen konnte und ließ die Schlüssel mit einem Schnaufen auf den Konsolentisch fallen.

· · ·

Als es 20 Uhr war, begann ich mich extrem dankbar für das Kleid zu fühlen. Es hatte breite Träger, die in den tiefen Ausschnitt übergingen, der eng über meiner Brust lag, und der schwere Samtrock drapierte sich wunderschön bis nur einen Zentimeter über dem Boden.

Es fühlte sich ein wenig wie eine Rüstung an. Und mit meinem Make-up und meinen geflochtenen und gelockten Haaren war ich bereit, Mr. Nox, dem verrückten Millionär, gegenüberzutreten.

Für mich fühlte sich diese Uhrzeit ein wenig spät für eine Verabredung zum Essen an, aber er hatte mir eine SMS geschickt, in der stand, dass er mich abholen würde und ob es mir gefiel oder nicht, er hatte das Sagen.

Es klopfte an meiner Tür und ich holte tief Luft, bevor ich sie öffnete und mein Gesicht zu einem Ausdruck formte, der hoffentlich *stilvollen Ärger* verdeutlichte.

Aber der Anblick von Nox raubte mir fast den Atem. Ich wäre froh gewesen, wenn mein Gesichtsausdruck nicht *Nimm mich jetzt* geschrien hätte.

Sein normaler Armani-Anzug und sein weißes Hemd waren durch eine schwarze Jeans und ein schwarzes Hemd ersetzt worden, das gerade offen genug war, um die Haut auf seiner Brust zu zeigen. Er hatte auch eine schwarze Blazerjacke an, ein Musterbeispiel für die elegante Freizeitbekleidung der Oberklasse.

Aber seine Kleidung war nicht das, was einen solchen Effekt auf mich hatte.

Irgendetwas war anders an ihm. Sein ganzer Körper strahlte ein verruchtes Versprechen aus, seine Augen leuchteten und seine Haut bettelte darum, berührt zu werden. Es war fast unmöglich, seine Lippen nicht anzuschauen und hundert Bilder von ihm, wie er außergewöhnlich aufregende Dinge mit ihnen tat, rasten durch meinen Kopf.

»Du siehst umwerfend aus«, lächelte er.

»Hm«, sagte ich. Das war absolut nicht die richtige Antwort. Aber mein Gehirn war zu Brei geworden. Sexbesessenem Brei.

Ein dreckiges Lächeln umspielte seine Lippen.

»Ah. Das ist das erste Mal, dass du mich bei Nacht siehst.«

»Was?«

»Ich bin der Teufel. Ich beziehe den Großteil meiner Kraft aus der Dunkelheit.«

»Du wirst nachts noch heißer?« Es war mir sofort peinlich, ihn heiß genannt zu haben, aber es war unmöglich, dass dieser Mann nicht wusste, wie gut er aussah.

»Ich werde nachts zu vielem. Lass uns gehen.« Er hielt mir seine Hand hin und Gott hilf mir, ich nahm sie.

ZEHN

BETH

D as Ivy war wunderschön. Es war im Jugendstil der 1920er Jahre dekoriert und gefiel mir auf Anhieb.

Die Mitte des Restaurants wurde von einer Bar mit Marmortresen dominiert. Hunderte von Martini-Gläsern hingen von einer verspiegelten Platte an der Decke und Barhocker mit altrosa Samtbezügen säumten den glänzenden Tresen. Die Wände waren orange und tropisch aussehende Pflanzen fügten sattes Grün hinzu, egal wohin ich auch blickte. Sanftes Licht von verschlungenen Kugelleuchten tanzte über die runden Tische und massive Fenster entlang der hinteren Wand zeigten die Lichter Londons bei Nacht vor einem tiefschwarzen Himmel.

Der Raum wurde still, als Nox eintrat und ohne einen Blick auf einen Mitarbeiter zu werfen, zu einem Tisch ging. Es war vor dem größten Fenster und als ich ihm hinterhereilte, sah ich, dass die anderen Gäste ihm nicht ganz unauffällig nachsahen. Eine hohe, leuchtend grüne Palme rahmte jedes Ende des Tisches für zwei Personen ein und Nox ließ meine Hand los, um meinen Stuhl heranzuziehen.

Ich setzte mich gespielt selbstbewusst hin und bemerkte, dass die Wand uns gegenüber aus hohen, gewölbten Spiegeln bestand. Noch mehr Leute beobachteten uns in der Reflexion. Ich schluckte. In dem Augenblick, in der Nox sich setzte, erschien ein Kellner mit zwei Speisekarten. Eine für das Essen und eine für die Cocktails.

»Einen Espresso Martini und einen Scotch.« Ich sah Nox mit erhobenen Augenbrauen an.

»Ich habe die Speisekarte noch gar nicht aufgeschlagen«, sagte ich.

»Glaub mir, du willst den Espresso-Martini probieren. Ich habe dein Gesicht gesehen, als du gestern meinen Kaffee getrunken hast.« Ich verengte meine Augen, legte aber die Cocktailkarte weg. Die Wahrheit war, dass ein Espresso-Martini nach einer fantastischen Idee klang, aber ich wollte das nicht laut sagen.

Das Lesen der Speisekarte erhöhte meinen Puls wieder. Ich liebte gutes Essen und ich war keine schlechte Köchin, aber mein Budget schränkte mein Schlemmertum gehörig ein. Einige der Gerichte im Ivy klangen wahrlich göttlich.

Aber sie waren auch wahnsinnig teuer.

Ich werde nicht für dieses Essen bezahlen müssen, dachte ich mir, als ich die köstlichen Beschreibungen las. Dieses Essen war schließlich nicht meine Idee gewesen und Nox hatte mich eingeladen. Was hätte es für einen

Sinn, das billigste auf der Karte zu bestellen, nur weil es das billigste war? Nox würde wahrscheinlich nicht einmal merken, was ich bestellte.

»Das Käsesoufflé und die Hummer-Linguine, bitte«, sagte ich, als der Kellner zurückkam. Ich vermied es, Blickkontakt mit Nox aufzunehmen, nur für den Fall, dass er reagierte. Die Gerichte waren teuer.

»Ich nehme dasselbe«, sagte er und ich konnte nicht anders, als ihn überrascht anzuschauen.

»Du hast einen guten Geschmack.« Er lächelte. Der Kellner nahm unsere Speisekarten und ging.

»Das würdest du nicht sagen, wenn du meinen Ex kennen würdest«, sagte ich unbeholfen und versuchte, einen Witz zu machen, was mir nicht gelang.

»Warum ist er ein Ex?«

»Er war faul.«

»Ah, Faulheit. Die Sünde, die ich am wenigsten mag.«

»Darf ich fragen, welche deine Lieblingssünde ist?« Er streckte seine Zungenspitze heraus und befeuchtete seine Lippen. Er grinste und ich biss mir auf die Zunge, für den Fall, dass mir Sabber aus dem Mundwinkel laufen sollte.

»Eindeutig Lust. Aber es hat mich ein bisschen in Schwierigkeiten gebracht.«

»Ich kann mir vorstellen, dass es eine Menge Leute in Schwierigkeiten gebracht hat«, sagte ich, riss meinen Blick von seinem Mund los und nippte an meinem Drink. »Gott, ist das gut!«, rief ich aus.

»Götter haben wenig mit Alkohol zu tun, das versichere ich dir«, sagte Nox. »Und auch nicht mit Kaffee.« Ich neigte den Kopf zur Seite. Mit so vielen Leuten um uns herum und in meinem neuen Kleid fühlte ich mich etwas sicherer.

»Hast du also Gott getroffen? Wenn du der Teufel bist und so, nehme ich an, dass sich eure Wege kreuzen?«

»Es gibt viele Götter. Derjenige, mit dem ich am häufigsten zu tun habe, ist... sehr mächtig. Er ist für meine derzeitige Situation verantwortlich.«

»Also ist er ein Mann?«

»Wenn er mit mir spricht, ja. Ich habe keine Ahnung, was er wirklich ist. Ich bezweifle, dass das Geschlecht auf dieser Ebene überhaupt ein angemessenes Konzept ist.« Ich trank mehr von meinem Drink.

»Was meinst du mit deiner aktuellen Situation?«

»Ich will dir keine Angst machen, in dem ich dir zu viel erzähle.« Ich lachte und überraschte mich damit selbst. Etwas Gefährliches flackerte in Nox Augen auf und mein Lachen wurde abrupt unterbrochen.

»Ich glaube, du kannst mich nicht mehr erschrecken. Du bist in mein Haus eingebrochen und hast mir erzählt, dass du der verdammte Teufel bist. Ich denke jetzt schon, dass du völlig verrückt bist.«

»Im Moment wäre es mir lieber, du hieltest mich für verrückt, als dass du wüsstest, wozu ich wirklich fähig bin.« Das blaue Licht, das ich zuvor in seinen Augen gesehen hatte, war verschwunden und Schatten bewegten sich in seiner Iris, als ob seine Pupillen zu Tinte geworden wären.

Vielleicht konnte er mir doch noch mehr Angst einjagen, als er es bereits getan hatte.

»Gut. Dann erzähl mir, wie der Plan aussieht, meinen Namen reinzuwaschen.« Der Kellner kam genau zu diesem Zeitpunkt mit unseren Soufflés und für glückliche acht Minuten war alles, was ich wahrnahm, der Geschmack von salzigem, buttrigem Käse.

Zum Essen wurde Wein gebracht, ein frischer Weißwein und ich konnte mich ehrlich gesagt nicht an eine Zeit erinnern, in der meine Geschmacksnerven so gut behandelt worden waren. Eine vorübergehende Zufriedenheit durchflutete mich, als ich an dem Wein nippte.

»Ich sehe, dass die Völlerei den ersten Platz auf deiner Sünden-Rangliste einnimmt«, sagte Nox mit einem Lächeln.

»Es ist ein ausgezeichneter Wein. Und das Essen ist hervorragend.«

»Isst du oft auswärts?«, fragte er mich und ich vermutete, dass er die Antwort bereits kannte.

»Nein. Ich habe Schulden, die ich abbezahle.« Ich schämte mich, die Worte laut auszusprechen, aber ich war nicht dumm. Ich hatte seine Akte über Sarah gesehen. Ich hatte keinen Zweifel, dass er mittlerweile auch eine über mich hatte.

»Schulden aus der Zeit, als du in Amerika gelebt hast?«

»Schulden von überall.« Schulden, weil ich vergeblich versucht hatte, meine Eltern zu finden. Verzweifelte Lagen gingen oft nicht Hand in Hand mit guten, rationalen Entscheidungen. Ich hätte viel eher aufhören sollen, Privatdetektive anzuheuern und zurück zur Arbeit gehen sollen. Aber das habe ich nicht getan und jetzt musste ich dafür bezahlen. Nicht nur für die nutzlosen Ermittler, sondern auch für die Zeit, die ich ohne Arbeit verbracht habe, um über ihr Verschwinden nachzudenken. Nox nickte und nahm einen langen Schluck von seinem Wein.

»Hast du gute Freunde in London?«

»Ich bin seit fünf Jahren hier, natürlich habe ich Freunde, sagte ich ein wenig abwehrend.

»Jemand Besonderes?«

»Ja. Sie ist fünfundsiebzig und flucht wie ein Kesselflicker.« Nox lächelte und ich konnte nicht verhindern, dass meine eigenen Lippen den Ausdruck auf seinen spiegelte.

»Sie klingt lustig.«

»Ist sie auch. Aber sie schummelt beim Kartenspielen.«

»Das tue ich auch.«

»Warum überrascht mich das nicht?«

Die Hummer-Linguine kamen und Speichel erfüllte meinen Mund, als ich den göttlichen Geruch einsog.

»Wie heißt sie?«, fragte Nox und schenkte mir Wein nach, bevor der Kellner es tun konnte.

»Francis.«

Während wir aßen, erzählte ich ihm, wie ich mich mit meiner älteren Nachbarin angefreundet hatte. Das Essen war ganz ausgezeichnet. Der Wein passte perfekt dazu und als der Kellner unsere leeren Teller abräumte, hatten wir schon fast die ganze Flasche ausgetrunken.

Ich war mir nicht sicher, ob es der Alkohol war, die Annehmlichkeiten des guten Essens oder das Gespräch über Francis, aber ich war deutlich entspannter als zu Beginn des Abends.

»Dessert?«, fragte Nox, als der Kellner mit zwei kleinen Speisekarten zurückkam.

»Was für eine Frage«, sagte ich. Nox lächelte. Er bestellte wieder dasselbe wie ich, ein Tiramisu und fügte zwei Gläser Soixante Quinze hinzu.

»Was ist das?«, fragte ich.

»Ein Champagner-Cocktail.«

»Oh. Danke.«

»Es ist mir ein Vergnügen«, sagte er, mit Betonung auf dem Wort *Vergnügen*.

Ich rutschte auf meinem Sitz hin und her, meine neu gefundene Entspanntheit verebbte. Ich wurde mir wieder der anderen Gäste bewusst, die uns in den Spiegeln beobachteten. Würden sie sich fragen, was ein Mann wie Nox von einem Mädchen wie mir wollte? Das mussten sie. Er strahlte Macht, Selbstvertrauen und Reichtum aus.

Und ich strahlte überhaupt nichts aus. *»Die beschissenste, langweiligste Frau, die ich je getroffen habe.«* Das war es, was Alex gesagt hatte.

Das Schwanken meiner Gedanken musste sich in meinem Gesicht gezeigt haben, denn Nox griff über den Tisch und berührte leicht meine Hand, die auf dem weißen Tischtuch ruhte.

»Geht es dir gut?«

»Ja. Natürlich. Es tut mir leid. Erzähl mir etwas über dich«, sagte ich unbeholfen.

»Du wirst nur wieder zynisch werden, wenn ich dir von mir erzählen würde«, sagte er und lehnte sich in seinem Stuhl zurück.

»Ich verspreche dir, dass ich so tun werde, als würde ich dein ganzes verrücktes Teufelszeug glauben.«

»Okay. Was willst du wissen?«

»Warum leitet der Teufel ein Finanzdienstleistungsunternehmen?«

»Ich leite viele Unternehmen. Gier ist eine Sünde, an der ich einen sehr großen Anteil habe und LMS ist die Firma, von der aus ich Entscheidungen über die anderen treffe.«

»Wofür steht LMS?«

»Meinen wahren Namen. Luzifer Morgen-Stern.«

»Bist du wirklich ein Millionär?« Ein Flackern eines Lächelns geisterte über seine Lippen.

»Oh, ja, das bin ich.«

»Du hast gesagt, dass du aus dem Himmel und der Hölle herausgeschmissen wurdest. Warum?«

»Weil ich mich weigerte, Befehle zu befolgen. Ich bin das, was man einen bösen Jungen nennen könnte.«

»Gibt es noch andere wie dich?«

»Es gibt niemanden wie mich. Es gibt andere gefallene Engel und viele andere übernatürliche Kreaturen, aber es gibt nur einen Herrn der Sünde.«

Meine Haut erhitzte sich, sowohl durch die Kraft, mit der er sprach, als auch durch die Aufregung, dass das, was er sagte, wahr sein könnte. Ich hätte nicht erregt sein sollen. Ich hätte verwirrt sein sollen, oder verängstigt. Aber ein Teil von mir hoffte tatsächlich, dass er die Wahrheit sagte.

»Beweise es.« Nox hob eine Augenbraue.

»Was soll ich beweisen? Dass es Übernatürliche gibt oder dass ich der Teufel bin?«

»Beides. Beides.« Mein Herz begann in meiner Brust zu hämmern. Ich hatte das starke Gefühl, dass ich diese Forderung noch bereuen würde.

Nox sah mich einen langen Moment lang an, seine blauen Augen leuchten. »Sieh in den Spiegel«, sagte er schließlich. Ich tat wie geheißen.

»Was soll ich mir ansehen?« Nichts war fehl am Platz oder merkwürdig. Ich sah nur uns, die anderen Gäste, die Kellner und die Bar, alles spiegelte sich wider, wie ich es erwartet hatte.

»Du siehst es nicht?« Ich runzelte die Stirn.

»Was soll ich sehen?«

»Wenn du es nicht siehst, dann bist du nicht bereit.« Ich wandte ihm wieder meine Aufmerksamkeit zu und war sofort verärgert. Wie leichtgläubig konnte ich sein? Natürlich war er nicht der verdammte Teufel.

»Na, das ist ja praktisch für dich«, sagte ich sarkastisch.

»Nicht wirklich«, sagte er und zuckte mit den Schultern. »Wenn du bereit wärst, dann könnte ich dein Höschen gleich von deinem perfekten Arsch verschwinden lassen. Dann hätten wir einen interessanteren Dessert-Gang vor uns.«

Hitze strömte in meine Wangen und ich öffnete und schloss meinen Mund mehrmals. Eine schlagfertige Antwort fiel mir jedoch nicht ein. Gnädigerweise erschien der junge Kellner mit dem Tiramisu und ich begann, es auf wenig elegante Weise in meinen Mund zu schaufeln. Guter Gott, der Mann war Sex auf Beinen. Ich musste mich konzentrieren, um seinen Charme oder seine Verführungskünste nicht an mich heranzulassen.

Aber verdammt, jedes Mal, wenn seine funkelnden Augen meine über dem köstlichen Dessert einfingen, verspürte ich das plötzliche Bedürfnis zu überprüfen, ob meine Unterwäsche noch an war.

Wir verließen das Restaurant, sobald ich meinen Soixante Quinze ausgetrunken hatte, der ehrlich gesagt der beste Drink war, den ich jemals probiert hatte. Wer hätte gedacht, dass es einen Weg gibt, Champagner noch besser zu machen?

Claude und seine Limousine warteten auf uns und der Stoff meines Kleides rutschte über das Leder des Sitzes, als ich versuchte, anmutig in das Auto zu steigen. Nox Arm schoss vor und half mir. Dann stieg er mit einer unglaublichen Menge an Grazie nach mir ein.

»Wo ist der Club?«, fragte ich, wohlwissend, dass der Champagner und der Wein bereits ihre Wirkung zeigten.

»Nicht weit.«

»Ausweichend und wenig hilfsbereit«, murmelte ich.

»Ich kann sehr zuvorkommend sein, wenn ich es will.«

»Das bezweifle ich nicht. Ich bin sicher, Sarah fand dich sehr zuvorkommend.« Warum erwähnte ich das jetzt? Ich hatte definitiv zu viel getrunken. Nox lächelte, als ich ihn von der Seite ansah und das Innere des dunklen Wagens wurde nur von den Lichtern der Schaufenster und Restaurants beleuchtet, an denen wir vorbeifuhren.

»Warum glaubst du mir nicht, dass ich keinen Sex mit ihr hatte?«

»Ihr beide saht...« Ich brach ab und versuchte, das

richtige Wort zu finden. »Sexy aus«, beendete ich meinen Satz, lahm. » Als würdet ihr gleich Sex haben.« Nox drehte sich ganz zu mir um und ich schwöre, dass seine Augen tatsächlich ihr eigenes Licht ausstrahlten.

»Magst du es?«

»Was?«

»Sex.« Ich starrte ihn an, froh, dass er nicht sehen konnte, wie rot mein Gesicht geworden war.

»Diese Frage beantworte ich auf keinen Fall«, schnauzte ich, verschränkte die Arme und wandte mich von ihm ab.

»Ich will die Antwort wissen.« Um ganz ehrlich zu sein, wollte ich das auch. Ich mochte Sex, aber ich hatte mich immer gefragt, warum Leute so großen Interesse daran hatten.

Obwohl ich anfing, mich weniger darüber zu wundern, seit ich Nox besser kennengelernt hatte. Der Gedanke an Sex mit ihm - ja, sogar die bloße Nähe zu ihm - war erregender als manche sexuelle Begegnung, die ich erlebt hatte.

Ich brauchte diese Information jedoch nicht mit ihm zu teilen.

»Du bist wie ein notgeiler Teenager«, sagte ich mit der Stimme meiner Mutter. Er gab ein leises Kichern von sich.

»Du würdest mich nicht mit einem Teenager verglei-chen, wenn du mich nackt sehen würdest.«

Ein lebhaftes Bild des nackten Nox erfüllte meinen Geist und dominierte meine champagnergetränkten Gedanken.

Verdammt.

»Sie sind aber nicht nackt und Sie sind mein Vorgesetzter, also benehmen Sie sich«, brachte ich hervor, gewillt, mein Verlangen nach ihm zu verringern.

»Verzeihen Sie, Fräulein Abbott«, sagte er förmlich und ich zuckte überrascht zusammen, als ich seine Hand auf meiner spürte. Ich schaute ihn an, als er sie sanft zu seinem Gesicht hob und einen weichen und unmöglich sinnlichen Kuss auf meinen Handrücken pflanzte. »Der Teufel kann ein Gentleman sein, das versichere ich dir.«

»Du meinst, du kannst deinen Charme spielen lassen?«, murmelte ich und versuchte, meinen purzelnden Magen zu beruhigen.

»Und ich kann Deals anbieten. Was möchtest du als Gegenleistung für die Antwort auf meine Frage?« Ich spürte, wie sich meine Augenbrauen hoben.

»Ist dir die Antwort wirklich so viel wert?«

»Ja. Wie wäre es mit Essen im Ivy für einen Monat?« Mir fiel die Kinnlade herunter.

»Was? Nur dafür, dass ich etwas Schmutziges sage?«

»Ja.«

»Du hast mehr Geld als Verstand«, hauchte ich. Seine Augen verfinsterten sich.

»Und? Willst du den Deal annehmen?«

»Für einen Monat mit solchen Mahlzeiten? Natürlich nehme ich das Angebot an!«

»Dann sag es mir.« Ich holte tief Luft. Ich versuchte, seinem Blick standzuhalten, aber es gelang mir nicht.

»Ja, ich mag Sex«, flüsterte ich hastig. Langsam wanderte seine Hand zu meinem Kinn. Ein Schauer breitete sich durch seine Berührung in mir aus und ich hoffte, dass er nicht wusste, dass sich mein Pulsschlag gerade verdoppelt hatte.

»Sag es mir noch einmal. Ich habe dich nicht verstanden.« Er neigte meinen Kopf nach oben, so dass ich ihn ansah.

»Ja, ich mag Sex.«

Ich konnte das Feuer der Lust in seinen Augen sehen und hörte sein scharfes Einatmen. Mein Körper verkrampfte sich und ein Schmerz baute sich in meinem Inneren auf, als mein Verstand verarbeitete, was ich sah. *Er wollte mich.* Daran gab es keinen Zweifel. Sein Necken und Flirten waren nicht nur zum Spaß.

Aber er war ein Playboy. Er wollte wahrscheinlich jede Frau. Und ich warf mich ihm nicht an den Hals, was mich wahrscheinlich nur zu einer Herausforderung für ihn machte. Ein Mann mit einem Ego wie Mr. Nox musste die Herausforderung lieben.

»Sind wir bald da?«, fragte ich und betete, dass meine Stimme nicht so atemlos klang, wie ich mich fühlte.

»Ja.« Er wandte seinen Blick nicht von mir ab, bis das Auto abbremste. Sein Blick huschte zum Fenster, dann drehte er sich in seinem Sitz um. »Es scheint, dass wir gerade angekommen sind.«

ELF

Als ich aus dem Auto stieg und auf das Gebäude schaute, vor dem wir angehalten hatten, drehte sich mir der Magen um.

»Der Aphrodite-Club«, las ich das vertikale Neonschild über einem schmalen Eingang. Ein massiger Security-Mann in einem schwarzen Mantel stand davor und ich konnte die Geräusche von Musik und Lachen hören, die sowohl aus dem Restaurant zu unserer Linken als auch aus der trendigen Bar auf der rechten Seite kamen.

»In der Tat«, sagte Nox und stellte sich neben mich. »Ich fürchte, du bist ein wenig overdressed.« Ich funkelte ihn an.

»Und was für ein Club ist der Aphrodite-Club?«, fragte ich ihn mit aufeinandergebissenen Zähnen. Ich ahnte, dass ich die Antwort bereits kannte.

»Lass es uns herausfinden.« Er nahm meine Hand und ging auf die Tür zu, wobei der Security-Typ ihm mit einem übermäßig ehrerbietigen Nicken aus dem Weg ging.

Wir gingen einige Stufen hinauf, die mit fadenscheinigem Teppich und braunen Flecken bedeckt waren, von denen ich hoffte, dass es Bier war, bis wir einen kurzen Treppenabsatz erreichten. Ein gelangweilt aussehender Mann in einer kleinen Kabine hielt uns zwei Papiertickets hin, die aussahen, als kämen sie aus einer Spielhalle.«

»Je zehn Pfund«, murmelte er und ich sah, dass er ein Spiel auf seinem Handy spielte. Nox gab ihm einen Zwanzig-Pfund-Schein und reichte mir dann einen der kleinen Papierscheine. Ich schenkte ihm ein sarkastisches Lächeln, als ich mich bei ihm bedankte, dann gingen wir durch den schweren roten Vorhang am Ende der Halle.

Zu sagen, dass ich overdressed war, war eine Untertreibung. Jede Frau, die im Aphrodite Club überhaupt Kleidung trug, war overdressed. Meine Wangen fühlten sich warm an, als ich Nox zu einem runden Plastiktisch folgte, der einen Blick auf die kleine Bühne in der ersten Reihe bot. Ich tat mein Bestes, um die Frau in der Mitte der Bühne nicht anzuschauen.

»Du hast mich in eine Stripbar gebracht?«, zischte ich Nox an, als wir uns setzten.

»Es ist nicht meine Schuld, dass das Opfer hier gearbeitet hat«, sagte er und seine Augen leuchteten unnatürlich hell.

»Du hättest mich vorwarnen können.«

»Dann wärst du auf keinen Fall gekommen.«

»Das weißt du doch gar nicht!« Er hatte recht. Ich hätte nie und nimmer freiwillig einen Fuß an diesen Ort gesetzt. Aber es gefiel mir nicht, wie er mich einschätzte.

»Doch, ich weiß es. Du bist das, was manche prüde nennen würden.« Ich sah ihn finster an.

»Ich habe einen gesunden Respekt vor Sex«, flüsterte ich laut.

»Das haben diese Damen auch«, sagte er und eine Frau kam mit einem Notizblock herüber.

»Was kann ich euch Süßen zu trinken bringen?«, lächelte sie. Sie war komplett oben ohne, trug nur einen G-String und zehn Zentimeter hohe Stilettos. Ich öffnete meinen Mund und schloss ihn wieder.

»Scotch und eine Flasche Wasser bitte«, sagte Nox. Sie zwinkerte ihm zu und wirbelte davon, wobei sie ihre nackten Arschbacken schwang. Bewunderung ihres Selbstvertrauens erfüllte mich, als ich sie gehen sah. »Dieser Ort ist in der Tat sehr interessant«, sagte Nox, wobei seine Augen nicht auf den Hintern des Mädchens gerichtet waren, sondern den Raum durchstreiften.

»Mmmm«, antwortete ich unbeholfen. Das Mädchen auf der Bühne hatte gerade ihren glitzernden BH ausgezogen. Eine andere Frau führte einen Mann an der Hand zu einer Tür, die von einem schweren Vorhang verdeckt war. Sie grinste ihn an, als sie dadurch verschwanden. Ein schaler Geruch hing in der dicken Luft - Bier gemischt mit Reinigungsmittel.

»Viele übernatürliche Kreaturen sind heute hier.« Ich schaute ihn an. Ich hatte erwartet, dass das Interessante die schiere Anzahl der zur Schau gestellten Nippel sein würde, nicht eine Fülle von angeblichen übernatürlichen Lebewesen.

»Wirklich?«

»Ja. Jede Menge Shifter.«

»Shifter?«

»Menschen, die sich in Tiere verwandeln können.«

»Klar, ist klar«, sagte ich und nickte. Ich war beschwipst genug, dass es sich mehr wie ein Spiel anfühlte bei seinen Verrücktheiten mitzumachen. »Irgendwelche Vampire?«

»Nur einer.« Mein Mund fiel auf. Das war ein Scherz gewesen.

»Was noch?«

»Keine Dämonen. Aber ein paar Kobolde.«

»Ach so.«

Die barbusige Frau kam mit einem Whiskey mit ein paar Eiswürfeln in einem billig aussehenden Glas und einer Plastikflasche Wasser mit einem Strohhalm darin zurück. Nox reichte mir das Wasser und ich nahm es dankend an. Ich wollte sowohl das Getränk, als auch etwas, um meine Hände zu beschäftigen.

»Wie heißt du?«, fragte Nox die Frau, als er ihr einen Geldschein reichte. Sie steckte ihn in den Träger ihres Höschens.

»Candy.«

»Wer hat in diesem Laden das Sagen, Candy?« Ein Schatten zog über ihr junges Gesicht.

»Habe ich etwas falsch gemacht?« Sie zog den Mund zu einem aufreizenden Schmollmund.

»Überhaupt nichts. Ich bin nur neugierig.«

»Oh. Max.« Sie deutete auf einen großen Mann ohne Haare und mit einem langen Bart, der hinter der Bar Getränke zubereitete.

»Danke, Candy. Kanntest du ein Mädchen, das hier gearbeitet hat und Sarah hieß?«

»Sarah arbeitet immer noch hier«, sagte Candy finster. »Gott sei Dank. Sie ist eine der einzig netten Leute hier.« Sie schien zu realisieren, was sie gesagt hatte und drehte ihr Lächeln voll auf. »Obwohl jeder Lapdance von den Mädels hier toll ist«, strahlte sie.

»Da bin ich mir sicher. Ist Sarah heute Abend hier?«

»Nein. Sie ist nicht zu ihrer Schicht erschienen, aber ich bin mir sicher, dass sie morgen wieder da sein wird.«

Mein Magen krampfte sich vor Traurigkeit zusammen. Diese junge Frau wusste nicht, dass ihre Freundin tot war.

Nox nickte nur und gab ihr einen weiteren Schein, den sie neben den anderen klemmte, ehe sie davon schlenderte.

»Hätten wir ihr von Sarah erzählen sollen?«, fragte ich.

»Nein. Das ist nicht unsere Aufgabe. Und wir sind dazu angehalten, diskret zu sein. Außerdem könnte sie von einer ganz anderen Sarah sprechen.«

Ich verzog das Gesicht. Wir wussten beide, dass das unwahrscheinlich war.

Eine kurze Weile sprachen wir nicht, sondern nippten nur an unseren Getränken. Ich war mir nicht sicher, was Nox Plan war, aber er schien cool, ruhig und kontrolliert genug, dass ich mir sicher war, dass er einen hatte. Oder vielleicht war er einfach so wie immer.

Ich schaute mich in dem Club um und besah Tänzer und Kunden gleichermaßen. Lächelnd beschloss ich, mich vorübergehend dem Glauben an Nox übernatürliche Fantasien hinzugeben. Ich versuchte herauszufinden, wer von ihnen der Vampir sein könnte.

Ich war gerade dabei zu entscheiden, dass es die streng aussehende Frau mit dem scharlachroten Höschen und dem dazu passenden Lippenstift sein musste, als das Husten eines Mannes meine Aufmerksamkeit auf sich zog.

»Candy sagt, du hast nach mir gefragt.« Es war Max, der Manager und er stand neben Nox, die Hände in die Hüften gestemmt.

»Candy hat recht«, sagte Nox. Er sah langsam zu dem Mann auf und ich sah, wie sich Max Augen weiteten.

»Wie kann ich dir helfen?« Sein Tonfall hatte sich mit nur einem Blick von Nox von konfrontativ zu ehrerbietig gewandelt. Ich runzelte die Stirn.

»Wann hast du Sarah zuletzt gesehen?«

»Sie ist heute nicht aufgetaucht. So eine Nervensäge. Ständig high.«

»Wann hast du sie also zuletzt gesehen?«

»Vorgestern. Ihr Freund ist aufgetaucht und hat sich mit einem der Freier gestritten. Sie haben sich geprügelt.«

»Sie haben sich geprügelt?«

»Ja. Nicht hier drinnen. Ich habe sie rausgeschmissen. Sie haben sich auf der Straße geprügelt. Sarah war völlig fertig. Ich musste sie früher nach Hause gehen lassen.« Max schaute genervt drein.

»Hast du seitdem etwas von ihr gehört?«

»Nein.«

»Wie heißt denn ihr Freund?«

»Dave irgendwas. Arbeitet in einer Autowerkstatt in der Nähe, glaube ich.«

»Dankeschön.«

»Ist das alles?«

»Ja.« Max sah erleichtert aus. »Okay. Es ist nur so, dass es mich nervös gemacht hat, heute zwei von euch hier zu sehen. Ich breche keine Vorschriften. Ich halte mich an die Regeln.«

Als Nox ihm antwortete, war seine Stimme hart wie Stahl und er sprach in einem Ton, den ich noch nie von ihm gehört hatte. Meine Haut begann zu jucken.

»Zwei von uns?«

»Ja. Vorhin war schon jemand da.«

»Was wollte der andere?«

»Keine Ahnung. *Sie* hat nicht mit mir gesprochen. Hat für einen Tanz bezahlt und ist gegangen.«

»Wie hat sie ausgesehen?«

»Weißes Haar, weiße Haut. Richtig heiß.« Nox stand abrupt auf und ich verschüttete fast mein Wasser.

»Beth, wir sehen uns morgen. Claude wird dich nach Hause bringen.« Ohne ein weiteres Wort drehte sich Nox um und schritt aus dem Zimmer.

»Warte!«, rief ich ihm hinterher, aber er blieb nicht stehen und innerhalb von Sekunden war er aus meinem Blickfeld verschwunden. Max hob seine Augenbrauen und deutete auf meine Wasserflasche.

»Noch eine für den Weg?«, bot er an.

»Nein, danke.« Er zuckte mit den Schultern und schlenderte zurück zur Bar.

Na toll. Jetzt war ich total verwirrt und alleine in einem Stripclub.

· · ·

Claude wartete tatsächlich auf mich, als ich Minuten später aus dem Aphrodite-Club flüchtete. Ich verbrachte die ganze Fahrt zurück zu meiner Wohnung damit, darüber nachzudenken, was Nox Gespräch mit dem Clubbesitzer bedeutete.

Das Zeug über Sarah war sehr hilfreich. Ein Freier und ein aggressiver Freund? Die Hoffnung, dass die Polizei vielleicht bessere Verdächtige als mich hat, wuchs bei dieser Nachricht.

Aber das andere Zeug war geradezu unheimlich. Die Tatsache, dass Max von aggressiv auf hilfsbereit umge-schaltet hatte, als er Nox Augen sah, war seltsam genug. Die Art, wie er *zwei von euch* gesagt hatte, war gruselig.

Wenn Nox verrückte Behauptungen wahr waren, dann könnte das, was Max gesagt hatte, einen Sinn erge-ben. Er könnte gemeint haben, dass jemand anderes wie Nox, ein gefallener Engel oder so, im Club gewesen war.

Aber wenn Nox einfach nur verrückt war, was eine Million Mal wahrscheinlicher war, dann konnte ich dem Gespräch überhaupt keinen Sinn abgewinnen. Nox hatte gesagt, dass er viele Geschäfte besaß, dachte ich und suchte nach einer rationalen Erklärung. Vielleicht gehörte ihm der Club? Oder das Gebäude? Das könnte Max nervöse Ehrerbietung erklären. Aber wer war dann die andere Frau, die Nox so wütend gemacht hatte?

Jedes Mal, wenn ich Zeit mit meinem mysteriösen Chef verbrachte, begann ein größerer Teil von mir, ihm zu glauben. Aber dann bekam ich etwas Zeit für mich und erinnerte mich daran, dass es nicht möglich war, dass seine Behauptungen wahr waren. Das konnte es einfach nicht sein.

Hoffentlich würde er mir das alles erklären können, wenn ich ihn am nächsten Tag sehen würde. Nachdem ich ihm einen Denkzettel verpasst hatte, weil er mich hatte abblitzen und allein dastehen lassen.

ZWÖLF

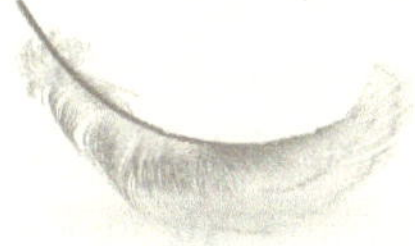

NOX

Beth zu verlassen war das Letzte, was ich tun wollte. Sie war gerade erst mit mir warm geworden. Sie war beschwipst genug, dass ihre Hemmungen sanken, ihre Fantasie beflügelt wurde und sie sich um mich herum entspannen konnte. Sie machte sich mit ihren Fragen über die übernatürliche Welt über mich lustig, aber ich konnte spüren, dass sie es glauben wollte.

Das war nicht das Einzige, was ich fühlen konnte. Irgendetwas war anders an ihr und jeder Teil meines Körpers schien es zu wissen. Jeder Teil. Zum ersten Mal seit Jahren fühlte ich etwas mehr als nur nutzlose Lust. Ich wusste nicht, was es war, oder warum sie es ausgelöst hatte, aber sie hatte es getan, als wir uns das erste Mal in meinem Büro berührten.

Und je mehr Zeit ich mit ihr verbrachte desto faszinierender fand ich sie. Ich interessierte mich für alles an ihr und ich genoss es nicht nur, mir ihr Gesicht anzusehen, ihr Lachen zu hören, ihren Schock und ihre Verlegenheit zu spüren, sondern ich wollte sie auch beschützen.

Ich hatte mich in meinem Leben nur für sehr wenige Sterbliche interessiert. Aus gutem Grund. Aber Beth war wie ein verdammtes Leuchtfeuer, das Teile meiner zerstörten Seele zu sich rief. Und sie war keine Sirene, kein Inkubus, kein Dämon. Sie war ein Mensch, rein und schüchtern. Ich sollte kein Interesse an ihr haben.

Verdammt, ich wollte sie. Ich wollte ihre Lippen auf meinen empfinden, ich wollte ihre Haut unter meinen Fingerspitzen fühlen, ich wollte ihre Erregung in ihrem Inneren pochen spüren. Ich wollte ihr schönes Gesicht in glückseliger Ekstase sehen.

Bald, sagte ich mir. *Bald.*

Als ich mich in dieser Nacht in meinem Traum auf dem gefrorenen See wiederfand, war meine erste Reaktion weder Überraschung noch Angst.

Es war aufrichtige Erregung.

Dies war ein Traum. Ein Traum, in dem ich den heißesten Kuss meines Lebens erlebt hatte.

»Aber was ist, wenn es echt ist?«

Nox Stimme wurde mit einer kühlen Brise zu mir getragen und schickte Schauer über meine nackten Arme. Ich hatte wieder das gelbe Kleid an.

»Ist es nicht. Es ist ein Traum«, antwortete ich.

»Ich bin ein Gott der Nacht, ein Gott der Lust. Träume sind mein Spielplatz.« Mit einer Welle der Wärme schimmerte er vor mir ins Dasein. Er trug die schwarze Jeans und das Hemd, das er beim Abendessen getragen hatte, aber die obersten drei Knöpfe seines Hemdes waren offen und enthüllten glatte, harte Brustmuskeln. Ich hob meine Hand. Der Instinkt, meinen Finger über seiner Brust zu streichen, war so stark, dass ich ihn nicht unterdrücken konnte. Er trat auf mich zu und meine Berührung traf auf seine Haut.

Er stieß einen zischenden Atemzug aus und sah mir in die Augen. Sie loderten mit blauem Feuer und mein Herz hämmerte in meiner Brust.

»Du hast etwas mit mir gemacht, Beth. Ich wollte dich heute Nacht nicht verlassen.«

Der bewusste Teil meines Gehirns schimpfte mit mir, weil ich träumte, dass Nox mich nicht verlassen wollte. Das war eindeutig das kleine bisschen Stolz, über das ich noch verfügte, das versuchte, sich dafür zu entschädigen, dass ich bei einem Date ohne einen Kuss stehengelassen wurde.

Der Rest meines Gehirns schrie mich an, den Kuss einzufordern, den er mir schuldig war.

Jetzt.

Ich griff nach oben und fuhr mit meinen Fingern zaghaft durch sein dunkles Haar, dann glitt ich mit den Fingerrücken über sein Gesicht und fühlte seine Stoppeln. Er war umwerfend. Atemberaubend. Ich konnte einem Mann, der so aussah, einfach nicht widerstehen.

»Willst du mein wahres Ich sehen?«, flüsterte er. Ich hielt in meiner Erkundung seines Gesichtes inne.

»Woher weißt du, was ich denke?« Er senkte den Kopf, rückte näher an mich heran und sprach leise: »Ich erschaffe diesen Traum. Ich bin ein Gott der Dunkelheit und der Fantasien.« Seine Lippen berührten meine fast, als er das Wort *Fantasien* aussprach und Hitze schoss durch mein Inneres, sodass ich mich gleichzeitig schwach und mächtig fühlte.

»Du hast mich hineingelassen, Beth.«

»Zeig mir dein wahres Ich.« Ich hätte Angst haben oder zumindest misstrauisch sein sollen, aber ich fühlte mich, als hätte ich hier in dieser gefrorenen, erfundenen Welt, die Erlaubnis, meine Grenzen auszutesten.

Nox trat einen Schritt zurück und starrte mir mit einer Intensität in die Augen, von der ich nicht glaubte, dass ich sie ertragen könnte, wenn sie echt wäre.

»Bald.«

Eine tiefe Enttäuschung durchbohrte meinen Bauch. Das war mein Traum - er konnte nicht nein sagen!

»Ich will dich sehen.« Ich wollte so viel mehr, als ihn zu sehen. Ich wollte ihn berühren, ihn küssen, seine Hitze spüren, sein Gewicht auf meinem Körper erfahren, die Länge und Härte seiner Männlichkeit in mir fühlen. Meine Gedanken schraubten sich ins Obszöne, während ich ihn anstarrte.

»Gut«, sagte er und verschwand.

»Es ist mir egal, wie gut dein Kaffee ist, er wird mich nicht dazu bringen, dir zu verzeihen, dass du mich in einem verdammten Stripclub allein gelassen hast!« Nox lächelte, als er den dargebotenen Kaffee zurückzog.

»Dann gieße ich den mal weg.«

»Wage es nicht!«, schnauzte ich und nahm ihm den Kaffee mit einer solchen Wucht ab, dass er ihn fast verschüttete. Ich stellte ihn auf dem Schreibtisch ab und marschierte hinüber zu seinem Bürofenster und starrte hinaus auf die Aussicht auf den Fluss.

Ich war noch wütender auf diesen arroganten Arsch

aufgewacht, als ich eingeschlafen war. Aber ich hatte nicht vor, den Traum zu erwähnen. Ich wollte ihm nicht die Genugtuung geben, dass er denkt, ich würde anfangen, ihm zu glauben.

Auch wenn ich das tat.

»Es tut mir leid, dass ich so abrupt gegangen bin. Es war unvermeidlich.« Seine Stimme war tief und sanft und brachte mich dazu, ihn ansehen zu wollen. Ich widerstand und hielt meinen Blick auf die ikonische Londoner Skyline gerichtet.

»Was war so unvermeidlich, dass du dachtest, es sei okay, einfach zu gehen? Wir wollten doch zusammen an dem Fall arbeiten.« Wenn er die Wahrheit sagte und er mich letzte Nacht wirklich in meinen Träumen besucht hatte, dann wusste er, dass meine Wut von einer anderen Art von Frustration gefärbt war.

Frustration der Art, die ich in Verbindung mit ihm nicht empfinden sollte. Er war mein Chef und möglicherweise ein totaler Verrückter. Und meine beste Chance, eine Mordanklage zu vermeiden.

»Die Frau, von der uns der Clubbesitzer erzählt hat, ist eine neue und sehr interessante Spur. Ich konnte keine Zeit verschwenden. Ich musste ihr nachgehen.« Ich drehte mich zu ihm um. Meine Verärgerung hatte ich vorübergehend vergessen.

»Eine Spur?«

Er nickte, schritt dann zu seinem Stuhl und setzte sich. Er trug einen marineblauen Anzug. Der Kragen seines weißen Hemdes stand offen. Mein Blick wanderte zu seinen Lippen, als er zu sprechen begann.

»Du erinnerst dich, dass ich dir gesagt habe, dass ich meine Lieblingssünden habe?«

»Es ist neun Uhr morgens. Willst du jetzt wirklich schon von Lust anfangen?« Er hob eine Augenbraue und Verruchtheit blitzte in seinen Augen auf.

»Lust ist zu jeder Tageszeit angebracht, Beth.« Ich schluckte. »Aber darauf will ich gar nicht hinaus. Mein Punkt ist, dass nicht alle Sünden Spaß machen. Manchmal können sogar sehr lästig sein.«

»Ich kann dir nicht folgen. Kein Wunder, denn du redest ja auch Unsinn.«

»Ich glaube, ich mag es, wenn du so angriffslustig bist«, sagte er. »Erinnere mich daran, dich öfters wütend zu machen.« Ich verengte meine Augen zu Schlitzen.

»Das ist kein Angriff. Es ist Selbstbewusstsein. Ich habe es satt, mich von dir einschüchtern zu lassen.« Das entsprach nicht ganz der Wahrheit. Meine Laune wurde an diesem Morgen vor allem durch den neuen und störenden Schmerz zwischen meinen Beinen angeheizt, der die Einschüchterung, die er sonst so stark in mir auslöste, überwog.

»Ich kann mich nicht entscheiden, ob ich darüber erfreut oder enttäuscht bin.«

»Und es ist mir egal«, log ich. »Erzähl mir von dieser Spur.«

»Es wird dir nicht gefallen.«

»Das werde ich selbst entscheiden, danke.« Ich verschränkte die Arme und streckte die Hüfte vor, in einem Versuch frech und kess auszusehen.

Nox hob eine Augenbraue, dann zuckte er mit den Achseln.

»Als ich in die Welt der Sterblichen kam, beschloss ich...«, er rieb sich mit einer Hand über seinen stoppeligen Kiefer, während er nach dem richtigen Wort suchte. »Die Verantwortung für die Sünden zu verlagern, die mich nicht interessierten.« Ich öffnete meinen Mund, schloss ihn dann wieder. »Die Frau, die gestern in der Bar war, ist der gefallene Engel, der momentan eine der unangenehmeren Sünden beherrscht.«

Ich blies einen langen Atemzug aus, als ich seine Worte wiederholte.

»Okay. Damit das hier funktioniert, muss ich so tun, als würde ich dir glauben. Denn es gibt ungefähr hundert Fragen, die zu dieser Aussage gehören und ich kann keine davon stellen, wenn ich meine ganze Zeit damit verbringe, dir zu sagen, dass du verrückt bist«, sagte ich.

Er streckte eine Hand in Richtung des Stuhls ihm gegenüber aus.

»Ich bin froh, dass wir uns über etwas einig sind. Frag ruhig. Ich stehe dir voll und ganz zur Verfügung.«

Ein Klopfen an der Tür unterbrach den ungebetenen Gedankenstrom, der mir bei der Vorstellung, dass Nox mir völlig zur Verfügung stand, durch den Kopf ging. Es gab viele, viele Dinge, die ich diesen Mann tun lassen würde, wenn das wahr wäre und keines davon beinhaltete die Beantwortung von Fragen über gefallene Engel. Die meisten davon hatten mit diesen herrlichen Lippen zu tun.

»Herein«, rief er und ich blinzelte.

Inspektor Singh betrat den Raum und all die angenehmen Gedanken verschwanden aus meinem Kopf, ersetzt durch Erinnerungen an Sarahs leblosen Körper auf dem Boden.

»Inspektor«, sagte Nox, stand langsam auf und reichte ihr die Hand.

»Mr. Nox«, nickte sie und richtete ihren Blick schnell auf mich. Ich sah einen uniformierten Beamten hinter ihr in den Raum kommen. Mein Magen verkrampfte sich schmerzhaft. »Eigentlich sind wir hier, um Miss Abbott zu sehen.«

»Hallo«, sagte ich und mein Mund war auf einmal trocken wie Wüstensand.

»Willst du ihn dabeihaben oder lieber allein mit uns reden?«, fragte mich die Polizistin. Ich ließ meinen Blick zu Nox schweifen und meine Nerven ließen bei dem Anblick der Ruhe in seinem perfekten Gesicht ein wenig nach.

»Er kann hierbleiben.« Worum auch immer es hier ging, ich würde es ihm sowieso sagen müssen, wenn er mir helfen wollte.

»Gut. Wir müssen ein bisschen mehr über den Tag des Mordes wissen. Genauer gesagt, was du während des Tages gemacht hast.« Ich schluckte.

»Das habe ich Ihnen schon gesagt.«

»Dann erzähl es uns noch einmal. Und lass nichts aus.«

»Ich habe die Bilanzen nach oben gebracht...«, begann ich, aber sie unterbrach mich. Ihr Blick war berechnend und ernst, aber nicht anklagend. Ich konnte mich nicht entscheiden, ob ich sie mochte oder nicht.

»Davor. Bitte erzähl mir von deinem ganzen Tag.«

»Ähm. Okay. Also, ich bin um acht zur Arbeit

gekommen und habe den ganzen Vormittag an einer Präsentation für einen unserer Kunden gearbeitet. Meine Kollegin Anna hatte mittags einen Termin und hat mich gebeten, ein paar Papiere in das Büro von Herrn Nox zu bringen.« Ich wollte Nox nicht erzählen, dass Anna ein Date hatte und ich hoffte, dass Inspektor Singh nicht weiter nachhaken würde.

»Die Bilanzen?«

»Nein, das war eher. Mittags.«

»Ah. Das war, als du Sarah und Mr. Nox zusammen gesehen hast.« Ich nickte und konnte nicht verhindern, Nox anzusehen. Er starrte die Inspektorin an und sein Blick war ernst. Da war kein übernatürliches Funkeln in seinen Augen, kein Gefühl von Sünde, das von ihm ausging. Nur eine mächtige Art von Präsenz.

»Ich habe den ganzen Nachmittag an meiner Präsentation gearbeitet, bis Anna mir eine SMS schrieb und mich bat, die Bilanzen in die Chefetage zu bringen«, sagte ich.

»Darf ich diese Nachrichten sehen?« Ich nickte, zog mein Handy aus meiner Handtasche und reichte es ihr, betend, dass Nox sie nicht sehen würde. Sowohl um Annas Job willen als auch um meiner eigenen Scham wegen.

Er machte jedoch keine Anstalten, sich zu rühren und blieb auf seiner eigenen Seite des Schreibtisches.

Die Inspektorin war still, als sie durch meine Texte scrollte und mir dann das Telefon zurückgab.

»Danke. Wie ging es dann weiter?«

» Nun, Sie wissen, was als nächstes kommt. Ich ging

in den Raum, um die Berichte auf den Schreibtisch zu legen und fand die Leiche.«

»Und danach?« Ich runzelte die Stirn.

»Was ist daran wichtig?«

»Wir sind an den Bewegungen von Alex Smith an diesem Tag interessiert. Jedes Gespräch, das du mit ihm geführt hast, könnte nützliche Informationen enthalten.«

»Ihr habt ihn also nicht gefunden?« Nox Stimme war hart.

»Noch nicht. Wir sind aber zuversichtlich, dass er noch in London ist.«

»Was ist mit Sarahs Freund?«

»Er hat ein hieb- und stichfestes Alibi. Nicht, dass es Sie etwas angehen würde.« Die Inspektorin warf ihm einen Blick zu und ein Muskel in seinem Kiefer zuckte. »Zurück zu dir bitte, Miss Abbott. Was ist passiert, als du nach Hause kamst?«

Ich nahm einen Schluck Kaffee, gefolgt von einem tiefen Atemzug, bevor ich ihr antwortete.

»Wir hatten einen Streit. Ich fragte ihn, ob er Geld aus meinem Portemonnaie genommen hatte und er sagte ja. Ich bat ihn zu gehen, er beschimpfte mich, also ging ich stattdessen. Als ich zurückkam, eine Stunde später oder so, war er weg und meine Sachen auch.« Ein Aufflackern von dem, was ich für echtes Mitgefühl hielt, zeigte sich für einen Moment auf dem Gesicht der Ermittlerin.

»Ich brauche mehr Details.« Ich spürte, wie mein Kiefer sich zusammenkrampfte.

»Was wollen Sie sonst noch wissen?«

»Was genau ihr zueinander gesagt habt. Alles, was er gesagt hat, könnte uns helfen, ihn zu fassen.«

»Er hat sich nichts anmerken lassen, außer der Tatsache, dass er ein Idiot ist.«

»Bitte, Miss Abbott.« Ich seufzte.

»Als ich reinkam, habe ich ihm vom Fund der Leiche erzählt.«

»Hast du ihm gesagt, wer es war?«

»Nein, nur, dass sie das Sandwich-Mädchen war.«

»War er interessiert?«

»Nein. Wenn überhaupt, zeigte er bemerkenswert wenig Interesse, wenn man bedenkt, wie oft Menschen an ihrem Arbeitsplatz ermordet werden.« Ich konnte die Bitterkeit in meiner Stimme hören und sie gefiel mir nicht.

»Was dann?«

»Dann habe ich ihn gefragt, ob er den Zwanziger aus meinem Portemonnaie genommen hat. Wir hatten uns schon öfters gestritten, weil er keinen Job hat und Geld ausgibt, das ich nicht habe.« Ich bereute, dass ich Nox gesagt hatte, er könne bleiben. Ich fühlte mich erbärmlich, wenn ich über meine Beziehung zu Alex sprach. Ich klang wie ein Fußabtreter.

»Und ihr habt euch gestritten.«

»Ja. Ich habe ihm gesagt, dass ich möchte, dass er auszieht. Erst war er super nett und bat mich, ihm noch eine Chance zu geben. Aber als er merkte, dass ich es ernst meinte, wurde er fies.«

Hitze rollte plötzlich meinen Körper hinauf und Nox sprach: »Wie fies?« Er hatte den gleichen eisigen Schotter in der Stimme wie bei der Erwähnung der Frau im Club am Abend zuvor.

»Oh, er war nicht gewalttätig oder so«, sagte ich

schnell. »Nur... gemein. Er sagte, ich sei selbstgerecht und langweilig.« Ich spürte, wie meine Wangen heiß wurden. Wenn ich es jetzt laut sagte, klang es gar nicht so fies. »Er hat es noch gemeiner gesagt. Mit ein paar Flüchen«, fügte ich hinzu.

Oh Gott. *Konnte ich noch erbärmlicher klingen?*

»Richtig. Also, warum bist du dann gegangen?«

»Weil ich wütend war und ich nicht mehr in seiner Nähe sein wollte. Ich wollte mich nicht auf sein Niveau herablassen.« Ich hob mein Kinn an und versuchte, etwas Würde heraufzubeschwören.

»Wo bist du hingegangen?«

»Über die Grünfläche zum Altersheim. Dort habe ich mich mit meiner Freundin Francis unterhalten und wir haben Cribbage gespielt.«

»Und seitdem hast du Alex weder gesehen noch von ihm gehört?«

»Genau.«

»Fällt dir sonst noch irgendetwas ein, das nützlich sein könnte?«

»Nein. Er hat nichts darüber gesagt, wo er hingehen wollte oder wo er tagsüber gewesen ist.«

Die Inspektorin sah mich einen unangenehm langen Moment lang an und wandte sich dann an den uniformierten Beamten, der die ganze Zeit auf einen Notizblock gekritzelt hatte.

»Reden Sie mal mit dem Sicherheitsdienst und fragen Sie, ob die Aufnahmen vielleicht doch funktionieren«, sagte sie. Der Beamte nickte und ging.

»Miss Abbott, ich hoffe, dass dein Ex-Freund bald gefunden werden kann. Denn so sehr ich ihn auch nicht leiden kann, ich kann keinen Weg finden, wie er in dieses Gebäude gekommen sein könnte. Du hingegen warst schon drin, als Sarah getötet wurde.« Mein Herz setzte einen Schlag aus.

»Ich habe nichts getan. Ich kann so etwas nicht getan haben.«

»Ich melde mich«, sagte sie und verließ den Raum.

VIERZEHN

»**W**arum ist es so heiß hier?« Ich war verwirrt und fühlte mich, als würde ich verbrennen. Meine Haut war klamm und brannte.

»Es tut mir leid.« Nox Stimme war tief und hart und ehrlich gesagt, ein wenig beängstigend.

»Was tut dir leid?« Im selben Moment, in dem ich sprach, schien die Luft um mich herum kühler zu werden, und ich hielt inne, während ich unbehaglich an meinem Kragen zog. »Warte... Du bist der Grund, warum es so heiß geworden ist?«

»Menschliche Polizisten sind Idioten«, knurrte er. »Sie machen es mir manchmal schwer, mich zu beherrschen. Genauso wie Leute wie dein Ex.« Ich spürte, wie sich meine Brauen hoben. »Du meinst, es wird heiß, wenn du wütend bist?«

Nox sagte nichts und die Schmetterlinge fingen wieder an, in meinem Bauch Purzelbäume zu schlagen.

»Es klingt wirklich so, als ob die Inspektorin denkt, dass ich es war«, sagte ich und beschloss, die vielen

Fragen, die ich über gefallene Engel und ihre Macht über die Temperatur hatte, aufzugeben. »Nox, sie werden es mir anhängen.« Ich konnte schwören, Schatten hinter seinen Pupillen erkennen zu können, bevor er sich in seinem Stuhl zurücklehnte und sich mit einer Hand durch die Haare fuhr. Sein Bizeps wölbte sich, als er den Arm hob und sein dunkles Haar war leicht zerzaust. Zum ersten Mal seit zehn Minuten spürte ich wieder den dringenden Schmerz in meinem Inneren, hinter meinem Nabel.

Nicht jetzt, dummer Körper. Man verdächtigt mich des Mordes!

Als Nox wieder sprach, war seine neckische Ruhe zurückgekehrt.

»Dann ist es ja gut, dass du einen Pakt mit dem Teufel geschlossen hast. Wir müssen mit dem Freund sprechen.«

»Der mit dem hieb- und stichfesten Alibi?«

»Ja.« Ich biss mir auf die Lippe und vor lauter Nervosität wurde mir schlecht.

»Glaubst du, Alex hat es getan? Ich meine, ich habe ihn eindeutig falsch eingeschätzt, aber... Habe ich mit einem Mörder zusammengelebt?«

»Nein. Ich glaube nicht, dass Alex es getan hat. Aber ich glaube, dass er sich wünschen wird, tot zu sein, wenn die Polizei ihn nicht findet, bevor ich es tue.«

Die Härte seiner Worte passte nicht zu seinem lässigen Ton. Es lag eine Gefahr in ihnen, die nicht zu überhören war. Ein Unterton von etwas, das meine Angst auslöste.

»Warum?«

»Ich habe es dir schon gesagt. Ich habe ein persönliches Interesse an deinem Wohlbefinden. Dieser Mann hat dich unglücklich gemacht.«

»Ich brauche keinen Beschützer. Ich habe ihn ganz alleine rausgeschmissen. Ich bin schließlich schon ein großes Mädchen.« Ich stand auf und stemmte eine Hand in die Hüfte, während ich sprach. Ich wollte nicht, dass er dachte, ich sei schwach.

Auch wenn ich das war.

»Und außerdem hast du gehört, was ich gesagt habe. Er war nicht einmal so fies.«

Nox stand auf und bewegte sich um den Schreibtisch herum auf mich zu. Ich ließ ihn zu mir kommen. Ich konnte mich nicht dazu zwingen, Abstand zwischen uns zu bringen, nicht, wenn seine Augen mit solcher Intensität gefüllt waren. Seine Stimme war heiser und sinnlich, als er sprach und erfüllte meinen Körper mit einem Gefühl, das völlig neu für mich war. Es war so viel besser als die Angst, die es ersetzte.

Es war ein Vertrauen, das an Beunruhigung grenzte und es war körperlich spürbar. Ich fühlte mich größer, schlanker, schöner, als er mir in die Augen schaute.

»Wie auch immer dieser Mann dich hat fühlen lassen und was auch immer er zu dir gesagt hat, das dich an dir selbst zweifeln ließ: er hatte unrecht.«

»Er hat mich nur langweilig genannt«, sagte ich. »Das ist nicht so schlimm.«

»Grausamkeit kann viele Formen und Ausprägungen annehmen, Beth. Wenn der Mann dafür gesorgt hat, dass du dich wie ein Stück Scheiße fühlst, dann ist der Mann selbst ein Stück Scheiße.« Das Auflodern des Zorns in seinen Augen, das seine Worte begleitete, wurde weicher, als er einen Meter von mir entfernt stehen blieb. Ich starrte zu ihm hinauf. »Und fürs Protokoll, du bist die am wenigsten langweilige Frau, die ich je getroffen habe.« Ich spürte, wie sich meine Lippen vor Überraschung öffneten.

»Jetzt weiß ich, dass es eine Lüge ist, dass du der Teufel bist. Luzifer muss einige ziemlich interessante Frauen getroffen haben.«

»Viele. Aber keine wie dich.« Laut sog ich Luft in meine Lungen.

»Beweise mir, wer du bist.« Ich flüsterte die Worte, bevor ich mich zurückhalten konnte. Ich schwöre, ich konnte die Magie in seinen Augen sehen. Ich musste wissen, ob er verrückt war, oder ob das hier echt war.

»Der Beweis liegt direkt vor dir. Wenn du bereit bist, wirst du ihn sehen.« Ich klappte meinen Mund zu.

Das war eine billige Ausrede.

Es gab keine Magie. Was ich gerade erlebte, war nur eine erbärmliche Reaktion auf einen hinreißenden Mann.

Einen umwerfenden Mann, der sich zugegebenermaßen als ganz anders herausstellte, als ich ihn mir vorgestellt hatte.

Wenn der Mann dafür gesorgt hat, dass du dich wie ein Stück Scheiße fühlst, dann ist der Mann selbst ein Stück Scheiße. Seine Worte hallten durch meinen Kopf. Das war nicht die Art und Weise, wie ich erwartet hatte, dass ein arroganter Millionär denkt. Oder der Teufel.

Ich wich einen Schritt von ihm zurück. Es kostete

mich jedes Quäntchen Willenskraft, das ich hatte, und ich vermisste seinen köstlichen Holzrauchgeruch sofort.

» Danke für das extra Selbstbewusstsein, das du mir offensichtlich schenken willst«, sagte ich.

»Ich hoffe, dass es von Dauer ist.« Bevor ich ihn fragen konnte, was das bedeutete, drehte er sich um und schritt zur Tür seines neuen Büros. »Wir müssen einen Mechaniker aufsuchen«, sagte er.

Mit einem Kopfschütteln folgte ich ihm durch die Tür.

Eines der wenigen Dinge, die ich an England nicht mochte, war das Wetter. Und der April war wettermäßig der schlimmste Monat. Entweder war es zu warm, um einen Pullover zu tragen, oder es regnete in Strömen und war kalt.

Nox schritt durch den gießenden Regen, als würde er ihn nicht bemerken, während ich den großen, schwarzen Regenschirm, den er mir gegeben hatte, tief über meinen Kopf zog und gegen den Wind ankämpfte, der an ihm zerrte.

Zum Glück hatten wir es nicht weit. Cannon Car Repairs war eine große Reparaturwerkstatt hinter den Geschäften in der Cannon Street in Whitechapel. Seit ich in London lebte, hatte ich kein Auto mehr besessen. Es war auch nicht nötig. Parken kostete mehr, als ein Auto wert wäre. Aber ich vermisste das Fahren. Die Autowerkstätten in England sahen größtenteils genauso aus wie die, mit denen ich in Amerika aufgewachsen war. Die

Beton- und Wellblechhallen waren nur kleiner und es wurde mehr hineingepackt.

Die breiten Garagentore, die vor Cannon Car Repairs standen, waren aufgerollt und offen. Das Geräusch des Regens, der auf das Metall prasselte, übertönte fast vollständig die Achtziger-Jahre-Hits, die aus dem Radio dröhnten. Eine männliche Stimme sang laut mit, als ich hinter Nox in die trockene Werkstatt eilte, meinen Schirm ausschüttelte und mich umsah.

Der Geruch von Motoröl erfüllte meine Nase und ich konnte sehen, wie sich ein Auto im hinteren Teil des belebten Raumes auf einem hydraulischen Lift in die Luft erhob. Drei weitere Autos waren auf Wagenhebern angehoben und der ganze Raum war mit Regalen mit Reifen und Werkzeugen gesäumt. Ich entdeckte einen Mann in einem blauen Overall, der derjenige zu sein schien, der sang, aber bevor wir uns auf den Weg zu ihm machen konnten, rief eine Stimme: »Sind Sie wegen des Audi A4 hier?« Der Londoner Akzent kam von der anderen Seite des Raumes und Nox und ich drehten uns um, als ein gut gebauter Typ Anfang zwanzig hinter dem hochgefahrenen Auto hervorkam.

»Nein. Ich suche nach Dave.« Der Mann hielt inne und Misstrauen überzog sein Gesicht. Er sah einigermaßen gut aus, mit dunkelblondem Haar und braunen Augen und gebräunter, ölverschmierter Haut. Seine Latzhose war zu eng, vielleicht absichtlich, um seinen muskulösen Körperbau zur Geltung zu bringen.

»Was willst du von Dave?«

»Oh, was hast du jetzt angestellt, Davey-boy?«, schrie

der Typ, der sang, bevor er lachte und den Refrain von *Take on Me* von A-ha schmetterte.

Die Kiefer des Muskelpakets verkrampften sich.

»Geht es hier um Sarah?«

Mein Magen überschlug sich, als ich den Namen des toten Mädchens hörte.

»Ja. Das tut es. Kannst du mir sagen, wann du sie zuletzt gesehen hast?«, antwortete Nox.

»Wieso? Wer bist du?« Nox zögerte keine Sekunde.

»Ihr Arbeitgeber.« Dave schnaubte, klatschte sich einen Lappen auf die Handfläche und wandte sich dann wieder dem Auto auf der Hebebühne zu.

»Max war ihr beschissener Arbeitgeber.« Er blickte spitz zwischen Nox und mir hin und her, dann hob er die Motorhaube des Wagens an, während er fortfuhr und laut sprach, damit wir ihn hören konnten. »Ihr zwei seht nicht gerade so aus, als würdet ihr in einem Drecksloch wie dem Aphrodite-Club arbeiten.«

»Sie hat das Mittagsessen in meiner Firma ausgeteilt.« Nox ging näher an das Auto heran, offensichtlich nicht gewillt, über das Klopfen und Singen hinweg zu schreien, und ich folgte ihm.

Dave blieb stehen, schielte in den Motor und sah Nox dann unwillig an.

»Warte, war es dein Büro, in dem sie getötet wurde? Der große Laden, in den sie Sandwiches ausgeliefert hat?« Nox nickte.

»Korrekt.« Etwas Dunkles blitzte so kurz auf Daves Gesicht auf, dass ich es fast übersehen hätte und meine Brust drückte sich vor Angst zusammen.

Dave bückte sich, um einen Schraubenschlüssel aufzuheben, dann richtete er sich auf.

»Ich weiß nicht, was das mit dir zu tun hat, Kumpel, und es ist mir auch egal. Sarah hat mit jemand anderem gevögelt. Wahrscheinlich mit mehr als einer Person, so wie ich sie kenne. Ich war fertig mit ihr.«

Mein Magen überschlug sich wieder und mir wurde übel. Sarah hatte mit meinem Freund gevögelt, aber ich wollte nicht, dass dieser Typ davon erfuhr. Er machte mich höllisch nervös. Ein lauterer Knall als sonst kam von irgendwoher aus der Werkstatt, gefolgt von einem lauten Jubel und Gelächter.

»Wusste sie, dass du sie verlassen würdest?«

»Jep.« Dave ließ den Schraubenschlüssel auf etwas in der Motorhaube des Autos krachen und ich konnte nicht anders, als zusammenzuzucken. »Nicht, dass sie mir jemals zugehört hätte, verdammt. Sie war immer zu high, um zu hören, was ich sagte.«

Klirren. Er schlug den Schraubenschlüssel wieder nieder. Ich war kein Mechaniker, aber ich war mir ziemlich sicher, dass Autos nicht repariert wurden, indem man mit Metallstücken auf sie einschlug.

»Was hat sie genommen?«

»Die Frage ist, was sie nicht genommen hat.« *Klirren.* »Sie sagte, sie bräuchte es, um die Stimmen zu übertönen.«

»Was für Stimmen?«

»Keine Ahnung. Sie war verrückt.« Dave drehte sich abrupt zu uns um, den Schraubenschlüssel immer noch in der Hand. Ich glaubte, einen kleinen Hitzeblitz von Nox zu spüren und sah ängstlich zu Dave hoch. In seinen

Augen lag Schmerz, da war ich mir sicher. Er mochte den Helden spielen und so tun, als habe sie ihm nichts bedeutet, aber ich kaufte es ihm nicht ab.

»Es tut mir so leid. Das ist schrecklich«, sagte ich.

»Wirklich? Und warum? Hast du es ihr angetan?« Daves Antwort war scharf und verbittert.

»Es muss schwer sein«, sagte ich so sanft, wie ich konnte. Der singende Kerl hatte jetzt Tina Turner angetönt.

»Früher war es schwer. Jetzt, wo sie weg ist, wird es leicht sein«, sagte Dave. Ich hob meine Augenbrauen.

»Wie meinst du das?«

Er fuchtelte aufgeregt mit dem Schraubenschlüssel herum, als er antwortete und ich wich einen Schritt zurück, als Nox näher an mich herantrat.

»Weißt du, wie oft ich versucht habe, sie zu verlassen? Sarah war... gut darin, ihren eigenen Willen durchzusetzen. Aber dieses Mal ist es wirklich vorbei. Sie ist für immer weg.« War das ein Motiv für einen Mord? Eine toxische Beziehung ein für alle Mal zu beenden?

»Ich würde es begrüßen, wenn du meine ursprüngliche Frage beantworten könntest«, sagte Nox. Dave sah ihn an.

»Wenn es bedeutet, dass du dich verpisst und mich in Ruhe lässt, gut. Ich habe sie gesehen, als ich am Morgen zur Arbeit ging. Sie schlief noch. Ich habe sie angeschrien, dass sie besser nicht mehr da ist, wenn ich zurückkomme und bin gegangen. Die Polizei rief später in der Nacht an, um mir zu sagen, dass sie tot ist.«

»Um wie viel Uhr bist du zur Arbeit gegangen?«

»So gegen viertel vor acht. Lässt du mich jetzt in Ruhe meine Arbeit machen?«

»Natürlich. Danke für deine Hilfe.« Nox nickte und sah mich eindringlich an.

»Ähm, danke, Dave«, sagte ich.

»Wie auch immer«, sagte er und wandte sich wieder dem Auto zu.

Sobald wir wieder draußen waren, öffnete ich meinen Regenschirm und bot ihn Nox an. Er war einen Kopf größer als ich, also war ich dankbar, als er mir ein Lächeln schenkte und dann den Kopf schüttelte.

Außerdem wollte ich ihn nass sehen.

»Und? Was denkst du?«, sagte ich, als wir zu Claude und dem Auto zurückgingen.

»Ich denke, dass Dave der Typ Mann ist, der die Kontrolle verlieren kann.«

»Ja. Erinnere mich daran, ihn nie zu bitten, mein Auto zu reparieren«, murmelte ich. Nox sah mich an.

»Du hast doch gar kein Auto.« Ich runzelte die Stirn.

»Erstens solltest du so etwas nicht wissen, bevor ich es dir sage. Wenn du schon alles über mich aus deinen Akten erfährst, dann tu wenigstens so, als wüsstest du nichts. Zweitens habe ich es im übertragenen Sinne gemeint.«

»Na gut. Hier ist etwas, das ich nicht weiß. Wenn du ein Auto hättest, was für ein Auto wäre es?«

»Darüber brauche ich nicht nachzudenken«, sagte ich. »Einen Lamborghini Countach.«

»Wirklich?«

»Der, den der Prinz von Monaco hat.« Nox gluckste und ich warf ihm einen Seitenblick zu. »Du hast doch nicht gesagt, dass ich realistisch sein soll.«

»Ich bin amüsiert, weil das nicht die Art von Auto ist, von der ich dachte, dass du sie wählen würdest. Es ist die Art von Auto, die ein zehnjähriger Junge mit seinen Buntstiften malt.«

»Ich weiß. Deshalb liebe ich es auch. Es ist perfekt im achtziger Jahre Stil und verwinkelt und knallrot und einfach... nicht langweilig.«

»Meine Akten verraten mir nicht alles, wie es scheint.« Wir hatten sein Auto fast erreicht und Claude sprang aus dem Fahrersitz, als er uns sah und eilte herum, um die hintere Tür zu öffnen.

»Was ist dein Traumauto?«, fragte ich Nox und lächelte Claude dankbar an, als er meinen Schirm nahm und ich ins Auto klettern konnte. Nox schlüpfte elegant nach mir auf die Rückbank.

»Es ist kein Traum mehr, sondern Realität«, sagte er. Ich runzelte die Stirn.

»Da habe ich für einen Moment doch glatt vergessen, dass du Millionär bist.«

»Ich kann es nicht glauben, wie schnell du die schönen Sachen des Lebens aus den Augen verlierst.«

Er sagte die Worte sündhaft langsam und der Schmerz kehrte mit voller Wucht zwischen meine Beine zurück.

»Was für ein besonderes Auto hast du also?«, sagte ich so schnell, dass ich mich verhaspelte und rot wurde. Nox lächelte, seine Augen waren wieder erfüllt von diesem blauen Licht.

»Ich mag Aston Martins.«

»Den fährt James Bond doch auch, oder?«

»Richtig.«

»Spione sind gut. Ich mag Spione«, murmelte ich, drehte mich von ihm weg und schaute aus dem Fenster, während ich versuchte, mich nicht auf dem Ledersitz zu winden. Warum war ich so lächerlich erregt? Ich hörte ihn ein weiteres leises Kichern von sich geben, aber er sagte nichts.

Ich würde ein ernstes Wort mit mir selbst wechseln müssen, wenn ich alleine war.

FÜNFZEHN

BETH

»Nein. Ich gehe nicht noch einmal mit dir aus.«

»Hast du unser letztes Date nicht genossen?« Ich stand vor meinem Wohnhaus, der Regenschirm schützte mich vor dem Unwetter. Nox war ebenfalls aus dem Auto ausgestiegen und schien den prasselnden Regen überhaupt nicht mitzubekommen. Wasser tropfte von seinem dichten Haar und lief über die gebräunte Haut seines Gesichts. Ich sehnte mich danach, die Hand auszustrecken und die Tropfen aufzufangen, sie von seiner Wange zu streichen und seine Wärme zu spüren.

Ich umklammerte den Schirm fester.

»Ich habe das Essen genossen, ja. Aber dann hast du mich in eine Stripbar mitgenommen und mich dort allein gelassen.«

»Und wenn ich verspreche, mich dieses Mal mehr anzustrengen?«

»Du schuldest mir einen Monat lang Essen im Ivy. Ich brauche dich nicht mehr für gutes Essen«, sagte ich und schluckte, weil ich jeden Moment einknicken und ihn an mich ziehen würde. Meine Güte, was war nur los mit mir? Ich brauchte eine kalte Dusche, sofort.

»Darüber hatte ich nicht nachgedacht«, sagte Nox, stemmte beide Hände in die Hüften und stieß einen langen Atemzug aus. »Ich muss heute Nachmittag jemanden aufspüren, wenn du also heute Abend nicht verfügbar bist, sehen wir uns morgen.« Er sah mir tief in die Augen. »Ich wünsche Ihnen einen schönen Abend, Miss Abbott«, sagte er, dann drehte er sich um und ging zurück zum Auto.

Ich verzog das Gesicht, während ich versuchte, die Enttäuschung darüber, dass er nicht stärker auf das zweite Date gedrängt hatte, zu unterdrücken.

Er hatte die Tatsache respektiert, dass ich *nein* gesagt hatte und mich nicht gedrängt. Das ist eine gute Sache, sagte ich mir, während ich den Schlüssel etwas zu fest in mein neues Schloss rammte.

Warum wollte ich dann, dass er mich drängte? Warum wünschte ich, er hätte darauf bestanden und mir keine andere Wahl gelassen, als einen weiteren Abend in seiner Gesellschaft zu verbringen?

»Reiß dich zusammen, Beth«, sagte ich laut, während ich meine Handtasche auf die Couch warf und mich dann daneben fallenließ.

Einem völlig unerreichbaren Mann dabei zuzuhören, wie er normale Worte auf eine Art und Weise sagte, die mein Inneres in Wackelpudding verwandelten und meine Zehen kräuselten, würde nicht helfen, diesen Frust zu lindern. Es würde es nur noch schlimmer machen.

Ist er denn unerreichbar?

Die Frage blitzte in meinem Kopf auf und ich stöhnte auf. Er war ein Millionär. Und mein Chef. Ich war mir sicher, dass er mit mir schlafen würde - der Hunger in seinen Augen, den ich immer wieder sah, war nicht zu leugnen. Aber das machte ihn nicht erreichbar. Das machte ihn nur genauso notgeil, wie ich mich fühlte und mehr nicht.

Ich schaute auf die Uhrzeit meines Handys. 15 Uhr. Ich überlegte, ob ich noch etwas für meinen richtigen Job erledigen sollte, aber mein Laptop war im Büro. Außerdem begannen sich jedes Mal, wenn ich versuchte, an etwas anderes als Nox zu denken, die Fragen von Inspektor Singh in meinem Kopf zu wiederholen, gefolgt von lebhaften Bildern von Alex mit Sarah.

Ich stand von der Couch auf, nahm meinen Regenschirm und ging wieder hinaus in das nasse englische Frühlingswetter.

»Beth, ich bin wirklich froh, dich zu sehen! Heather kann mir beim Monopoly-Spielen einfach nicht das Wasser reichen und ich langweile mich zu Tode.«

»Hi Francis.«

»Ehrlich gesagt, sie versteht einfach nicht mehr, wie man das Spiel spielt.« Francis lehnte sich in ihren Sessel im Aufenthaltsraum von Lavender Oaks zurück und schüttelte den Kopf. Ihr faltiger Gesichtsausdruck war genervt.

»Sie ließ nicht zu, dass du die Bank bist, nicht wahr?« Francis hielt inne, bevor sie antwortete.

»Nein. Sie ließ mich nicht.«

»Das heißt, du konntest nicht schummeln.« Sie warf mir einen Blick zu, als ich mich in den Sessel neben ihr fallen ließ.

»Was gibt's Neues?« Ich erzählte ihr alles, von Alex, der meine Sachen gestohlen hatte, als ich das letzte Mal bei ihr war, bis hin zum Besuch bei Dave, dem Mechaniker an diesem Tag. Den Teil mit Nox, der behauptete, der Teufel zu sein und was ich im Gegenzug für seine Hilfe zugesagt hatte, ließ ich allerdings aus.

»Wow, du warst aber fleißig.«

»Ja. Und ich könnte nächste Woche um diese Zeit im Gefängnis sein, also sollten wir das Beste aus meinen Besuchen machen.« Ich wischte mit einer Hand über mein Gesicht und achtete darauf, mein Augen-Make-up nicht zu verschmieren, für das ich mir an diesem Morgen etwas mehr Mühe gegeben hatte, als ich es normalerweise tat.

»Dieser Nox, du sagst, er sieht gut aus? Und er hat dich zum Essen ausgeführt?«

»Und in einen Stripclub, ja.«

»Ich wette, das war sexy.« Ihre dunklen Augen waren voller Schalk.

»Nein, war es nicht. Es war unangenehm.«

»War es unangenehm für ihn oder nur für dich?«

»Nein, nur für mich«, gab ich zu. »Aber ich denke, er ist es gewohnt, Brüste zu sehen.«

»Möchte er deine Brüste sehen?« Ich stieß einen Seufzer aus. »Francis, wenn ich dir etwas erzähle, versprichst du mir, dass du mich nicht verurteilst?«

»Süße, ich kann nicht urteilen. Wenn ich dir ein paar Dinge erzählen würde, die ich in meiner Jugend gemacht habe...« Ich streckte meine Hand aus, um sie zu stoppen.

»Das bezweifle ich nicht. Deshalb habe ich das Gefühl, dass ich es dir das sagen kann.« Sie beugte sich begierig vor.

»Sag es schon.«

»Mein Chef hat mir nicht aus reiner Herzensgüte angeboten, mir zu helfen. Ich... ich musste ihm im Gegenzug etwas anbieten.« Francis lehnte sich in ihrem Stuhl zurück, einen wissenden Blick auf ihrem Gesicht.

»Du musst ihm deine Brüste zeigen.«

»Nein! Nicht wirklich. Ich habe zugestimmt, eine Nacht in seiner Gesellschaft zu verbringen.« Ich spürte, wie mein Gesicht brannte, als ich die Worte aussprach. Meine Wangen kribbelten vor Verlegenheit. »Aber das Wichtigste ist, dass ich nichts tun muss, was ich nicht will. Er hat gesagt, dass wir einfach nur reden können, oder sogar Monopoly spielen, wenn ich das möchte.« Ich konnte die unterschwellige Verzweiflung in meiner Stimme hören.

»Nun, ich will ehrlich sein, Sex macht mehr Spaß als Monopoly. Ich würde den Sex wählen«, sagte Francis nachdenklich.

»Genau darüber mache ich mir Sorgen«, stöhnte ich.

»Warum machst du dir Sorgen? Ist er kein netter Kerl?«

»Doch, ich denke schon.« Mir ging durch den Kopf, was er an diesem Morgen in seinem Büro zu mir gesagt hatte und wie wütend er darüber gewesen war, dass Alex mir zugesetzt hatte. »Ich fühle mich seltsam selbstbewusst, wenn ich mit ihm zusammen bin«, sagte ich zu

Francis. »Und, ähm... nun ja, sexy.« Ich senkte meine Stimme auf ein Flüstern, obwohl kaum jemand sonst in dem riesigen Aufenthaltsraum war.

»So solltest du dich mit einem Mann fühlen.«

»Aber es ist fast so, als sei er zu sexy.«

»Ich kann dir nicht folgen.« Ihr breites Gesicht legte sich in Falten.

»Was ist, wenn er so gut ist, wie ich denke? Es ist nur eine Nacht und dann wäre es vorbei. Was ist, wenn eine Nacht mit Nox die Messlatte zu hochlegt? Ich meine, wer sonst könnte der Erinnerung an einen umwerfenden millionenschweren Sex-Gott gerecht werden?«

»Ein Sex-Gott?« Ich errötete erneut und wich ihrem funkelnden Blick aus.

»Ich glaube, er könnte ganz gut darin sein.«

»Im Sex?«

»Ja. Obwohl, wenn er es nicht ist, dann ist das noch schlimmer. Er hätte in meiner Vorstellung ein hinreißender Sex-Gott bleiben können, den ich für immer genießen könnte, anstatt im wirklichen Leben von ihm enttäuscht zu werden.« Francis betrachtete mich einen Moment lang.

»Ich denke, dass es eine schlechte Entscheidung ist, einen Sex-Gott in deinen Gedanken zu behalten, wenn du in echt mit ihm spielen kannst«, sagte sie schließlich.

»Selbst wenn du nur einmal mit ihm spielen könntest?«

»Ja«, sagte sie und zuckte energisch mit den Schultern. »Wann findet diese Nacht der Leidenschaft statt?«

»Es ist keine Nacht der Leidenschaft! Und erst, nachdem er mich von dem Mordverdacht befreit hat.«

»Na, das ist ja aufregend.«

»Es ist nicht aufregend, es ist furchterregend.«

»Siehst du, das ist dein Problem. Du solltest keine Angst vor Sex haben.«

»Ich meinte nicht den Sex, ich meinte, Verdächtige in einem Mordfall zu sein.«

»Oh. Nun, ich nehme an, das ist ein wenig beängstigend.« Ich biss mir auf die Innenseite meiner Wange, da ich nicht zugeben wollte, dass sie mit ihrer ersten Hypothese wahrscheinlich doch recht gehabt hatte. Ich hatte Angst vor Sex. Nicht vor dem eigentlichen Akt, sondern vor der Tatsache, dass ich möglicherweise nicht das sein konnte, was ein Mann wie Nox wollte. Er mochte denken, dass er mich jetzt wollte und wenn ich ganz ehrlich war, gefiel mir das. Ich mochte das Selbstvertrauen, das mir seine Aufmerksamkeit und sein Interesse an mir schenkte.

Aber wenn er herausfand, wie, *nun ja*, langweilig ich im Bett war, würde er nur enttäuscht werden.

»Also, was denkst du, wer sie getötet hat? War es ihr Freund?«, fragte Francis. Sie klang aufgeregt.

»Ich weiß es nicht.« Ich konnte ihr nicht sagen, dass Nox dachte, dass es ein übernatürlicher Mord gewesen war. Im Altersheim sitzend, wo alles um mich herum so normal war, war die Vorstellung von übernatürlichen Mächten noch absurder. »Er hat definitiv einen jähzornigen Charakter, aber Inspektor Singh sagt, er hat ein Alibi. Was ich nicht habe, denn ich war in dem Gebäude, in dem sie ermordet wurde und keine der Kameras hat an dem Tag funktioniert.«

»Warum glaubt sie, dass du es getan hast? Weil dein

mieser Ex mit dem toten Mädchen geschlafen hat?« Ich nickte. Die Worte so zu hören, war wie ein Schlag ins Gesicht. Sie musste es mir angesehen haben, denn Francis klopfte mir tröstend aufs Knie. Ich lächelte sie an.

»Mir geht's gut. Ich bin froh, dass ich ihn rausschmeißen konnte, bevor ich es herausgefunden habe, sonst hätte ich vielleicht tatsächlich einen Mord begangen«, sagte ich reumütig. Francis schnaubte.

»Ich hätte meinen Arsch da rüber geschleppt und dir geholfen, die Leiche zu vergraben.«

»Danke, Francis.«

»Jederzeit, Süße.«

Normalerweise machte Käse mich glücklich und munterte mich auf. Aber ganz gleich, wie viel Käse ich auf meine Nudeln häufte, heute fühlte ich mich nicht besser.

Ich hatte ein hohles Gefühl in meinem Bauch und verspürte eine Unruhe, die ich nicht abschütteln konnte. Nachdem ich den gleichen Absatz meines Buches zum vierten Mal gelesen hatte, gab ich auf. Ich starrte auf Nox Nummer auf meinem Handy-Display, mein Finger schwebte über dem großen grünen Rufknopf. Was machte er gerade? In meinem Kopf entstanden Bilder von ihm auf eleganten Partys oder wie er in seinem schicken Aston Martin über die Schnellstraße brauste. Eine wunderschöne Blondine mit riesigen Brüsten wie die von Sarah war in all meinen Visionen neben ihm und ich stieß einen Seufzer aus.

Ein Mann wie Nox war eine Nummer zu groß für mich. Und er war eindeutig verrückt.

Wahrscheinlich war er erleichtert, als ich ihm eine Absage für ein weiteres Date erteilt hatte.

Ich verzog das Gesicht und drückte mich ins Couchkissen. *Nimm dich zusammen, Beth. Du stehst unter Mordverdacht. Du solltest dich darauf konzentrieren.*

Ich wusste, dass ich Sarah nicht umgebracht hatte. Und ich war mir zu fünfundneunzig Prozent sicher, dass es weder Nox noch Alex gewesen waren.

Aber irgendjemand hatte es getan. Mein schreckliches Interview mit den Polizisten kam wieder hoch. Je länger die Ermittlungen andauerten, ohne dass es neue Verdächtige gab, desto wahrscheinlicher wurde es, dass ich schuldig sein musste.

Francis Frage wiederholte sich in meinem Kopf.

»Was denkst du, wer sie getötet hat? War es ihr Freund?«

Er hatte sie definitiv lieber gehabt, als er zeigen oder sich selbst eingestehen wollte. Und er hatte definitiv die Art von Charakter, der die Kontrolle verlieren konnte. Aber glaubte ich, dass er sie getötet hatte?

Ich ließ mich auf die Seite fallen, sodass ich flach auf der Couch lag und an die Decke starrte.

Ich war mir nicht sicher. Ich wusste auf jeden Fall nicht, wie er in das Gebäude gekommen sein könnte. Und die Inspektorin hatte gesagt, er hätte ein Alibi.

Aber da war der Typ, von dem der Clubbesitzer erzählt hatte, mit dem Dave sich geprügelt hatte. Wusste die Polizei von ihm?

Je mehr ich darüber nachdachte, desto mehr ärgerte es mich, dass Nox ihn den ganzen Tag über nicht erwähnt hatte. Als er mich im strömenden Regen abgesetzt hatte, hatte er gesagt, dass er jemanden aufspüren wollte, und ich war durch seinen verdammten Akzent zu abgelenkt gewesen, um zu fragen, wen. Ich war bereit, darauf zu wetten, dass es die *Spur* war, wegen welcher er mich im Stripclub sitzen gelassen hatte. Die, von der er behauptete, sie sei ein gefallener Engel.

Ich setzte mich aufrecht hin und etwas von der unruhigen Energie verfestigte sich zu einem Plan. Ich brauchte Nox Hilfe nicht. Schon gar nicht, wenn es darum ging, erfundenem Blödsinn nachzujagen. Jemand hatte Sarah getötet, jemand aus Fleisch und Blut und wir hatten Informationen, die die Polizei vielleicht nicht hatte.

Ein Gefühl von entrüsteter Rechtschaffenheit erfüllte mich, als ich aufstand. Ich würde Nox und der dummen Polizei beweisen, dass ich unschuldig war und auch keine Hilfe benötigte.

SECHZEHN

BETH

Skinny-Jeans, schwarze Stilettos mit hohen Absätzen und ein glitzerndes, tief ausgeschnittenes Top waren das Beste, was ich für einen Besuch im Stripclub aufbringen konnte.

Mein Puls raste und mein Magen krampfte sich vor Angst zusammen, als ich den telefonierenden Typen in der Eingangshalle des Aphrodite-Clubs nach einem Ticket fragte. Als er eine Frauenstimme hörte, löste er seine Augen vom Bildschirm seines Telefons. Ein träges Lächeln breitete sich auf seinem Gesicht aus.

»Frauen ohne Begleitung kommen umsonst rein«, murmelte er.

»Oh. Ach so.« Ich hatte nicht vor, mich darüber zu beschweren. Das waren zehn Pfund, die ich in einen neuen Fernseher investieren konnte.

Ich versuchte, meine Nervosität zu verbergen, nickte ihm kurz zu, als er mir das kleine Pappticket reichte und schritt so lässig wie möglich zum roten Vorhang.

. . .

Der Geruch von Bier und die übermäßig laute Musik überrollten mich, als ich hindurchtrat. Es war zweiundzwanzig Uhr und es war ziemlich ruhig. Ich spürte, wie meine Wangen rot wurden, als mein Blick über die Dame, die oben ohne auf der Bühne tanzte, huschte, und ich machte mich auf den Weg zu einem kleinen Tisch in der Nähe der Rückwand.

Ich hatte halb damit gerechnet, dass mich alle misstrauisch beäugen würden, eine Frau allein in einem Stripclub, aber die junge Frau vom letzten Mal tänzelte mit einem Lächeln auf dem Gesicht zu mir herüber.

»Hi Süße, was kann ich dir bringen?« Ich war kurz davor, sie nach einem Wasser zu fragen, entschied mich aber dafür, dass etwas Stärkeres meine Nerven beruhigen könnte.

»Einen Gin Tonic, bitte.«

»Kein Problem.”

Ich holte tief Luft und versuchte, mich auf meinem Stuhl zu entspannen. Das Selbstvertrauen, das ich in meiner Wohnung aufgebaut hatte, als ich mich fertig machte und mir einredete, dass ich die Hilfe meines arroganten, völlig verrückten Chefs nicht brauchte, schwand immer mehr, je länger ich mich im Club umsah. Eine irrationale Angst, dass ich jemanden sehen würde, den ich kenne, schwirrte in meinem Kopf herum, und ich versuchte innerlich, Francis zu kanalisieren.

Du kannst tun und lassen, was du willst. Wen kümmert's schon? Du kannst an einem Wochentag in einer billigen, schä-

bigen Stripbar sitzen und niemand kann dich davon abhalten. Du bist eine erwachsene Frau.

Außerdem, wenn ich jemanden, den ich kenne, im Aphrodite-Club sehen würde, wäre es für diese Person wahrscheinlich genauso peinlich wie für mich.

Das Mädchen kam mit meinem Drink zurück und ich nahm ihn dankend an. Diesmal hatte sie einen glitzernden BH an.

»Danke. Ich ähm, mag deinen BH«, sagte ich unbeholfen. Sie strahlte mich an.

»Danke! Wir dürfen BHs zwar nur bis Mitternacht anbehalten, aber ich mag das Glitzern.«

»Du heißt Candy, nicht wahr?« Ihr Gesicht verfinsterte sich kurz misstrauisch und klärte sich dann.

»Du warst neulich mit diesem verdammt heißen irischen Typen hier!«

»Ja.«

»Ah, es tut mir wirklich leid, dir das zu sagen, aber das Mädchen, nach dem ihr gefragt habt, Sarah, sie ist tot. Jemand hat sie umgebracht.«

Mein Herz schlug ein wenig härter in meiner Brust und meine Angst stieg. Ich war nicht gut im Lügen. Ich war auch nicht gut darin, mit Frauen, die nur in ihrer Unterwäsche gekleidet waren, zu sprechen.

»Ich habe davon gehört«, sagte ich. »Was denkst du, wer es war?«

»Nun«, sagte sie nachdenklich und kaute auf ihrem Daumennagel herum. »Ihr Freund, er ist da drüben und er ist ziemlich sauer deswegen.« Sie deutete über ihre Schulter und ich lehnte mich in meinem Stuhl zurück, um ihn mir anzusehen.

Dave, der Mechaniker, saß in einer dunklen Ecke und ein hübsches Mädchen mit nacktem Oberkörper rieb sich an ihm.

»Er sieht nicht gerade sauer aus«, sagte ich zweifelnd.

»So sind die Männer, Süße. Sie verstecken ihre Gefühle hinter Schnaps und Sex.« Sie sprach mit einer Autorität, die nicht zu ihrem jungen Aussehen passte, und ich fragte mich, ob sie recht hatte oder ob es das war, was man sich einreden musste, um an einem Ort wie diesem zu arbeiten und nicht als Männerhasser zu enden.

»Also doch nicht der Freund. Hat ihr Freund nicht kürzlich jemanden geschlagen?«

»Dave verprügelt ständig Leute. Aber er hatte eine richtige Schlägerei mit Mr. Jackson.«

»Wer ist Mr. Jackson?« Candy zuckte mit den Achseln.

»Ein Stammkunde. Er leiht allen Mädchen hier Geld. Er verlangt keine Zinsen, sondern will nur zusätzliche Tänze.« Panik überzog plötzlich ihr Gesicht und sie senkte ihre Stimme und beugte sich näher an mich heran. »Sag Max nichts davon.«

»Natürlich nicht.«

»Er würde es nicht gutheißen, dass wir tanzen und nichts dafür verlangen. Ich habe gehört, dass er einem der Mädels einmal Geld geliehen hat, aber es lief nicht so gut. Also gehen sie jetzt zu Mr. Jackson.«

»Hat Sarah ihm Geld geschuldet?«

»Ich weiß es nicht. Ich weiß nur, dass Dave ihn geschlagen hat.«

»Ist Mr. Jackson heute Abend hier?«

»Nein. Er kommt nur freitags und am Wochenende.«

»Okay. Danke.«

»Warum willst du das alles wissen?«

»Oh, ich, ähm«, ich versuchte mir eine plausible Antwort auszudenken und spürte, wie ich augenblicklich zu schwitzen begann.

»Sie stellt nur ein paar Nachforschungen für mich an.« Ein Zwanzig-Pfund-Schein erschien zwischen uns und ich folgte der Hand, die ihn hielt, zu Nox perfekter Gestalt.

Mein Puls schoss in die Höhe. Was zur Hölle passiert in der Nacht mit ihm, dass er noch so viel attraktiver wird? Schatten umspielten all die richtigen Stellen und ließen das Licht, das über seinen harten Kiefer fiel und sich in seinen Augen spiegelte, verdammt magisch aussehen. Er trug dunkle Jeans und ein schwarzes Hemd und mein Mund wurde staubtrocken, als mein Blick seinen Körper auf und ab wanderte und sich auf der freigelegten Haut seines Schlüsselbeins festsetzte.

»Lasst mich wissen, wenn ihr noch etwas braucht.« Candy grinste, als sie ihm den Geldschein abnahm.

»Machen wir.«

Als Candy davonstolzierte, setzte sich Nox auf den Plastikstuhl mir gegenüber. »Dafür hast du mich also abblitzen lassen?«, fragte er.

Mein Mund war so trocken, dass ich mir nicht zutraute auch nur ein einziges Wort herauszubringen und ich griff nach meinem Gin und schluckte panisch die Hälfte in einem Zug hinunter.

»Ich hatte das Gefühl, dass du den Hinweis auf den Typen, den Dave geschlagen hat, übergangen hast.«

»Du bist also wegen der Arbeit hier, nicht zum

Vergnügen?« Ich sah ihn finster an und das spielerische Glitzern in seinen Augen war sowohl beunruhigend als auch unwiderstehlich heiß.

»Natürlich bin ich nicht zum Vergnügen hier«, zischte ich. »Warum bist du hier?«

»Hast du etwas herausgefunden?« Er ignorierte meine Frage komplett.

»Ja. Dave, der wütende Mechaniker, tröstet sich mit einer nackten Dame dort drüben, und der Typ, den er geschlagen hat, leiht den Tänzerinnen hier Geld. Als Gegenleistung für kostenlose Dienste.« Nox zog eine Augenbraue in die Höhe.

»Was für Dienste?«

»Tänze. Er kommt freitags und am Wochenende hierher. Sein Name ist Mr. Jackson.«

»Sie waren sehr gründlich, Miss Abbott.«

»Im Gegensatz zu Ihnen.« Er runzelte die Stirn und gespielter Schmerz lag auf seinem schönen Gesicht. Sogar sein Haar wirkte in der Nacht anders, irgendwie weniger perfekt, zerzauster. »Ich versichere Ihnen, ich habe hart gearbeitet.«

»Woran? An der Spur nach dem gefallenen Engel?«

»Genau.« Ich spürte, wie sich meine Lippen zusammenzogen. »Nox, ich werde des Mordes verdächtigt. Du verstehst, wie ernst das ist, oder?« Der spielerische Schimmer verschwand aus seinen Augen.

»Beth, du hast einen Pakt mit dem Teufel abgeschlossen. Verstehst du, wie ernst das ist?« Ich schluckte, dann hob ich meinen Drink wieder an die Lippen.

»Wenn du willst, dass ich dir deinen Wahnsinn glaube, dann brauche ich Beweise.«

»Der Schalter ist umgelegt worden, Beth. Die Wahrheit ist bereit für dich, wann immer du bereit bist, sie zu sehen.«

»Wovon redest du?«

»Wenn du bereit bist, es zu akzeptieren, wirst du es sehen. Dafür habe ich gesorgt.« Ich knirschte mit den Zähnen.

»Also werde ich es vielleicht nie sehen? Das ist eine sehr bequeme Lösung für dich, meinst du nicht?«

»Ich versichere dir, dass nichts von alledem bequem ist. Es ist nicht einfach, die Erlaubnis zu bekommen, den Schleier für eine Sterbliche zu lüften. Meine Assistentin hat dafür zwei Tage gebraucht.« Er war tatsächlich übergeschnappt.

»Den Schleier lüften?«, wiederholte ich. »Außerdem, warum habe ich deine Assistentin noch nie kennengelernt?«

»Du wirst meine Assistentin erst sehen, wenn du die übernatürliche Welt sehen kannst. Sie ist eine Elfe.« Ich erstarrte mit meinem Glas an meiner Unterlippe.

»Eine Elfe?«

»Ja. Eine der wenigen Spezies, die nicht in beiden Welten existieren kann.«

»Richtig.« Ich kippte den Rest des Gin Tonic in meinen Mund und schluckte.

»Ich fahre dann mal besser nach Hause.«

»Mit dem Nachtbus?«

»Ja.« Ich starrte ihn an. »Bist du mir hierher gefolgt?«

»Der Nachtbus ist gefährlich.«

»Der Nachtbus ist nicht gefährlich.«

»Hast du schon gegessen?«

»Es ist halb elf, natürlich habe ich schon gegessen.«
»Gut. Lass uns tanzen gehen.«

SIEBZEHN

BETH

»Du bist wahnsinnig.« Ich schüttelte den Kopf, als ich aufstand.

»Wahnsinnig ist, dass du die Chance ablehnst, in einen der besten Salsa-Clubs in London zu gehen.«

Ich hielt inne. Ich liebte lateinamerikanischen Tanz. Ich liebte es wirklich und wahrhaftig. Wusste er das?

»Es ist fast elf«, protestierte ich etwas weniger energisch, als ich es sollte.

»Es ist halb elf. Und ich bin mir sicher, dass ich die Sache morgen mit deinem Chef klären kann, wenn du zu spät zur Arbeit kommst.« Amüsement tanzte über seine Züge und mein Inneres kribbelte, als sich mein Geist mit der Vorstellung füllte, mit ihm zu tanzen, meinen Körper an seinen gepresst.

Ich wollte mit ihm tanzen. Es hatte keinen Sinn, es vor mir selbst zu verleugnen. Hitze prickelte meine Wirbelsäule hinunter und wanderte direkt an die richtigen Stellen, wenn ich nur daran dachte.

Was der Grund war, warum ich es nicht tun sollte.

»Nein, ich sollte nach Hause gehen.« Unsere Augen trafen sich und ich spürte, wie er mein Gesicht absuchte.

»Ich bestehe darauf.«

Meine Augenbrauen hoben sich, doch als ich meinen Mund öffnete, um zu widersprechen, schob er seinen Stuhl mit einem lauten Scharren zurück und stand auf.

»Ich muss dir mehr über meine Welt erzählen und bis jetzt warst du immer aufnahmefähiger, wenn du gut gegessen und getrunken hast.« Ich neigte meinen Kopf zu ihm.

»Ich sagte doch, ich habe schon gegessen.«

»Aber du hast noch keine Quesadilla von Cubano's gegessen.«

»Nein.« Ich hatte eine riesige, langweilige Schüssel Nudeln mit Käse gegessen.

»Dann erlaube der Sünde der Völlerei, dir ein glücklicheres Ende dieses Abends zu bescheren. Bitte.«

Wenn die Anziehungskraft der lateinamerikanischen Musik nicht genug war, dann war es die Verlockung des südamerikanischen Essens. Dazu kam noch der umwerfende Brocken Arroganz, der vor mir stand und *bitte* sagte und ich hatte keine Chance, ihm zu widerstehen.

»Gut. Weil du so nett gefragt hast. Aber nur eine Stunde.«

»Weil du dich dann in einen Kürbis verwandelst?"

»So ähnlich.«

~

Claude lächelte, als er mir die Autotür öffnete. Wir waren gerade aus dem engen Ausgang des Aphrodite-Clubs getreten und er war sofort da.

»Hi, Claude«, sagte ich.

»Guten Abend, Miss Abbott«, grinste er zurück.

Nox schlüpfte hinter mir ins Auto und jetzt, wo wir aus dem übelriechenden Club heraus waren, konnte ich seinen köstlichen, rauchigen Duft riechen. Mein Magen kribbelte und für einen kurzen Moment sank mein Selbstvertrauen in meine Schuhe. Ich saß in der Limousine eines Typen, der ungefähr 100 Meilen außerhalb meiner Liga lag. Um Himmels willen, was tat ich hier?

»Du hast mich nach dem Schleier gefragt. Willst du mehr wissen?«

Ich ließ meinen Blick zu Nox schweifen, der neben mir auf dem weichen Leder saß. Die bunten Lichter Londons spielten über sein Gesicht, während sich das Auto langsam durch die Straßen bewegte.

»Klar.« Außerhalb meiner Liga und völlig verrückt, erinnerte ich mich selbst und versuchte, etwas von meinem Selbstvertrauen zurückzugewinnen.

»Die magische Bevölkerung Londons ist in dem, was wir den Schleier nennen, verborgen. Wir müssen bei den Verantwortlichen eine Petition einreichen, damit er für einen Nichtübernatürlichen, wie dich, gelüftet wird. Sobald er aufgehoben wird, braucht dein Gehirn Zeit, um sich daran zu gewöhnen, um zu akzeptieren, was es ein Leben lang nicht wahrgenommen hat. Aber ich versichere dir, du wirst anfangen, es zu sehen. Und je eher du dir erlaubst, an all das zu glauben, desto eher wirst du es erkennen.«

»Wen musst du um Hilfe bitten? Wer hat mehr Macht als der Teufel?«

»Die Götter.«

»Leben sie auch in London?«

»Sie leben nicht auf der Erde.«

»Okay.« Ich war mir nicht sicher, was ich dazu noch sagen sollte.

»Es gibt fünf große Städte auf der Welt, die von Übernatürlichen bevölkert sind, aber London hat die meisten. Deshalb bin ich auch hier.«

»Weil du gerne in ihrer Nähe bist?«

»Weil ich die Wilden von ihnen in Schach halten soll.« Ich rutschte in meinem Sitz hin und her und drehte mich dann stirnrunzelnd zu ihm um.

»Ich dachte, der Teufel würde für Ärger sorgen und nicht dafür, dass alle brav sind.«

»Die Rolle des Teufels wird weithin missverstanden, Miss Abbott.«

»Wenn Sie das sagen.«

»Ich mag die Wurzel allen Übels sein, aber ich bin auch der Bewahrer alles Guten.« Er schaute einen Moment weg und das Licht in seinen hellblauen Augen verblasste. »Oder das war ich zumindest.«

»Hast du schon mal daran gedacht, Belletristik zu schreiben? Ich glaube, du wärst sehr gut darin.« Er warf mir einen Blick zu.

»Ich habe schon viele Bücher geschrieben.«

»Natürlich.« Ich stieß einen langen Atemzug aus und sah aus dem Fenster.

Superheiß und vollkommen verrückt.

Das Cubano's war nicht der dunkle, protzige Club, den ich erwartet hatte. Nox winkte mir zu, ihm vorauszugehen, als wir einen palmenbedeckten Vorhof mit leuchtend roten und grünen Stühlen erreichten, in dem die Leute rauchten und lachten. Der Regen hatte sich verzogen und hinterließ einen kühlen, aber nicht zu kalten Frühlingsabend. Ich zog eine große Tür auf und ein Lächeln erschien auf meinen Lippen. Ich konnte es nicht verhindern. Minze und Zitrusfrüchte dominierten den Duft, der meine Nase erreichte, und meine Hüften versuchten wie von selbst zu schwingen, als der stampfende Beat und die sanfte spanische Stimme meine Ohren umspülten. Alle Möbel, die ich sehen konnte, waren aus hellem Holz und alles Metall und Plastik war mintgrün oder rot lackiert. Aber keines der Möbelstücke wurde benutzt. Tänzer füllten den Raum. Frauen in riesigen Flamenco-Röcken neben Männern mit Hemden, die bis zur Hüfte aufgeknüpft waren, sowie Leute, die wie ich in Jeans und High Heels gekleidet waren. Alle drehten sich, kreiselten und wiegten sich im Takt der fröhlichen Melodie und jeder von ihnen sah glücklich aus.

Ich spürte eine Hand auf meinem Rücken und ich brauchte mich nicht umzudrehen, um zu wissen, dass es Nox war, der mich sanft durch das Gewühl der Körper führte. Das Zischen von Elektrizität, das von seiner Berührung ausging, verriet ihn.

Wir verließen die Tanzfläche und fanden eine lange Bar im hinteren Teil des Raumes, wo Männer und Frauen metallene Cocktailshaker schüttelten und Tabletts mit Gläsern füllten. Auf der rechten Seite befand sich eine rote Metalltreppe, die zu einer schmalen Zwischengeschossreihe mit kleinen Tischen führte, die die Tänzer überblickten.

Nox schritt zur Bar und ein besonders gutaussehender Typ sah zu ihm auf und lächelte.

»Nox! Der Mann der Stunde. Was können wir dir bringen?«

»Zwei Mojitos und ein paar Quesadillas. Danke. Oben, wenn noch Platz ist«, rief Nox über die Musik hinweg. Ein fröhliches Gefühl pulsierte durch mich, die Energie des Ortes war ansteckend.

»Für dich ist immer Platz. Ich bringe sie gleich hoch.«

Nox drehte sich um und ich folgte ihm die Treppe hinauf, wobei ich die kurze Zeit, in der er mich nicht sehen konnte, nutzte, um enthusiastisch mit den Hüften zu wackeln.

Wir fanden einen leeren Tisch am Geländer, von dem aus wir einen tollen Blick auf die Tanzfläche unter uns hatten. Unsere Getränke und Quesadillas kamen Sekunden nach uns an und ich nippte aufgeregt am Mojito. Er war perfekt.

»Weißt du, ich könnte die ganze Nacht dein Gesicht beobachten, wenn es so aussieht.« Nox Stimme wurde über die Musik getragen und ich spürte, wie die Hitze erst mein Gesicht und dann meinen Kopf überflutete.

»Wenn es wie aussieht?«

»Wie eine Maske des Vergnügens«, sagte er und seine Augen schienen tatsächlich zu leuchten.

»Das ist ein guter Cocktail«, sagte ich und riss meinen

Blick von seinem Mund los. »Warum probierst du deinen nicht?«

»Es macht mir genauso viel Spaß, dich beim Trinken zu beobachten.«

Oh Gott. Ein Kribbeln breitete sich bei seinen Worten in meiner Brust aus, Bilder von ihm, wie er mir Vergnügen bereitete, schossen in einer Parade der Lust durch meinen Kopf. Meine Brustwarzen verhärteten sich und ich stellte das Getränk auf dem Tisch ab und stürzte mich zur Ablenkung auf die Quesadillas.

»Was ist da drin?«, stotterte ich unbeholfen.

»Käse. Und pikante Paprika.«

»Hm.« Ich biss in eine. Die salzige, würzige Güte schmolz in meinem Mund und ich gab ein kleines, unwillkürliches Geräusch des Glücks von mir.

Nox richtete sich in seinem Stuhl auf und sein kühles Auftreten entglitt ihm ein wenig. Hatte ich das verursacht? Indem ich mir den geschmolzenen Käse von Kinn geleckt habe?

»Willst du nicht auch eine?«, fragte ich ihn. Ich war nicht scharf auf die Idee, mich vollzustopfen, während er nichts aß, aber das würde mich nicht davon abhalten, den ganzen Teller leer zu essen. Sie waren verdammt lecker.

Er lächelte.

»Ich werde dich nicht den ganzen Spaß allein haben lassen.«

Die göttlichen Käse-Dreiecke purer Freude, wie ich sie jetzt nannte, hielten nicht lange an und als der Teller leer war, fühlte ich mich, als würde ich mit mehr unruhiger Energie pulsieren, als ich es tat, bevor ich beschlossen hatte, meine Wohnung zu verlassen. Wahrscheinlich, weil die sexuelle Spannung, die ich mir den ganzen Nachmittag versucht hatte auszureden, nun wieder in voller Stärke zurückgekehrt war. Zusätzlich zu dem nun permanenten Summen der Angst, die damit einherging, des Mordes verdächtigt zu werden.

»Willst du tanzen?«, fragte Nox.

»Nein«, log ich. »Danke.«

»Warum nicht?«

»Ich glaube, ich bin nicht so gut wie diese Leute.«

»Das musst du auch nicht sein. Sie schauen nicht auf jemand anderen. Sie genießen einfach nur die Musik. Das ist der Grund, warum ich diesen Ort mag. Hier gibt es keine Angeber.«

»Ist nicht eine der Sünden der Stolz? Solltest du nicht auf Angeber stehen?«

»Stolz ist eine der Sünden, die ich abgegeben habe.«

»Abgegeben?«

»Ja. Ich habe es dir gesagt. Ich habe einige der Sünden abgegeben, als ich mich hier niedergelassen habe.«

»Richtig. Deine Spur vom Stripclub ist ein gefallener Engel, der eine deiner Sünden beherrscht«, nickte ich und erinnerte mich an das, was er gesagt hatte. *Verrückt.* »Ist das diejenige, der du deinen Stolz gegeben hast?«

»Nein.«

»Oh. Welche Sünden hast du behalten?«

»Lust.« Ich schluckte, als sich seine Augen verfinsterten. Die Musik schien sich zu intensivieren. Ein sexy Samba-Beat erfüllte die Luft und ließ meine Haut vibrieren. Nox fuhr sich mit einer Hand durch die Haare.

Goldenes Licht flackerte hinter ihm und brachte seine Haut zum Glühen. »Würdest du bitte mit mir tanzen?«

Dieses Mal war es kein höfliches Angebot. Irgendwie war es die verdammt erotischste Einladung, die ich je erhalten hatte.

Ich ergriff instinktiv seine ausgestreckte Hand. Das Bedürfnis, ihn zu berühren, überwältigte alles andere in mir. Mein Atem stockte, als sich ein Funke Energie zwischen uns entlud und seine Augen kurz aufflackerten. Dann zog er mich auf die Füße und führte mich vor sich her, in Richtung der Treppe. Seine Finger verschränkten sich mit meinen, als er mir auf die Tanzfläche folgte und ich spürte, wie die Musik in mich eindrang und mein Selbstbewusstsein verstärkte. Ich ließ meine Hüften schwingen, auch wenn er hinter mir war und jede Bewegung sehen konnte. Als wir den Rand des Gedränges der Tänzer erreichten, streckte er seinen Arm aus, wirbelte mich herum, zog mich an sich und umfasste mich mit seinem anderen Arm.

Mein Gehirn setzte aus, als er mich an seinen Körper zog, meine Brust an seine drückte und seinen Kopf dicht an meinen tauchte. Verlangen und Leidenschaft brannten unverkennbar in seinem Blick. Dann bemerkte ich mit einem winzigen Keuchen, dass in seiner Iris Flammen standen. Da waren echte blaue Flammen.

Das einzige Mal, dass wir uns so nahe gewesen waren, war in meinen Träumen gewesen. Im wirklichen Leben war er noch berauschender. Hypnotisierend. Ich konnte den Blick nicht abwenden. Ich konnte kaum mehr atmen.

Bevor mein dummes Gehirn komplett abschalten konnte, drehte er mich in die andere Richtung und ich sog die Luft ein, als ob ich nur mit Abstand zu ihm atmen könnte.

Diese Flammen... Konnte das wahr sein? Tanzte ich mit dem Teufel? Mit dem Gott der Lust?

Er hatte eine Art von Macht, daran gab es keinen Zweifel.

Die Musik wechselte zu etwas Lebendigem, mit Pfeifen und Trommeln und einer Dame, die schnell und hoch sang. Nox hob meinen Arm höher und dann wirbelte ich herum und herum. Ein Lachen sprudelte von meinen Lippen, als er mich auffing und Schwindelgefühl mich durchflutete.

»So habe ich mich nicht mehr gedreht, seit ich ein Kind war«, keuchte ich und er streckte grinsend seinen Arm aus und rollte mich daran entlang zu sich.

»Tanze, als ob niemand dir zusieht, Beth.«

Das gleiche Gefühl der Zuversicht, dass ich in seinem Büro gespürt hatte, legte sich über mich und ich schwang meine Hüften im Takt der Musik, als der Gesang der Frau lauter wurde. Nox tat es mir gleich und bewegte seine eigenen Hüften im Takt mit meinen. Mit einem Anflug von Selbstvertrauen rollte ich mich an seinem Arm entlang zurück und stieß mit meiner Hüfte gegen seinen Oberschenkel, bevor ich mich wieder drehte und seine Hand losließ.

Für eine Sekunde fühlte ich ein unerklärliches Gefühl des Verlustes, als der Kontakt abbrach, aber ich schloss meine Augen und ließ die Musik meine ganze Aufmerksamkeit annehmen. Es war, als ob all meine Nerven und Spannungen sich zu etwas aufbauten, das ich nicht mehr kontrollieren konnte und bevor ich darüber nachdenken konnte, was ich tat, hob ich meine Arme, neigte meinen Kopf nach hinten und ließ meinen Körper tun, was er tun wollte. Ich schwankte zur Musik, meine Füße bewegten mich über den Boden, mein Herzschlag schoss in die Höhe, als ich begann, die aufgestaute Energie aus meinem Körper zu tanzen.

Ich öffnete meine Augen, als ich eine Hand an meiner Taille spürte und der Funke Energie bestätigte, dass es Nox war, bevor ich ihn sah. Er stand hinter mir und ich nahm die Hand, die er auf mich gelegt hatte, wirbelte sie herum, hob sie an und bewegte mich im Takt der Musik darunter.

Ich wusste nicht, wie lange wir tanzten. Eine Melodie nach der anderen verging, Beats und Klänge, die mich unbesiegbar und so sexy wie noch nie in meinem Leben fühlen ließen, sanken in meinen Körper und schlugen Wurzeln. Jedes Mal, wenn sich mein Körper an den von Nox presste, erwachte meine Haut zum Leben und eine köstliche Vorfreude, von der ich nicht wusste, ob ich sie jemals erlebt hatte, wurde zu meinem einzigen Fokus. Ich bewegte mich so, dass ich alle paar Takte gegen ihn stieß und diese Sekunden waren alles, was zählte.

Er bewegte sich wie auf Eis, glitt über den Boden, seine Hüften schwangen perfekt im Rhythmus mit meinen, wann immer wir uns nahe waren. Jedes Mal, wenn ich sein Atem an meinem Hals oder meiner Wange spürte, konnte ich meinen eigenen Atem nicht mehr kontrollieren und ein surreales Schwindelgefühl ließ die Szene sich wie Teil eines Traums anfühlen.

Eine neue Melodie begann zu spielen, langsam und heiß. Ein Tango, wurde mir klar. Nox drückte sich gegen meinen Rücken, schlang seinen Arm fest um meinen Bauch und zog meinen Hintern zu sich heran. Ein Puls des Verlangens, der so stark war, dass es fast weh tat, überfiel mich, als ich spürte, wie er sich hart an mich presste.

Er wollte mich. Keine verdammte Frage.

Langsam bewegte er seine Hand meine Rippen hinunter und strich mit den Fingern über den losen Stoff meines Shirts. Ich schloss meine Augen, lehnte meinen Kopf an ihn und atmete seinen berauschenden Duft ein.

Seine Hüften schaukelten gegen mich im Takt des Liedes und ich drückte mich verzweifelt vor Lust an seinen harten Körper. Seine Handfläche legte sich auf meine Hüfte und dann fuhr er mit seiner Hand wieder meinen Körper hinauf. Ich wiegte mich mit ihm und konnte kaum noch atmen, als seine Berührung sich meiner Brust näherte. Ganz langsam fuhr er mit seinen Fingerspitzen die Wölbung meiner Brust hinauf, dann mein nacktes Schlüsselbein entlang. Als seine Finger meine Haut berührten, schlugen Wellen der Lust durch mich und ich wölbte mich instinktiv. Sein anderer Arm schlängelte sich um mich, zog meinen Körper zurück gegen seinen und seine Erektion drückte gegen meinen Hintern. Ein Stöhnen entkam meinen Lippen, verloren in der Musik, als seine federleichte Berührung die empfindliche Haut meines Halses erreichte. Seine Finger streichelten meinen Kiefer, dann zog er sanft meinen Kopf zur Seite und näherte sich der zarten Haut mit seinen Lippen.

Das Stöhnen, das mir entrang, als seine Lippen auf meinen Hals trafen, war lauter. Zu laut.

Als ich mit einem Ruck auf die Erde zurückkam, löste sich der surreale Schleier und ich realisierte, was ich tat.

Mein Chef, mein vollkommen verrückter Chef, küsste mich in einem Club. Ohne meinen Job hatte ich nichts und dieser Mann konnte mich von heute auf morgen hinausschmeißen. Er könnte mit mir schlafen, es bereuen und mich feuern und es würde ihm wahrscheinlich nichts bedeuten. Schlimmer noch, wenn er bekam, was er wollte, bevor er mir half, meinen Namen von diesem furchtbaren Mordverdacht reinzuwaschen, könnte er sich entscheiden, mir nicht mehr mit der Polizei zu helfen.

Mit einer Willensanstrengung, von der ich nicht wusste, dass ich sie meistern konnte, löste ich mich aus seiner Umarmung.

»Wow, mir ist so heiß von dem ganzen Tanzen! Ich werde mir meine Tasche holen und etwas Luft schnappen!«, rief ich übermütig, ohne ihn anzusehen.

»Ich warte draußen auf dich«, antwortete er, als ich herumwirbelte und zur Treppe rannte.

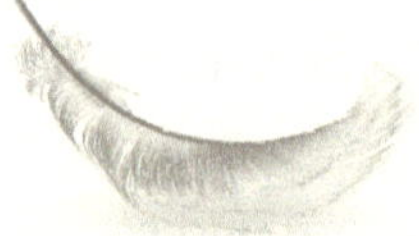

NOX

Das Bedürfnis, mich selbst zu berühren, um zu überprüfen, ob das, was passierte, real war, war eine wahre Tortur.

Zum ersten Mal seit Jahrhunderten reagierte mein Körper auf eine Frau. Und er reagierte nicht nur. Ich war so hart, dass es weh tat.

Sie war... Sie war wie eine Droge und ich konnte nicht genug von ihr bekommen. Wilde Intelligenz leuchtete in ihren Augen. Sie war schnell und witzig und verdammt schön anzuschauen.

Sie war eine unschuldige Seele... Sie war gut. Sie hatte Moral. Und das war eine Anziehungskraft, der ich einfach nicht widerstehen konnte.

Ich musste sie verderben. Ich musste ihr die Augen für eine Welt öffnen, von der sie nicht wusste, dass sie existierte. Ich musste ihren Körper dazu bringen, sich in einem Vergnügen aufzulösen, für das sie nicht bereit war und dann den Rest meines Lebens damit verbringen, sie aus winzigen Fragmenten der Glückseligkeit wieder zusammenzusetzen.

»Es tut mir leid.« Ihr unbeholfener Tonfall schnitt durch meine Gedanken, als sie sich durch die Türen schob, hinaus in den Innenhof, in dem ich stand. Kühle Luft biss an meiner Haut, aber sie tat nichts gegen das Inferno der Erregung, das bei ihrem Anblick durch meinen Körper riss. Schweiß glänzte auf ihrer Brust und meine übernatürlich verstärkten Sinne konnten ihr Herz rasen hören.

»Es ist leicht, sich hier in der Musik zu verlieren.«

»Ich, ähm, ja.« Sie schaute auf den Boden und kickte mit ihrem Schuh gegen das Nichts. »Ich war vorhin ein bisschen unruhig. Jetzt fühle ich mich besser. Danke.«

Ich war so angespannt, dass ich meinen Puls an meiner Schläfe schlagen spüren konnte. Es gab nichts auf dieser Welt, was ich mehr wollte, als sie an mich zu ziehen, meine Lippen auf ihre zu pressen.

Aber ich war der Teufel. Der gefallene Wächter der Hölle. Ich hatte mehr Kontrolle über meine Gelüste als sie.

»Willst du gehen?« Unentschlossenheit blitzte in ihren Augen auf, bevor sich stählerne Entschlossenheit über ihr Gesicht legte.

»Ja. Bitte.« Sie war noch nicht bereit. Und wenn ich sie drängte, würde ich sie verlieren. Unschuld war nicht gleichbedeutend mit Schwäche. Ich wusste, wie weit diese Frau gegangen war, um ihre Eltern zu finden. Sie war hartnäckig und störrisch.

Ich fühlte einen Hauch von Schuldgefühlen, weil ich

so viel über sie wusste, obwohl sie es mir nicht selbst gesagt hatte. Aber es würde noch etwas Zeit brauchen. Sie würde lernen, mir zu vertrauen und es mir zu sagen. Und dann würde ich ihr Leben verändern.

NEUNZEHN

Mein Verlangen hatte überhaupt nicht nachgelassen, seit wir den Abstand zwischen uns vergrößert hatten. Nox Anwesenheit auf der Rückbank des Wagens neben mir war fast überwältigend und ich schaute entschlossen aus dem Fenster, um zu verhindern, dass ich mich auf ihn stürzte.

»Beth.« Sein Ton war ein Befehl, keine Bitte. Ich drehte mich zu ihm um.

»Wir werden der Polizei morgen von einem neuen Verdächtigen erzählen. Ich möchte nicht mehr lange warten, bis wir unsere Abmachung erfüllen.«

Ein räuberischer Hunger funkelte in seinen Augen. Wenn ich auch nur einen Bruchteil dieses Verlangens verspürte, wenn ich die Nacht mit ihm verbrachte, würde ich mich auf keinen Fall zurückhalten können.

»Was denkst du, wer sie getötet hat? Denkst du, es könnte dieser neue Typ sein?«, fragte ich und hielt mich an dem ernüchternden und absolut unerotischem Thema Mord fest.

»Nein. Ich denke, es war meine Spur.«

»Der gefallene Engel?«

»Ja.«

»Warum gehen wir dann nicht zu ihr?«

»Ich kann dich nicht mitnehmen, solange du nicht durch den Schleier sehen kannst.« Ich runzelte die Stirn.

»Du verstehst, dass du verrückt klingst, oder?«

»Du weißt, dass es mehr in dieser Welt gibt, als du sehen kannst. Du bist klug und hast genug Erfahrung mit dem Unerklärlichen, um daran glauben zu wollen.« Mein Magen krampfte sich zusammen. »Wenn du glaubst, was ich dir erzähle, werde ich in der Lage sein...« Er brach ab.

Neugierde schoss durch mich hindurch. Was würde er in der Lage sein zu tun? Dann spülte die Realität mit einem Peitschenhieb des Zweifels über den Funken des Interesses und löschte ihn. Engel, Shifter und Vampire gab es nicht. Und verdammte Kobolde auch nicht.

»Ich kann nicht glauben, ohne Beweise zu haben, Nox. Es ist unfair, das von mir zu verlangen.«

»Dann werde ich dir einen Beweis liefern. Wovon möchtest du heute Nacht träumen?«

Ich zog unwillkürlich die Augenbrauen hoch. *Von dir.* Mein Hirn lieferte die Antwort sofort, aber gnädigerweise gab ich meine Antwort nicht laut aus.

»Ich weiß es nicht«, log ich.

»Dann werde ich es dir sagen. Du wirst von mir träumen. Auf einem gefrorenen See. Und du wirst für die Situation angemessen gekleidet sein.«

Ich spürte, wie mein Herz bei seinen Worten hart in meiner Brust schlug. Ich hatte ihm nie von meinen Träumen erzählt. Von dem gefrorenen See.

Bitte, bitte, lass ihn die Wahrheit sagen. Lass es eine Welt geben, die voll von Magie ist. Lass es einen Ort geben, an dem ich noch nicht nach meinen Eltern gesucht habe.

»Ein gefrorener See?«, sagte ich und zwang mich, meine Worte langsam auszusprechen. »Warum ein gefrorener See?«

»Eis und Feuer. Kälte und Hitze. Extreme. Das sind die Orte, an denen meine Kraft am intensivsten ist.«

»Also hat dieser Teufel keine flammenden, brennenden unterirdischen Höhlen?«

»Ich habe es dir schon gesagt. Vieles an mir wird missverstanden.«

Das glaubte ich ihm zumindest.

Ich machte mir Sorgen, dass es ewig dauern würde einzuschlafen. Nox Versprechen, von ihm zu träumen, wirbelte in meinem Kopf umher und der zaghafte Kuss auf meinen Handrücken, als er mich abgesetzt hatte, ließ mich völlig unbefriedigt zurück. Aber die körperliche Energie, die ich beim Tanzen aufgebracht hatte, hatte ihre Wirkung. Ich schlief innerhalb weniger Augenblicke ein.

Ich war sofort auf dem See. Als hätte jemand auf den Schlaf gewartet, um mich zu holen und sich dann auf mich gestürzt. Heute hatte ich nicht das zitronengelbe Ballkleid an, sondern ein auffälliges scharlachrotes Kleid, das wie gemacht war für den Tango. Meine linke Schulter war unbedeckt und ein fast hüfthoher Schlitz entblößte mein gegenüberliegendes Bein.

Ich spürte die unverkennbare Anwesenheit von Nox hinter mir, dann schlang sich seine Hand um meine Taille und zog mich an seinen Körper.

»Ich habe dir gesagt, dass du angemessen für diesen Moment gekleidet sein wirst«, murmelte er in mein Haar.

»Vom Tango zu träumen beweist gar nichts«, sagte ich, atmete tief ein und genoss seinen Holzrauchduft. »Das ist nur meine Fantasie, die die Lücken füllt, die der heutige Abend hinterlassen hat.«

»Die Lücken? Du meinst die Dinge, die du wolltest, dass ich mit dir mache? Die Dinge, von denen du mich abgehalten hast?«

Er presste sich an mich, hart, steif und köstlich und seine andere Hand strich über meinen Kiefer und neigte meinen Kopf zur Seite. Dieses Mal, als seine Lippen auf meinen Hals trafen, war ich nicht überrascht von dem Stöhnen, das meine Lippen verließ. Die eisige Luft und die Hitze seines Mundes verursachten eine Gänsehaut auf meinen Unterarmen und meine Brustwarzen verhärteten sich.

Sein Mund wanderte weiter an meinem Hals hinauf und ich lehnte mich an ihn, als seine Zunge über mein Ohrläppchen strich. Seine andere Hand lag noch immer auf meinem Bauch, um mich besser an ihn pressen zu können. Seine andere Hand strich über das enge Oberteil des Kleides. Langsam tauchten seine elektrisierenden Finger unter den Stoff und strichen über die Haut meiner Brust.

Dringende Lust breitete sich in meinem Körper aus

und Hitze wallte zwischen meinen Schenkeln. Ich spürte seine Zähne an der empfindlichen Stelle meines Halses und stieß einen gedämpften Schrei aus. Im selben Moment bewegte sich seine Hand tiefer und strich so schnell über meine harte Brustwarze, dass ich mir nicht einmal sicher war, dass sie es getan hatte.

Ich stieß mit meinem Hintern härter gegen ihn, hob meine Hand und griff hinter mich, um seine Erektion zu umfassten.

Er hielt inne und hob seinen Mund von meinem Hals.

»Noch nicht. Das hier ist dein Traum. Es geht jetzt nur um dich.«

»Wenn es mein Traum ist, dann sollte ich tun können, was ich will.«

»Beth, hast du eine Ahnung, wie lange ich hierauf gewartet habe? Ich werde jetzt nichts überstürzen.«

»Auf was gewartet?«

»Auf dich.« Bevor ich antworten konnte, schob seine Hand den Stoff des Kleides nach unten und setzte mich der eisigen Luft aus. Sein warmer Atem strich über meine Schulter und seine Finger umschlossen meine Brustwarze und drückten zu. Die Lust, die sich seit Tagen aufgestaut hatte und hatte nun einen Ort, auf den sie sich konzentrieren konnte, und überflutete mich wahrlich.

Mein leises Stöhnen wurde von ihm erwidert.

»Großer Gott. Beth. Du bist umwerfend.«

Umwerfend. Er fand, mich umwerfend.

Seine geschickten Finger bewegten sich schneller und der Schmerz zwischen meinen Beinen wuchs zu bedrohlichen Ausmaßen an, als seine Zunge gegen meinen Hals schnalzte.

Ich wollte seine Zunge auf meiner Haut spüren. Ich wollte seine Zunge und ich wollte, dass sie über meine Nippel, meinen Bauch und meine Oberschenkel strich.

Ich versuchte, mich zu ihm umzudrehen, aber sein Griff um mich war eisern.

»Bitte«, murmelte ich.

»Nein. Stück für Stück wirst du lernen, wie wundervoll jeder einzelne Teil deines Körpers ist.« Er knabberte an meinem Ohrläppchen und das Gefühl war nahe genug an dem lustvollen Schmerz, der mein Inneres eingenommen hatte, um mich erschauern zu lassen. »Ich werde jeden einzelnen Zentimeter von dir genießen, noch bevor du mich überhaupt zu Gesicht bekommst.«

Ich sog einen Atemzug ein und schloss meine Augen. Er drückte fest auf meine Brustwarze.

»Bist du feucht?« Ein Quietschen entfuhr mir. »Ist das ein Ja?«

»Ja«, flüsterte ich.

Seine Hand ließ von meiner Brust ab und glitt schnell an meinem Kleid hinunter. Er stoppte genau zwischen meinen Schenkeln. Ich versuchte, mich gegen ihn zu drücken, aber er bewegte sich mit mir und ließ den Druck, den ich so dringend brauchte, nicht zu.

»Wie nennst du diesen Teil von dir?«

»Was?«

»Ich will dir sagen, was ich alles mit dir machen werde, wenn du deinen Teil der Abmachung erfüllst und die Nacht mit mir verbringst. Und ich muss wissen, wie ich dieses Körperteil nennen soll. Ich werde sehr oft darauf Bezug nehmen.«

Oh Gott. Oh Gott. Er würde herausfinden, wie langweilig ich war. Ich konnte ihm nicht sagen, dass ich ihn einfach meine Genitalien nannte.

»Wie willst du es nennen?«, fragte ich und vermied es zu antworten. Seine Hand strich wieder meinen Bauch hinauf und über meine Rippen.

»Wie gefällt dir Muschi?« Mein ganzer Körper pochte vor Verlangen bei seinen Worten. Offenbar stimmte mein Körper zu.

»Ja.«

»Sag es.«

»Was?« Seine Finger fanden meine geschwollene Brustwarze und drückten zu.

»Sag es.«

»Muschi«, hauchte ich.

»Sag mir, wie feucht deine Muschi ist.«

Oooooh Gott.

Dirty-Talk war so gar nicht meine Stärke. Aber mein Gott, es machte mich an, ihn so reden zu hören. Worte, die mich normalerweise vor Verlegenheit zusammenzucken lassen würden, verwandelten sich in etwas, nach dem ich mich sehnte, wenn es aus seinem Mund kam.

»Das hier ist ein Traum, Beth. Was hast du zu verlieren?« Seine Lippen drückten sich wieder an meinen Hals. Die Küsse waren heiß, langsam und sinnlich. Seine Finger streichelten jetzt meine andere Brust und neckten und zogen an meiner Brustwarze.

Ich konnte die Nässe zwischen meinen Beinen spüren. Er hatte gesagt, ich sei umwerfend.

»Feucht«, flüsterte ich, schloss die Augen und ließ das Vertrauen, das er in mir aufbaute, die Oberhand gewinnen. »Ich bin feucht für dich.«

Ich hörte, wie er zischend einatmete und schwor, dass ich spürte, wie er sich weiter gegen mich versteifte.

»Braves Mädchen. Komm morgen früh in mein Büro. Da gibt es etwas, das ich dir zeigen möchte.«

Und im nächsten Moment wachte ich auf.

Meine Mutter hätte sich für die Schimpfwörter geschämt, die aus mir heraussprudelten, als ich mich allein in meinem Bett wiederfand.

»Wenn er die verdammte Wahrheit sagt und er mich tatsächlich so nahe an den Höhepunkt gebracht und dann einfach hat stehen lassen, schwöre ich bei Gott, dass es einen weiteren Mord geben wird«, schnappte ich, warf die Bettdecke zur Seite und schwang meine Beine aus dem Bett. »Einen, für den ich tatsächlich verdammt noch mal verantwortlich bin!«

Ich brauchte nicht aufzustehen - es war drei Uhr morgens. Aber ich konnte nicht ruhig liegen bleiben.

Vielleicht würde ich selbst Hand anlegen und zu Ende bringen müssen, was Nox angefangen hatte. Ich war nicht gerade abgeneigt, mich selbst um meine Bedürfnisse zu kümmern. Aber zu viele Jahre, in denen ich strengen Predigern in der Kirche zugehört hatte, hatten mir einen positiven Umgang mit meinem Körper nicht gerade leicht gemacht. Was wahrscheinlich der Grund war, warum ich nicht sehr gut darin war, mich selbst zu befriedigen. Die Verlegenheit, die ich verspürte, auch wenn ich allein war, senkte sich über mich und mein Höhepunkt - wenn er denn kam – befriedigte mich nicht wirklich. Außerdem verbrachte ich den nächsten Tag immer mit dem Gedanken, dass jeder, den ich sah, wusste, was ich getrieben hatte.

Irrational vielleicht, aber so war es nun mal.

Ich stapfte die Treppe hinunter, unsicher, was ich machen sollte.

»Blöde Kirche, verdammt«, murmelte ich und fügte das Schimpfwort absichtlich hinzu. Wenigstens konnte ich nach einem Jahrzehnt der Übung fluchen, ohne mich schuldig zu fühlen.

Ich machte mir eine Tasse Tee und brachte sie zurück ins Bett, wo ich mich mit einem Buch hin und her wälzte, bis mein Wecker um sieben klingelte.

Mit einiger Erleichterung duschte ich und zog mich an. Nox hatte mir in meinem Traum gesagt, dass ich am Morgen in sein Büro kommen sollte. Der echte Nox hatte überhaupt nichts darüber gesagt, wann ich ihn das nächste Mal sehen würde, aber ich war seine Angestellte und er leitete die Firma, also diktierte mir die Logik, dass ich in sein Büro gehen sollte, auch wenn er mir die Anweisung im Traum gegeben hatte.

Ich verbrachte die gesamte Fahrt in die Stadt damit, zwischen den Gedanken an meinen Traum und der seltsamen Aufregung, dass er die Wahrheit sagen könnte, hin und her zu treiben. Die Gestalt in meinem Traum fühlte sich so lebendig, so real genau wie er an. Ich glaubte nicht, dass meine Fantasie zu dem fähig war, was ich letzte Nacht geträumt hatte. Auf keinen Fall hätte mein Unterbewusstsein mich dazu gebracht, das Wort *Muschi* auszusprechen. *Auf keinen Fall.* Allein der Gedanke daran ließ meine Wangen heiß werden.

Nox war jedoch in der Lage, das zu erschaffen, was ich letzte Nacht geträumt hatte. Der Mann war Sex auf Beinen. Ich hatte kein Problem damit zu glauben, dass er sich im wirklichen Leben auch so verhalten würde. Konnte er es wirklich gewesen sein? In meinem Kopf, während ich schlief? Mit Hilfe von Magie?

Ich war mir nicht sicher, ob der Gedanke zu absurd war, um ihn auch nur in Betracht zu ziehen, oder ob er zu aufregend war, um ihn zu ignorieren.

»Entschuldigung«, grunzte eine Stimme, als ich mich neben dem Strom der anderen Pendler aus der überfüllten U-Bahn schob. Ich versuchte, Platz zu machen und blickte in die Richtung der Stimme. Ich musste zweimal hinsehen. Der Typ war mit Haaren bedeckt. Ich blinzelte. Er nickte. »Danke.«

Fell, erkannte ich. Es waren keine Haare, es war Fell. Ich schenkte ihm ein Lächeln, als wir in der Flut der Menschen den Gang der U-Bahn-Station entlang getragen wurden.

Ich rammte mein Ticket in den Automaten, als ich die Schranke erreichte und tat immer noch mein Bestes, den mit Fell bedeckten Typen nicht anzustarren. Er hatte Kopfhörer auf und ignorierte mich komplett, aber ich konnte meine Neugierde nicht unterdrücken. Er schien überhaupt nicht verlegen zu sein.

Piep. Mein Ticket wurde mir wieder ausgespuckt und ich zischte verärgert.

»Kommen Sie hier durch«, rief der Aufseher vom Ende der Automatenreihe. Ich bahnte mir einen Weg durch die Menschenschlange hinter mir, entschuldigte mich unbeholfen und reichte der Kontrolleurin meine Bahnkarte. Mein Mund öffnete sich leicht, als sie sie nahm. Sie hatte Krallen. Keine langen Nägel, sondern Krallen.

»Wir haben heute Probleme mit allen Automaten«, sagte sie, als sie mein Ticket kontrollierte. Sie können durchgehen.« Die manuellen Schranken öffneten sich, als sie einen Knopf drückte und mir mein Ticket zurückgab.

»Danke«, hauchte ich.

Was zum Teufel war hier los?

Ich eilte durch den Rest des Bahnhofs, zu verängstigt, um die Menschen um mich herum genauer zu betrachten. Da war ein Mann zu meiner Rechten, den ich gerade noch in meinem peripheren Blickfeld erkennen konnte, von dem ich ziemlich sicher war, dass er grün leuchtete.

Als ich oben auf den Stufen zur U-Bahn ankam und in die kühle Frühlingsluft und den hellen Sonnenschein trat, fühlte ich mich ein wenig besser. Ich war müde. Ich hatte kaum geschlafen. Mein sexhungriges Gehirn spielte mir nur einen Streich.

Oder der Schleier, von dem Nox erzählt hat, hat sich wirklich gelüftet und du fängst an ihm zu glauben. Ich konnte die kleine Stimme in meinem Kopf nicht unterdrücken.

»Hast du ein paar Münzen übrig?« Meine Aufmerksamkeit richtete sich auf eine obdachlose Frau, die vor der Tür saß, an der ich vorbeiging. Sie war in eine zerrissene Decke gewickelt und ihr blondes Haar war zu Dreadlocks gewunden.

»Nein, tut mir leid«, sagte ich. Das war keine Lüge. Ich hatte wirklich kein Geld. Ihre Augen blitzten hellgelb auf und ein seltsames Gefühl breitete sich in meiner Brust aus, dann lächelte sie.

»Ich wünsche dir einen schönen Tag«, sagte sie und ihre Augen nahmen wieder ihre normale Farbe an.

»Ich dir auch«, stammelte ich.

Ich joggte den Rest des Weges zum Büro und hielt kaum an, um dem Sicherheitsbeamten einen *Guten Morgen* zu wünschen. Ich zögerte nicht, den Knopf für die oberste Etage zu drücken, als ich die Aufzüge erreichte und verlagerte ungeduldig mein Gewicht von einem Bein aufs andere, während ich wartete. Ich hielt meine Augen entweder auf den Boden oder auf den Bildschirm gerichtet, der mir zeigte, wo die Aufzüge gerade waren, und weigerte mich, die anderen Leute zu beachten, die auf andere Aufzüge warteten.

Ich wusste nicht, was hier vor sich ging, aber ich konnte nicht damit umgehen, herauszufinden, dass meine Kollegen möglicherweise Vampire waren. Zumindest nicht, bis ich mit Nox gesprochen und meine Gedanken sortiert hatte.

Zum Glück sah der einzige Typ, der in denselben Aufzug wie ich stieg, völlig normal aus. Als ich das oberste Stockwerk erreichte, rannte ich den Korridor entlang zu Nox neuem Büro. Ich war kurz davor, die Tür aufzureißen, hielt aber inne. Man konnte nicht sagen, dass ich aus meinen Lektionen im Leben nicht gelernt hätte.

Ich klopfte laut.

»Herein.«

»Irgendetwas passiert hier und das gefällt mir nicht«, sagte ich, als ich mich in den Raum drängte.

Nox saß hinter seinem Schreibtisch, eine Zeitung in den Händen. Er trug einen makellosen marineblauen Anzug und sah aus wie von einem Werbeposter für teure Herrenuhren. Mein Verstand füllte sich mit dem Bild von ihm in dem offenen schwarzen Hemd, der Körper, der sich zu den mitreißenden Beats der Latinomusik gegen meinen bewegte, die Hände in den Haaren, die enge Jeans über seinem Hintern.

»Gut. Komm mit mir.« Er stand auf und ich blinzelte die lebhaften Bilder weg.

»Wohin gehen wir?«

»Hab ich dir doch gesagt. Auf dem See. Ich will dir etwas zeigen.«

Nein, nein, nein. Er konnte nichts über den See wissen.

»Der See?« Er schritt auf die Stelle zu, an der ich immer noch in der offenen Tür stand.

»Ja. Der See.« Er hielt weniger als eine Armeslänge von mir entfernt inne und ich hielt mich selbst davon ab, tief einzuatmen. Mein Puls beschleunigte sich. Seine Zunge schoss heraus und befeuchtete seine weichen Lippen. Seine Bartstoppeln schienen dicker, dunkler. Gröber. »Der See, auf dem du mir gesagt hast, wie feucht deine Muschi für mich ist.«

Jesus, Maria und Josef. Meine Knie zitterten wie noch nie zuvor.

Das hier war kein Traum. Nox hatte das tatsächlich gerade im echten Leben gesagt. Hitze durchfuhr mich und mein Gesicht und meine besagte Muschi flammten beide sofort auf. Begierde loderte in den Augen meines Chefs auf und er griff nach meiner Hand.

»Komm mit. Ich muss dir das zeigen. Es ist wichtig.«

Stumm folgte ich ihm.

ZWANZIG

BETH

Er führte mich den Korridor entlang und durch eine schwere Feuertür, die er mit einer Schlüsselkarte öffnen musste. Ich sagte nichts, als ich ihm eine betonierte, unscheinbare Treppe hinauf folgte.

Das hier war echt. Er hatte die Wahrheit gesagt. Es gab mehr in London, in der ganzen Welt, als ich gedacht hatte.

Oder ich hatte einen psychischen Zusammenbruch. Ich meine, es war möglich. Nach dem Trauma, meine Eltern verloren zu haben, war unter Mordverdacht zu stehen vielleicht zu viel für meine eh schon angeschlagene Psyche? Vielleicht hatte ich beschlossen, dass diese Welt zu beschissen war, um in ihr zu leben und hatte eine neue erfunden. Vielleicht lag ich irgendwo in einem Krankenhausbett und dies war ein Koma-induzierter Traum.

Nox schloss eine weitere Tür mit seiner Karte auf und hielt sie für mich offen.

Der Dachgarten. Wir waren auf dem Dach. Wäre

mein Verstand nicht so aufgewühlt gewesen, hätte ich früher herausgefunden, wo wir hinwollten - schließlich waren wir die Treppe hinaufgegangen und sein Büro war im obersten Stockwerk. Es gab keinen anderen Ort, an den wir gehen konnten.

Die Dachterrasse war unglaublich. Wie ein riesiges Gewächshaus waren alle Wände und Decken vor mir aus Glas, massive Metallstreben säumten sie wie Rippen. Ganz London breitete sich vor uns aus, eingerahmt von üppigen grünen Pflanzen, die sich bis in das höhlenartige Dach erstreckten.

Strahlender Sonnenschein durchflutete den Raum, als wir uns dem Panorama näherten und zum ersten Mal an diesem Tag bahnte sich eine leichte Ruhe ihren Weg durch meine hektischen Gedanken. Der Geruch von feuchter Erde und reichhaltigem Kaffee umspülte mich und als ich nach Geräuschen horchte, stellte ich fest, dass es keine gab.

Niemand sonst war hier.

»Wo sind all die Touristen?«, flüsterte ich in die Stille.

»Wir machen erst in einer Stunde auf. Ich habe uns ein Frühstück hochschicken lassen.«

Entlang der gläsernen Hauptwand des Raumes standen Tische und zwischen den Farnen und Gummibäumen war ein Tresen versteckt. Die Theke war jedoch nicht besetzt. Nox führte den Weg zu einem Tisch, auf dem zwei Tassen Kaffee und ein Bagel standen.

»Setz dich.«

Ich öffnete den Mund, um dem Befehl zu widersprechen, aber mir fehlten die Worte. Ich setzte mich.

»Gefällt dir die Aussicht?«, fragte er, als er sich mir gegenüber hinsetzte.

Ich ließ meinen Blick über den herrlichen Ausblick schweifen. Selbst das schlammige Braun der Themse schien von hier aus blauer zu sein.

»Ja, aber...«

»Beth. Iss den Bagel. Trink den Kaffee. Nimm das bisschen Normalität an. Denn dies wird ein interessanter Tag für dich werden. Einen, den du nie vergessen wirst.«

Nervosität kribbelte in meinem Magen. *Wollte ich einen interessanten Tag, den ich nie vergessen würde?*

Ja. Die Antwort blitzte sofort in meinem Kopf auf.

Was könnte schlimmer sein, als allein in der Wohnung meiner toten Verwandten zu leben und endlos Schulden abzubezahlen?

So wahnwitzig diese Situation auch war, sie war das Beste, das mir je widerfahren war. Im schlimmsten Fall würde ich die nächsten zwanzig Jahre im Gefängnis verbringen müssen, für ein Verbrechen, das ich nicht begangen hatte.

Ich hob den Bagel auf und zwang mich, einen Bissen zu nehmen.

»Lecker«, murmelte ich und nickte Nox zu. »Danke.«

»Du beginnst zu zweifeln.«

»Hm?«

»Du fängst an, an der Welt um dich herum zu zweifeln und du siehst, was hinter dem Schleier ist.«

»Ähm, ja. Ich denke, das tue ich vielleicht.« Ein Lächeln breitete sich langsam auf seinem Gesicht aus und mein Herz flatterte. Himmel, es war nicht einfach, sich mit diesem Mann zu unterhalten.

»Das ist gut.«

»Es ist beunruhigend. Bist du sicher, dass ich nicht verrückt werde oder einen Zusammenbruch erlitten habe?«

»In dem Fall leiden wir an demselben Wahnsinn.«

Ich dachte über seine Worte nach und entschied, dass ein gemeinsamer Zusammenbruch besser war als einer im Alleingang.

»Na dann«, sagte ich. Ich nahm einen weiteren Bissen von dem Bagel. »Wenn du die Wahrheit sagst, dann habe ich eine Menge Fragen.«

»Das war zu erwarten.«

»Zum Beispiel, was sind gefallene Engel überhaupt? Woraus sind sie gefallen?«

»Die Vorstellung, dass Himmel und Hölle über und unter der Erde sind, trifft es ziemlich genau. Aber jeder, der von einem der beiden Orte verstoßen wird, wird als gefallen bezeichnet.«

»Es gibt Kreaturen, die aus der Hölle verstoßen wurden?«

»Abgesehen von mir?« Er schenkte mir ein böses Grinsen. »Ja. Dämonen entkommen manchmal.« Mir fiel der Mund auf.

»Wer fängt sie wieder ein?«

»Kreaturen, die dafür ausgebildet sind. Aber einige entziehen sich der Gefangennahme und bleiben für immer hier.«

»Es gibt Dämonen, die hier leben? Unter normalen Menschen?« Er gab ein leises Kichern von sich.

»Du machst dir mehr Sorgen, einem Dämon zu begegnen, als mit dem Teufel Kaffee zu trinken?« Ich öffnete und schloss meinen Mund wieder. Ich musste aussehen, wie ein Fisch, während ich nach einer Antwort rang.

»Beth, der einfachste Weg, deine Fragen zu beantworten, ist, wenn sie auftauchen. Wir könnten sonst sehr lange hier sitzen und diskutieren.«

»Das ist zu verrückt«, sagte ich und spürte, wie ich in dem warmen Raum leicht zu schwitzen begann. Ich drehte mich um und konzentrierte mich auf die Stadt unter uns. Ich konnte gerade noch Menschen ausmachen, die wie winzige Ameisen herumwuselten, alle mit ihren eigenen Zielen. *Und einige von ihnen waren überhaupt keine Menschen im eigentlichen Sinne.* »Ich habe heute Morgen eine Obdachlose gesehen und ihre Augen leuchteten gelb und meine Brust fühlte sich komisch an.«

»Ein Veritas-Kobold.«

»Ein was?«

»Ein Kobold, der weiß, ob jemand lügt.«

»Was passiert, wenn man sie anlügt?« Nox zuckte mit den Schultern.

»Ich gehe davon aus, dass du das nicht getan hast, also mach dir keine Gedanken darüber.«

Panik mischte sich langsam in die Verwirrung und ich war mir nicht mehr sicher, ob ich in dem gläsernen Raum sein wollte. Ich wollte richtige Luft.

»Nox, können wir nach draußen gehen?« Er griff mit einer raschen Bewegung über den Tisch und nahm meine Hand.

»Ich mag es, wenn du meinen Namen sagst«, sagte er mit tiefer Stimme.

»Ich mag es, frische Luft zu atmen«, sagte ich und

meine Brust wurde eng, als seine Energie durch mich hindurch kribbelte, wie sie es immer tat, wenn er mich berührte. War das auch Teil seiner Magie? »Bitte, können wir nach draußen gehen?«

Er stand auf, zog mich mit sich und ich sah, dass sich an der Außenkante des Glases eine Tür zur Terrasse befand. »Hast du Höhenangst?«

»Nein.« Ich sog dankbar die kühle Morgenluft ein, sobald wir durch die Tür getreten waren, und lehnte mich mit dem Rücken gegen das kalte Glas. Wir waren hoch genug, dass ich die ständigen Londoner Abgase nicht riechen, aber die Autohupen, die Sirenen, die Straßenhändler, die Kräne und die Rufe, die den ständigen Gesang der Stadt ausmachten, gerade noch hören konnte.

»Ist das wirklich alles echt?«, sagte ich und sah Nox an. »Du bist der Teufel?«

»Willst du immer noch sehen, wer ich wirklich bin?« Das blaue Licht funkelte in seinen Augen auf und Flammen tanzten hinter seinen Pupillen. Er wollte, dass ich ja sagte. Ich konnte es mit jeder Faser meines Daseins spüren. Diese süchtig machende Zuversicht, die ich so oft in seiner Nähe spürte, kräuselte sich in mir, entspannte meine angespannten Muskeln und verlangsamte meine aufgewühlten Gedanken.

»Ja.«

»Dann gibt es kein Zurück, Beth.«

»Zeig es mir.«

Er machte einen Schritt zurück, dann noch einen. Mein Atem stockte, als er das Geländer erreichte und dann seine Jacke aufknöpfte.

»Was tust du da?«

Er antwortete nicht, er drapierte sie vorsichtig über das Geländer und begann dann auch sein Hemd aufzuknöpfen.

»Bitte sag mir, dass du das alles nicht nur inszeniert hast, um dich vor mir auszuziehen.« Mein lässiger Tonfall täuschte über mein rasendes Herz und den purzelnden Magen hinweg.

Seine Lippen verzogen sich zu einem Lächeln, aber er sprach immer noch nicht. Als er sich das Hemd von den Schultern schob, war ich ernsthaft dankbar dafür, dass ich gegen das Glas lehnte, sonst wären meine Knie wahrscheinlich eingeknickt.

Er sah aus, als wäre er aus Marmor gemeißelt worden, so perfekt war er. Die gebräunte, straffe Haut spannte sich über Muskelstränge und seine Schultern schienen irgendwie größer zu sein, jetzt wo sie nackt waren. Sein Bizeps wölbte sich, als er das Hemd über die Jacke drapierte und ich ließ einen Atemzug aus, als ich einen Blick auf seinen breiten, kräftigen Rücken erhaschte.

Ich versuchte, ihm ins Gesicht zu sehen, als er sich wieder zu mir umdrehte, aber es gelang mir nicht. Meine Augen wurden unaufhaltsam nach unten gezogen, zu perfekt definierten Bauchmuskeln und einem V aus Muskeln über seinen Hüften, die meinen Blick noch tiefer zogen.

Ich *brauchte* ihn. Ich musste ihn spüren, ihn berühren, ihn streicheln, ihn...

»Bist du bereit?« Unfähig zu sprechen, nickte ich.

»Öffne deinen Geist. Deine Seele. Glaube, weil du

willst, dass es wahr ist.« Ich wollte ihn. Ich wollte, dass er die Wahrheit sagte und das alles wahr war. Zählte das?

Plötzlich flackerte Licht um ihn herum und ich keuchte.

»Nox«, begann ich zu sagen, aber das Wort kam mir nicht über die Lippen.

Flügel aus reinem goldenem Licht waren aus seinem Rücken hervorgebrochen. Mein Herz hörte fast auf zu schlagen, als sie sich ausdehnten, sich kräuselten und sich hinter ihm ausbreiteten. Sie reichten weit über seinen Kopf und bis zu seinen Füßen und sie waren ohne Zweifel das Schönste, was ich je in meinem Leben gesehen hatte.

»Nox«, versuchte ich erneut und dieses Mal kam das Wort nur als schwaches Flüstern heraus.

Das Licht wurde dunkel genug, dass ich riesige Federn erkennen konnte, die wie flüssiges Metall glänzten und in einem ätherischen Licht schimmerten, von dem ich wusste, dass es nicht von dieser Welt war.

Sie kräuselten sich erneut, weiteten sich für einen Moment und gaben den Blick auf die Hunderten kleineren Federn frei, die die Unterseite säumten.

»Nox, sind sie... sind sie...«

»Sie sind echt.« Ich stieß mich langsam vom Glas ab.

Ich wusste, dass sie echt waren. Ich wusste es so sicher, wie ich meinen eigenen verdammten Namen kannte. Sie waren die realsten, richtigsten, perfektesten Dinge auf der Welt.

»Darf ich sie anfassen?« Er hielt inne und mit einer gewaltigen Anstrengung zwang ich meinen Blick von den goldenen Federn zu seinem Gesicht.

»Nein. Noch nicht.«

»Kannst du... Kannst du fliegen?« Ich legte den Kopf schief, als ich seine Flügel betrachtete und sie flatterten. Wenn sie sich bewegten, schien sich das Licht wie eine Flüssigkeit über sie zu bewegen, und die goldene Farbe intensivierte sich in Wellen. An der Unterseite jedes großen Flügels, wo sie sich an seinen Körper schmiegten, sahen die Federn weicher und heller aus. Mehr wie echte Federn. Ich wollte sie *unbedingt* berühren.

»Ja.«

»Ich habe schon immer vom Fliegen geträumt.« Ich murmelte die Worte, ohne mir wirklich bewusst zu sein, dass ich sie aussprach. Bilder, wie ich durch die Lüfte schwebte, so hoch, dass ich allem und jedem entkommen konnte, schossen mir durch den Kopf.

»Glaubst du mir jetzt?«

»Ja.«

»Gut.« Seine Augen fixierten die meinen. Er sah... göttlich aus. Anders konnte man es nicht beschreiben. Die Gelassenheit und Eleganz, die er immer an sich hatte, war etwas Übernatürlichem gewichen und die Kraft, die in Wellen von ihm ausging, durchtränkte mich mit Ehrfurcht.

Ich holte tief Luft, als ich seinen Anblick in mich aufnahm. Seine Haut glühte und mit seinen goldenen Flügeln sah er atemberaubend aus.

Er hatte recht gehabt. Es gab kein Zurück mehr.

»Der heutige Tag wird schwierig für dich werden. Du wirst überall Dinge sehen, die du nicht erwartest.« Mit einem Strecken und einem letzten Flattern, verschwanden die Flügel.

»Nein! Warte...«, begann ich, doch Nox unterbrach mich.

»Ich muss mich noch um etwas kümmern, dann komme ich zu dir in deine Wohnung. Bleib dort und warte auf mich.«

»Aber ich bin doch gerade erst im Büro angekommen.« Und du hast kein Hemd an und verdammte Flügel, fügte mein Gehirn hinzu. Ich wollte nicht nach Hause gehen. Eine fast kindliche Aufregung baute sich in mir auf, zusammen mit etwa tausend Fragen. »Du hast Flügel, Nox. Flügel!« Der ernste Ausdruck auf seinem Gesicht wich für einen Moment.

»Große Flügel«, sagte er.

»Größer als die von anderen gefallenen Engeln?«

»Die größten von allen.«

»Oh mein Gott, ich kann nicht glauben, dass du die Wahrheit gesagt hast. Magie ist echt? Wirkliche Magie? Kannst du Gedanken lesen?«

»Nur in Träumen.«

»Kannst du mit den Fingern schnippen und dich überall hinzaubern?«

»Nein.«

»Kannst du Dinge heraufbeschwören? Wie diesen Bagel?« Ich hielt meinen halb gegessenen Bagel hoffnungsvoll in die Höhe.

»Nein.«

»Oh. Gibt es andere magische Wesen, die das können?«

»Ja. Und man nennt sie nicht magische Wesen. Wir nennen sie Übernatürliche.«

»Richtig. Verstehe. Wie viele gibt es denn?«

»Viele. Beth, ich kann dir jetzt nicht alle deine Fragen beantworten.«

»Aber du hast Flügel!« Ich ging nicht ganz so cool mit der ganzen Situation um, wie ich es mir gewünscht hätte, aber ich drehte auch nicht völlig durch. Was mich dazu brachte, mich zu fragen, ob ich unterbewusst schon früher als jetzt angefangen hatte, an eine andere, magische Welt zu glauben. Vielleicht hatte ich sogar schon vor all den Jahren angefangen, daran zu glauben, als ich dachte, es sei die einzige Möglichkeit, die erklärte, warum ich meine Eltern nicht finden konnte.

»Ich bin froh, dass sie so einen Eindruck auf dich gemacht haben.«

»Einen Eindruck? Machst du Witze? Sie sind das Unglaublichste, das ich je gesehen habe.« Hitze rollte von ihm ab und seine Augen wurden von dem elektrisch pulsierenden Licht erfüllt. Er griff nach seinem Hemd.

»Ich danke dir. Jetzt geh nach Hause und nimm dir etwas Zeit für dich. Du hast eine Menge zu verarbeiten. Dann werden wir uns den Spuren in diesem Fall widmen.«

»Oh. Ja, natürlich.« Ich war Verdächtige in einem Mordfall. Dass mein Chef riesige goldene Flügel hatte, hatte mich das zumindest für kurze Zeit vergessen lassen.

»Rory wird mit dir zu deiner Wohnung fahren und

dich über ein paar Dinge aufklären, die du wissen solltest.«

»Wer ist Rory?«

»Meine Assistentin.«

»Die Elfe?«

»Ja.« Er begann, sein Hemd zuzuknöpfen und die Aktion lenkte meinen Blick auf seine Hände. Und auf die freigelegte Haut seiner Brust, über die sie sich bewegten.

»Klar«, sagte ich. Ich hatte keinen Platz in meinem Kopf für Magie, Mord und Muskeln. Das war zu viel. Ich hoffte inständig, dass der Albtraum mit der Mordermittlung bald vorüber sein würde.

EINUNDZWANZIG

BETH

Nox warf mir noch einen letzten lodernden Blick zu, dann schritt er zurück ins Gebäude und ließ mich allein auf der Dachterrasse zurück. Ein surreales Gefühl überkam mich, als er ging und ich atmete tief durch, dankbar für den Moment für mich. Ich starrte auf die sonnenbeschienene Stadt weit unter mir und hielt mich am Geländer fest. Meine Gedanken rasten.

Magie war real. Was bedeutete...

Meine Eltern konnten noch am Leben sein.

Ich konnte nicht anders, als diesen Gedankensprung zu machen. Wenn es eine ganze Welt gab, von der ich erst jetzt erfuhr, dann waren sie sicher dorthin gegangen? Ich wusste immer, dass sie nicht spurlos verschwunden sein konnten. Das war einfach nicht möglich. Aber auch waren unverschämt heiße irische Millionäre mit Flügeln aus Gold bis vor zehn Minuten unmöglich gewesen.

Ich musste mich darauf konzentrieren, meinen Namen von diesem Mordverdacht reinzuwaschen. Wenn

Nox dann immer noch Interesse an mir hatte, würde er mir vielleicht bei der Suche nach ihnen helfen. Ich meine, wer wüsste wohl eher, wo ich mit meiner Suche nach ihnen anfangen sollte, als der verdammte Teufel?

Eine Woge von Schuld und Angst ließ meinen Bagel bei dem Wort *Teufel* komisch schmecken. Mir wurde über viele Jahre hinweg eingetrichtert, wie böse, grausam und verderblich der Teufel war. Aber Nox schien nichts von alledem zu sein. Nun, vielleicht konnte er mich ein wenig korrumpieren... Meine letzten Träume blitzten in meinem Kopf auf und ich spürte, wie meine Knie wieder schwach wurden. Wenn Magie real war, bedeutete das dann, dass die Träume es auch waren? Hatte Nox wirklich hinter mir gestanden, mit seiner Hand in meinem Kleid und mich gefragt, wie feucht meine Muschi war?

Ein ersticktes Geräusch entwich mir und ich schüttelte entschlossen den Kopf. Was jetzt wichtig war, war den wahren Mörder zu finden. Und mich mit der Existenz von Magie zu beschäftigen.

»Bist du bereit?« Eine gelangweilt klingende Frauenstimme lenkte meine Aufmerksamkeit auf die Balkontür. Eine Frau stand dort und sah mich an und mir fiel zum zehnten Mal an diesem Tag die Kinnlade herunter.

Sie war hinreißend. Nicht nur attraktiv, sondern richtig schön, wie ein Supermodel. Sie war 1,80m groß, hatte breite Hüften, große runde Brüste und die schönste Haut, die ich je gesehen hatte. Ihre kaffeefarbene Haut stand im Kontrast zu ihrem babyrosafarbenen Haar, das ihr in dichten Wellen um ihre Schultern fiel.

»Äh, hallo«, sagte ich verblüfft.

»Lass uns gehen.« Sie wirbelte auf ihren Fersen herum und ich beeilte mich, sie einzuholen.

»Bist du Rory?«

»Jep. Kurz für Furore. Also mach mich nicht wütend.« Sie hatte einen britischen Akzent. Das war klar und deutlich und sie klang sauer.

»Furore?«

»Das ist Lateinisch für *wütend*.« Sie drehte sich nicht um, um mich anzusehen, als ich sie endlich einholte. »Bist du nicht zur Schule gegangen?«

»Wir, ähm, hatten in meiner Schule kein Latein.«

»War ja klar. Die meisten Übernatürlichen sind nach lateinischen Wörtern benannt, also solltest du es lernen. Jetzt, da dir Einlass gewährt worden ist.« Sie klang ganz und gar nicht glücklich darüber.

»Wohin gehen wir?«

»Zum Aufzug und dann dorthin, wo du wohnst.« Ihre frostige Einstellung zusammen mit ihrer einschüchternden Schönheit reichte aus, um mich zum Schweigen zu bringen, während ich ihr zu den Fahrstühlen folgte. Ich hatte schon genug um die Ohren, ohne dass ich herausfinden musste, warum eine Elfe, die nach der Wut benannt war, ein Problem mit mir zu haben schien.

Wir fuhren in peinlicher Stille in die unterste Etage, während sich immer mehr Fragen in meinem Kopf auftürmten.

»Danke, dass du die Sache mit dem Schleierheben geklärt hast«, versuchte ich es, als wir unten ankamen. »Nox sagte, dass es eine Weile gedauert hat, bis du es richten konntest.«

»Das liegt daran, dass Menschen nicht in der Lage sein sollten, in den Schleier zu sehen. Die Trennung der Welten ist aus einem guten Grund da.« Ihr Blick ruhte anklagend auf meinem Gesicht, bevor sie sich umdrehte und aus dem Aufzug in die Hauptlobby des Gebäudes schritt.

»Oh.« Ich trottete ihr hinterher. War das ihr Problem? Dass ich ein Mensch war? Allein die Vorstellung, dass sie kein Mensch war, war schon seltsam genug. Vielleicht lief sie deshalb so schnell in ihren zehn Zentimeter hohen Absätzen. »Nox sagte, dass Elfen von Menschen nicht gesehen werden können«, sagte ich und erinnerte mich an das, was er mir gesagt hatte.

»Nö. Sie werden von dem Schleier verborgen.«

»Stört dich das?«

»Lass uns eine Sache jetzt klären, ja?« Sie drehte sich zu mir um und ich sah ein rotes Glühen in ihrer dunklen Iris. »Ich bin weder deine Freundin noch deine Dienstbotin. Ich bin hier, weil Mr. Nox mich darum gebeten hat. Ich werde deine Fragen über den Schleier beantworten und sonst nichts.«

»Gut«, sagte ich.

»Gut.« Sie drehte sich um und wir gingen weiter.

Claude lächelte mich an, als wir auf die Straße kamen und hielt mir die Tür der Limousine auf.

»Hi, Claude«, sagte ich schnell, als ich hinter Rory in den Wagen kletterte.

»Viel Glück, Miss Abbott«, flüsterte er grinsend.

· · ·

»Also. Was willst du wissen?«

»Hm?«

»Mein Gott, Nox hat normalerweise einen besseren Geschmack. Was willst du über den Schleier wissen?« Sie sah mich an, als wäre ich dumm.

»Sieh mal, ich habe gerade erst von deiner Welt erfahren«, sagte ich und richtete mich in meinem Sitz auf. »Es gibt keinen Grund, so unhöflich zu sein.« Rory verdrehte die Augen.

»Es gibt immer einen Grund, unhöflich zu sein. Ich fange an, wenn dir nichts einfällt.«

»Ich...«, begann ich, aber sie schnitt mir das Wort ab.

»Die magische Welt, aus der ich komme und du nicht, wird der Schleier genannt, nach der Magie, die sie verbirgt. London und ein paar andere stark bevölkerte Städte haben die meisten übernatürlichen Bewohner. Sie neigen dazu, zusammenzubleiben, um sich von der Magie der anderen zu nähren. Für die Menschen sind sie meist keine Bedrohung, denn es gibt mächtigere Wesen, die sie in Schach halten.«

Sie zupfte an ihren langen rosafarbenen Fingernägeln, während sie sprach.

»Leute wie Nox?«, fragte ich und erinnerte mich an das, was er über die Wilden gesagt hatte.

»Früher, ja. Jetzt, nicht mehr so sehr.«

»Was meinst du damit?«

»Das ist nicht wichtig. Wichtig ist, dass du nicht ausflippst, wenn du einen Vampir oder einen Wolfswandler siehst und es für den Rest von uns versaust.« Ich blinzelte sie an.

»Ich glaube, ich habe heute Morgen einen Wolfsmenschen gesehen.«

»Schön für dich. Bist du ausgeflippt?« Sie warf mir einen Blick zu. Wie konnte jemand mit einem furchtbaren Gesichtsausdruck so attraktiv sein?

»Na super«, sagte sie mit einem Seufzer. »Du bist ausgeflippt, nicht wahr?«

»Nein. Ich habe nur ein bisschen... in seine Richtung gestarrt.«

»Starren ist in Ordnung. Ausflippen nicht. Ist das klar?« Ich nickte.

»Ja.« Sie legte den Kopf schief und ihr Blick intensivierte sich plötzlich.

»Warum ist er so an dir interessiert? Du bist doch zutiefst gewöhnlich.«

»Ich bin lieber gewöhnlich als unhöflich«, entgegnete ich. Ich glaubte, ein kleines Zucken in ihren Mundwinkeln zu sehen, bevor sie wegsah.

»Unhöflich zu sein hat viele Vorteile. Verbringe viel mehr Zeit mit dem Teufel und du wirst das selbst lernen.«

Ich hatte so viele Fragen, aber ich war nicht geneigt, die launische Elfe noch etwas zu fragen, als wir uns durch den Stadtverkehr nach Wimbledon schlängelten. Ich wollte mit Nox reden, nicht mit ihr.

Sie warf mir einen bösen Blick zu, als wir mein Haus erreichten, und ich dankte ihr betont überschwänglich für ihre Hilfe und sagte ihr, dass ich hoffe, dass sie einen schönen Tag haben werde. Sie verdrehte nur wieder die Augen.

Es dauerte weniger als eine Stunde, bis mich das Alleinsein langweilte und die rastlose Ungeduld mit voller Wucht zurückkehrte. Nur jetzt war es noch schlimmer. Jetzt wusste ich, dass es da draußen Magie gab. Möglicherweise überall. Eine aufregende Art von Angst stieg in mir auf, wenn ich an all die Dinge dachte, die ich in meinem Leben getan hatte, jetzt, wo ich wusste, dass es die ganze Zeit eine andere Welt gab, die ich nicht hatte sehen können.

Mein Verstand raste meine Erinnerungen ab, ließ Lehrer, die ich nicht mochte, als böse Geister erscheinen und spielte jeden Zufall, den ich jemals erlebt hatte, als einen wilden Akt der Magie nach.

Ich hatte Hunderte von Fragen und jedes Mal, wenn ich an eine dachte, nahm eine andere ihren Platz ein. Ich konnte den Überblick nicht behalten. Wer hatte das Sagen bei den Göttern? Gab es einen König, eine Königin oder einen Präsidenten? Wussten unsere Könige und Königinnen und Präsidenten von den Übernatürlichen? Wer erschuf die Magie überhaupt? Was meinte Rory damit, dass sie sich gegenseitig von der Magie der anderen nährten? Wer kontrollierte sie? Warum konnten Elfen nicht in der Menschenwelt leben? Woher kamen Shifter, die sich in einer überfüllten Großstadt wie London in Wölfe verwandelten?

Nach meiner dritten, wenig hilfreichen Tasse Tee, gab

ich es auf, meine Liste von Fragen durchzugehen und tat, was ich immer tat, wenn ich unruhig war. Ich machte mich auf den Weg über die Rasenfläche zu Francis.

Ich beschloss, meiner Freundin nichts über den Schleier oder die Übernatürlichen zu erzählen. Nicht, weil ich dachte, sie würde mir nicht glauben. Das würde sie wahrscheinlich. Sondern weil ich dachte, dass es mir guttun würde, meine Millionen von Gedanken zu sortieren. Ich wollte über etwas Normales reden, etwas, das die Verrücktheit ausgleichen konnte.

Ich machte mich vorsichtig auf den Weg nach Lavender Oaks und erwartete halb, dass jeder, den ich sah, mit Fell bedeckt war oder glühende Augen hatte. Wenn Francis eine Übernatürliche war, wüsste ich nicht, was ich tun würde. Nicht viel, wurde mir klar, als ich die Möglichkeit in Betracht zog. Nichts würde die Art und Weise ändern, wie sie in den letzten fünf Jahren auf mich aufgepasst hatte. Und sie war bereits verrückt - welchen Unterschied würde ein bisschen Fell machen?

Ich stockte, als ich in den Freizeitraum ging und Francis in ihrem Sessel entdeckte.

Sie war nicht allein.

»Huhu!« Sie winkte, als sie mich im Türrahmen sah. Der Mann neben ihr stand auf und schenkte mir ein Lächeln. Mein Körper reagierte instinktiv auf ihn. Hitze durchflutete mich und mein Herz setzte einen Schlag aus.

Was zum Teufel hatte Nox in Lavender Oaks zu suchen?

»Ich dachte mir, dass ich dich hier finden würde«, sagte er, als ich sie erreichte und ich hätte schwören können, dass sein irischer Akzent stärker geworden war.

»Ach wirklich?« Ich lächelte mit zusammengebissenen Zähnen. Er deutete auf den Stuhl neben Francis, auf dem er gesessen hatte. Sie strahlte mich an.

»Mr. Nox hat mir erzählt, was für gute Arbeit du leistest«, sagte sie.

»Wirklich?«

»Ja. Und ich habe ihm erzählt, wie gut du im Monopoly-Spielen bist.« Sie zwinkerte mir übertrieben zu und mein Magen krampfte sich zusammen, als ich in den Stuhl sank.

Oh Gott. Was hatte sie ihm erzählt? Bitte lass sie nicht mit ihm über Sex gesprochen haben, betete ich im Stillen.

»Francis hat mir erzählt, dass du nie schummelst«, sagte Nox und nahm uns gegenüber Platz. Amüsement funkelte in seinen Augen. Ich sah ihn an und Entschlossenheit machte sich in mir breit. Dies war mein Raum. Meine Welt. Meine Freundin. Der einzige Ort, an dem ich auch nur den kleinsten Anflug von Hoffnung hatte, mich nicht von ihm einschüchtern zu lassen.

»Sie hat recht. Ich halte mich an die Regeln. Du weißt, dass das nicht normal ist, oder?«

»Ich weiß nicht, wovon du sprichst.«

»Normalerweise wartet man, bis Leute einem seine Freunde vorstellen, anstatt dass man sie selbst aufspürt und sich vorstellt.« Er hob die Hände und seine perfekte Anzugjacke fiel auf.

»Ich war auf dem Weg zu dir und dachte, ich schaue

mal nach, warum es dir hier so gut gefällt. Es tut mir leid, wenn ich zu weit gegangen bin.« Er sprach langsam und ich konnte nicht sagen, ob seine Entschuldigung aufrichtig war oder nicht. Für Francis schien es jedoch keine Rolle zu spielen.

»Süße, wage es ja nicht, diesem netten Mann Kummer zu bereiten, weil er mich besucht hat! Verdammt, ich hatte niemanden, der so aussieht wie er, zu Besuch seit...«, sie brach ab und dachte angestrengt nach. »Seit '64. Und er sah eigentlich noch besser aus als du. Hatte einen enormen...«

»Wir sollten jetzt besser gehen!« Meine Stimme war ein wenig schrill, als ich ihr das Wort abschnitt. Der Himmel allein wusste, was ihr Besucher in '64 besaß, das enorm war, aber ich hatte nicht vor, es vor Nox zu diskutieren.

»Aber du bist doch gerade erst gekommen.« Sie sah aufrichtig traurig aus und Schuldgefühle zerrten an mir.

»Es tut mir leid, ich wollte nur nach dir sehen. Es könnte sein, dass ich in den nächsten Tagen wenig Zeit haben werde«, sagte ich ihr. Sie nickte verständnisvoll.

»Wegen der Mordermittlungen. Mr. Nox hier sagte, ihr würdet zwei Spuren nachgehen.«

»Ähm, ja.« Meine Spur war menschlich und seine war ein gefallener Engel. Daran musste man sich erst einmal gewöhnen.

»Miss Abbott? Mr. Nox?«

Die Stimme tönte durch den riesigen Aufenthalts- raum und wir drehten uns alle um, um nachzusehen, wer da sprach.

Inspektor Singh und ein uniformierter Offizier, den ich vorher noch nicht gesehen hatte, schritten auf uns zu.

Mein Blick schwenkte alarmiert zu Nox und seine Miene verfinsterte sich. Er stand auf, als sie uns erreichten. Ich blieb sitzen und versuchte erfolglos, die Angst, dass sie gekommen waren, um mich zu verhaften, davon abzuhalten, mir die Kehle zuzuschnüren.

»Ihr Fahrer hat uns gesagt, dass wir Sie hier drin finden können«, sagte die Polizistin zu Nox, dann wandte sie sich an mich. »Ich muss mit euch beiden über etwas sprechen, das wir am Tatort gefunden haben. Erkennt das einer von euch?« Sie hatte ihr Handy aus der Tasche gezogen und drehte es um, um uns ein Foto zu zeigen.

Es war ein Bild von einer langen weißen Feder, eine gelbe Polizeimarkierung daneben zeigte, wie groß sie war. Dreißig Zentimeter laut der Markierung. Eine Seite der Feder schien einen dunkleren Grauton zu haben.

Ich schüttelte den Kopf.

»Es ist eine Feder«, sagte ich. »Wer würde eine einzelne Feder erkennen?«

Noch während ich die Worte aussprach, explodierte mein Geist beim Anblick von Nox Flügeln. Der gefallene Engel, den Nox vermutete. Könnte ihr diese Feder gehören?

Ich war mir nicht sicher, ob ich das Weiten meiner Augen vor dem scharfen Blick der Inspektorin verbergen konnte, aber ich formte mein Gesicht zu einem verwirrten Ausdruck. Sie sah mich stirnrunzelnd an und blickte dann zu Nox.

»Hatten Sie vor dem Mord eine solche Feder in Ihrem Büro?«

»Nein.« Sein Ton war hart, die Sinnlichkeit, die oft in seiner Stimme lag, wenn er mit mir sprach, war nirgends zu hören.

Inspektor Singh seufzte und steckte das Telefon zurück in die Tasche ihrer Anzugshose.

»Hast du etwas von Alex gehört?«

»Nein. Ich habe doch gesagt, dass ich Bescheid geben würde, sollte er sich melden.«

»Vergiss es auch nicht.«

»Ich bin überrascht, dass Sie ihn noch nicht gefunden haben«, sagte Nox.

Sie hob ihre Augenbraue und ihr Gesichtsausdruck machte deutlich, dass sie nicht der Typ Frau war, der sich herumschupsen ließ.

»Drogensüchtige und Kleinkriminelle sind gut darin, sich zu verstecken. Es gibt verdammt viele von ihnen in London.« Ihre Worte sanken wie Blei in meine Magengrube. Ich hatte mit jemandem gelebt, den die Polizei als *Drogensüchtigen und Kleinkriminellen* bezeichnete.

Und jetzt lebst du in einer Welt mit Magie, ohne ihn. Meine innere Stimme war so zuversichtlich, wie ich sie seit langem nicht mehr erlebt hatte.

Ich stand auf.

»Ich melde mich auf jeden Fall«, sagte ich. Meine Handflächen schwitzten, aber ich wollte mir keine Schwäche anmerken lassen. »Und bitte lassen Sie mich wissen, wenn ich noch etwas tun kann, um zu helfen.«

»Kannst du mir sagen, warum eine große Feder an meinem Tatort war?«

Verdammt. Sie hatte gesehen, wie sich mein Gesichtsausdruck veränderte, als ich die Verbindung zu den

Engelsflügeln herstellte. Wie sollte ich das erklären? Ich schüttelte den Kopf.

»In dem Fall muss ich dich bitten, deinen Reisepass abzugeben.«

»Was?«

»Es besteht Fluchtgefahr. Ich möchte nicht, dass du in nächster Zeit dem Drang folgst, zurück nach Amerika zu fliegen.«

Ich versuchte zu schlucken, aber da war ein Kloß von der Größe eines Golfballs im Weg und mein Mund war plötzlich vollkommen trocken. Im Gegensatz zum Rest meines Körpers, der heftig zu schwitzen begonnen hatte.

»Wir gehen und holen den Pass«, sagte Nox. Ich riss meine sich mit Verzweiflung erfüllten Augen zu ihm herum.

Wir. Er hatte *wir* gesagt. Ich war nicht auf mich allein gestellt.

»Gut. Wir warten an der Limousine.«

Kaum waren sie gegangen, sank ich zurück in den Stuhl und nahm dankbar das Glas Wasser, das Francis mir hinstellte.

»Du hast dich nicht geirrt, Süße. Sie mag dich nicht.«

»Sie haben dich nicht verhaftet. Wir haben Zeit.« Nox Stimme war leise und beruhigend, ein Balsam für meine zerfetzten Nerven.

»Noch nicht«, sagte ich und sah zu ihm auf. »Sie haben mich *noch* nicht verhaftet. Sie wollen meinen verdammten Pass!« Es war mir nicht einmal in den Sinn gekommen, das Land zu verlassen. Vielleicht hätte ich es tun sollen.

Nox ließ sich vor mir in die Hocke fallen und positionierte sich so, dass ich nirgendwo anders hinschauen konnte als in sein Gesicht. Wärme umhüllte mich.

»Wir haben eine Abmachung, Beth. Ich beabsichtige, meinen Teil dieser Abmachung einzuhalten.«

BETH

Nox wartete vor meiner Haustür und ich ging hinein, um meinen Reisepass zu holen. Ich hätte eigentlich dankbar sein müssen, dass er nicht zu den Dingen gehörte, die Alex gestohlen hatte. Die Polizei hätte es mir niemals geglaubt, wenn ich ihnen gesagt hätte, dass ich ihn nicht habe.

Ich zog ihn aus der Schublade, in der ich ihn aufbewahrte und fühlte einen Stich der Traurigkeit, als ich das kleine blaue Buch betrachtete. Ich hatte es nicht mehr benutzt, seit ich die Suche nach meinen Eltern aufgegeben hatte und nach London gekommen war. Sobald wir beweisen konnten, dass ich Sarah nicht getötet hatte, würde ich mit Nox über das Verschwinden meiner Eltern sprechen, beschloss ich.

Falls wir beweisen könnten, dass ich Sarah nicht getötet habe.

· · ·

Die Inspektorin nickte dankend, als ich ihr meinen Pass übergab, dann stiegen die beiden Polizisten in ihr Auto und fuhren weg. Nox drehte sich zu mir um.

»Wir müssen unsere eigenen Ermittlungen vorantreiben«, sagte er.

Er hatte recht.

Er hatte die ganze Zeit die Wahrheit über Magie gesagt. Wenn ein Übernatürlicher Sarah getötet hatte, dann war ich wirklich in Schwierigkeiten - die Polizei würde den wahren Mörder nicht finden. Und auszuflippen, weil ich ins Gefängnis musste oder weil Magie überhaupt existierte, würde mir nicht helfen.

Ich musste ein großes Mädchen sein und den Mörder selbst finden. Oder zumindest mit der Hilfe des Teufels. Er war immer noch meine beste Chance, meinen Namen reinzuwaschen und er war bereit, mir zu helfen. Im Gegenzug für die vielleicht beste verdammte Nacht deines Lebens. Ich verzog das Gesicht und schob diesen Gedankengang in den Hintergrund, um mich später damit zu beschäftigen. Mord vor Muskeln, Beth, tadelte ich mich.

»Ausnahmsweise stimme ich dir zu«, sagte ich, drehte mich zu Nox um und zwang so viel Zuversicht in meine Stimme, wie ich nur aufbringen konnte. »Aber wenn eine Übernatürliche im Spiel ist, wie überzeugen wir die Inspektorin dann, uns zu glauben?«

»Wenn wir es beweisen können, dann werden sich die Behörden des Schleiers darum kümmern.«

»Wie das?«

»Wenn ich mit meinem Verdacht richtig liege, dann werde ich den verantwortlichen gefallenen Engel anzeigen und die Erlaubnis bekommen, Magie einzusetzen, damit die Polizei hier den Fall aufgibt.« Ich starrte ihn an.

»Den Fall aufgeben? Wie?«

»Es gibt einige sehr überzeugende Kobolde in der Stadt. Sie können jeden dazu bringen, alles zu vergessen.« Mir gefiel nicht, wie sich das anhörte. Aber wenn sie die Polizei dazu bringen konnten, mich zu vergessen...

»Tun sie, was du ihnen sagst?«

»Wenn ich einen Kobold dazu zwingen würde, etwas so Ernstes zu tun, wie in einen Mordfall verwickelt zu werden, würde ich von den Göttern aus dieser Welt verbannt werden.«

»Ich bin froh, dass du die Götter erwähnst«, sagte ich, hielt eine Hand hoch und stemmte die andere in einer Geste in meine Hüfte, von der ich hoffte, dass sie verdeutlichte, dass ich es ernst meinte, Antworten zu bekommen. »Sie haben das Sagen, richtig?«

Er runzelte die Stirn, sein Gesicht war immer noch schön, auch wenn es in Falten lag.

»Hat Rory dir das nicht alles erklärt?«

»Ähm, nicht wirklich, nein. Jedenfalls will ich es von dir hören.«

»Wir können unterwegs reden.« Er ging zum Auto und Claude sprang heraus, um ihm die Tür zu öffnen.

»Auf dem Weg wohin?«

»Wir müssen meine Spur befragen.«

~

»Wir wissen weder, wie viele Götter es gibt, noch ob einer von ihnen das Sagen hat«, sagte Nox, als wir auf dem Weg zurück in die Stadt waren. »Sie haben strenge Regeln für die Übernatürlichen. Wenn sie gebrochen werden, dann kann der Übeltäter nicht mehr hier leben.«

»Wohin kommen sie dann?«

»Das kommt darauf an. Aber nicht in diese Welt.« Ich atmete aus und beschloss, dass es zu viel war, Gedanken an andere Welten zu verarbeiten. Ich würde darauf zurückkommen, wenn ich mich mit dringenderen Themen beschäftigt hatte.

»Rory sagte etwas darüber, dass sie alle nur in ein paar Städten leben, weil sie sich von der Magie der anderen nähren. Was heißt das?«

»Magie ist nicht grenzenlos. Aber sie hält sich viel länger, wenn sie in der Nähe anderer Magie ist.«

»Aha. Darüber werden wir später noch einmal reden müssen«, sagte ich, ohne wirklich zu verstehen, was er mir gerade erklärt hatte.

»Werden wir das?« Er grinste mich an, seine Augen verfinsterten sich und mein Inneres wurde zu Wackelpudding.

»Ja. Das werden wir«, schnauzte ich. Ich musste die Kontrolle behalten und durfte nicht zulassen, dass mein dummer, notgeiler Körper meine Beziehung zu diesem Mann diktierte. Ich wollte nicht ins Gefängnis. Erster Schritt Reisepass, zweiter Schritt Verhaftung. Mir lief die Zeit davon. »Gibt es eine magische Polizei?«

»Es gibt Vollstrecker der Regeln.«

»Du hast vorhin gesagt, dass die gefallenen Engel die mächtigsten Kreaturen sind?«

»Ja.«

»Und müssen sie sich auch an die Regeln der Götter halten?«

»In noch stärkerem Maße.«

»Wie lauten die Regeln?« Er schaute von mir weg, aus dem Autofenster.

»Es gibt viele. So viele, wie deine Welt hat. Wir leben nach denselben Normen und Moralvorstellungen wie die Menschenwelt.«

»Aber du bist der Teufel.« Er bewegte seinen Kopf langsam, bis er mich wieder ansah. Eine kleine Ranke des Unbehagens schlängelte sich um meinen Bauch. »Engel haben die Macht, Einfluss auf andere zu nehmen. Gefallene Engel sind da keine Ausnahme. Aber meine Aufgabe im Leben ist es nicht, die Menschen dazu zu bringen, dass sie sich gegenseitig umbringen wollen, das versichere ich dir.«

»Also...« Ich biss mir auf die Lippe, als ich versuchte, meine Frage zu formulieren. »Was ist deine Funktion in diesem Leben?« Dunkle Schatten wirbelten über das helle Blau seiner Augen, bevor er mir antwortete.

»Diejenigen zu bestrafen, die die sieben Todsünden missbrauchen. Den Abschaum der Menschheit.« Ein gefährlicher, bitterer Ton durchzog seine Worte und ich wollte zurück in das Leder des Sitzes sinken. Aber ich wusste, dass ich ihn weiter bedrängen musste, wenn ich Antworten wollte.

»Okay. Also, wenn du dafür verantwortlich bist, den Abschaum der Menschheit zu bestrafen, dann...« Ich schluckte. »Wie kommt es, dass du nicht schon weißt, wer der Mörder ist?«

Seine Augen färbten sich onyxschwarz, und Hitze durchflutete die Rückbank.

»Ich bin nicht mehr dafür zuständig, sie zu bestrafen. Diese Ehre wurde mir genommen, als ich meine Macht über vier der sieben Sünden aufgegeben habe.« Er sagte das Wort *Ehre*, als wäre es alles andere als das und kaum unterdrückter Zorn brodelte in seiner Stimme.

»Ich nehme an, du willst nicht darüber reden?« Ich fühlte mich ernsthaft unwohl, sowohl die Hitze als auch die Wut, die er ausstrahlte, brachten mich dazu, das Fenster herunterzukurbeln und hinausspringen zu wollen.

Etwas von der Dunkelheit sickerte aus seinen Augen und ein Funken von Blau kehrte zurück.

»Es tut mir leid. Es fällt mir schwerer als sonst, mich in deiner Nähe zu beherrschen.«

»Wirklich? Warum?« Er ignorierte meine Frage.

»Ich besitze immer noch Lust, Gier und Völlerei. Ich bestrafe niemanden. Das ist alles, was du im Moment wissen musst.«

»Okay«, nickte ich. »Unter welche Sünde fällt Mord?«

»Keine von ihnen, direkt, obwohl ein Mord immer durch eine von ihnen motiviert wird.« Er holte tief Luft. Ich hatte ihn noch nie so unruhig gesehen. Die Luft im Auto fühlte sich schwer an, ein gefährliches Dröhnen durchzog sie, das etwas Intensives und Unruhiges durch meinen Körper feuerte.

»Nur noch eine Frage«, sagte ich und er nickte knapp. »Die Frau, die wir besuchen, welche Sünde beherrscht sie?«

»Zorn.« Ich schluckte.

»Zorn. Das klingt ziemlich mörderisch«, sagte ich leise.

Das Auto hielt vor einem Gebäude, an dem ich bestimmt schon tausendmal vorbeigegangen bin. Jeder nannte es die Gurke, weil es eben so aussah.

Es ragte wie ein riesiges Oval über dem Beton der Stadt und bestand komplett aus rauchfarbenem Glas, bis auf die schwarzen Linien, die sich wie geometrische Ranken um das Gebäude schlängelten. Die runde Spitze war aus dunklerem Glas und ich hatte gehört, dass es dort oben ein Restaurant und eine Bar gab.

»Zorn arbeitet in der Gurke?«, Fragte ich ungläubig, als wir aus dem Auto stiegen.

»Das sagt jedenfalls mein Ermittlerteam.« Nox zog an seinen Manschetten und meine Augen strichen über seinen muskulösen Körper. »Die meisten Leute, die sie um sich hat, sind übernatürlich. Bist du bereit dafür? Du kannst im Auto bleiben, wenn dir das lieber ist.«

»Nein, ich bin bereit«, sagte ich, auch wenn ich mir nicht sicher war, ob ich das wirklich war.

Ein Flackern der Zustimmung schoss über sein Gesicht und dann schritt er zum Eingang des Gebäudes.

Das Äußere des Gebäudes bestand aus ineinandergreifenden Dreiecken, die der runden Form ihr geometrisches Aussehen verliehen und das Erdgeschoss war durch massive Ausschnitte in der unteren Reihe von Dreiecken zugänglich.

Als wir das Gebäude betraten, wurden meine Sinne

von strahlendem Weiß überrollt. Abgesehen von der verchromten Empfangstheke und den dazu passenden Metallsäulen war alles in Weiß gehalten, vom Boden bis zu den sehr hohen Decken.

Der Wachmann nickte Nox zu, als wir uns auf den Weg zur Rezeption machten.

»Ich bin hier, um Miss Madaleine zu sehen«, sagte er zu dem elegant aussehenden Mann hinter dem Tresen. Es war sonst niemand im Raum, stellte ich fest, als ich meinen Blick durch den minimalen Bereich schweifen ließ.

»Haben Sie einen Termin?«

»Sie wird mich sicher dazwischenschieben. Bitte lassen Sie sie wissen, dass Mr. Nox hier ist.« Eine Dominanz hatte sich in Nox Stimme geschlichen und das Gesicht des Rezeptionisten wurde weicher.

»Natürlich, Mr. Nox.« Als er den Hörer abnahm, zischte ich Nox zu: »Ist er ein Übernatürlicher?«

»Nein.«

»Warum tut er dann, was du ihm befohlen hast?«

»Ich glaube, du vergisst, dass ich auch in menschlichen Kreisen recht bekannt bin«, antwortete er leise.

Ach ja. Mein Chef, der Millionär.

»Richtig«, murmelte ich.

Einen Moment später legte der Typ auf und kam um den Schreibtisch herum zu uns.

»Folgen Sie mir bitte.« Er führte uns zu einem weißen Flur voller Aufzüge und ich erwartete, dass er den Knopf auf der großen Konsole drücken würde, um einen Fahrstuhl zu rufen. Stattdessen ging er weiter, bis wir eine kleine, unscheinbare Tür hinter den chromglänzenden

Fahrstühlen erreichten. Er drückte seinen Ausweis an das Gerät an der Tür, drehte sich um und lächelte uns an. »Ihnen ein gutes Meeting«, sagte er, drehte sich um und machte sich auf den Weg zurück zu seinem Schreibtisch.

Nox stieß die Tür auf und ich folgte ihm.

Wieder einmal wurde ich mit etwas konfrontiert, das ich nicht erwartet hatte. Die Treppe hinter der Tür führte nach unten, statt nach oben. »Ich wusste nicht, dass es unter der Gurke etwas gibt«, sagte ich.

»Das liegt daran, dass es das nicht geben soll.«

Die Stufen waren, wenig überraschend weiß und es dauerte eine gefühlte Ewigkeit, sie hinabzusteigen. Ich ertappte mich dabei, wie ich beobachtete, wie sich Nox Schultern bewegten, während ich ihm nach unten folgte und mein Verstand spielte Szenarien durch, in denen diese starken Schultern zum Einsatz kommen könnten. Wie er mich gegen eine Wand drückte, meine Hände hoch über meinem Kopf in seinem starken Griff, sein Bizeps gewölbt, seine nackte Brust an meiner...

»Sag nichts, selbst wenn sie dich direkt anspricht«, sagte Nox.

»Ist das nicht unhöflich?«, antwortete ich, schüttelte mit dem Kopf, um die Gedanken, die ich gerade durchgespielt hatte, zu vertreiben und war froh, dass er meinen schuldbewussten Ausdruck nicht sehen konnte.

»Nein.«

»Mir kommt es unhöflich vor.«

»Vieles kommt dir unhöflich vor.«

»Es ist nicht meine Schuld, dass ich ordentlich erzogen wurde«, schoss ich zurück.

Er warf mir einen Blick über die Schulter zu und ich

hätte ihm fast die Zunge rausgestreckt. Der Blick in seinen Augen hielt mich jedoch auf.

»Du wirst unhöflich neu definieren müssen, wenn ich mit dir fertig bin.«

Oh Gott. Die Hitze war zurück, rauschte direkt in mein Inneres. Ich konnte mein Verlangen in seinem Blick gespiegelt sehen, bevor er sich wieder der Treppe zuwandte.

Ich hielt meinen Mund geschlossen, bis wir unten ankamen und versuchte, mich im Gehen nicht zu winden.

Nach der letzten Stufe erwartete uns eine weiße Marmortür in einem großen, verschnörkelten Torbogen, der im krassen Gegensatz zu der supermodernen Lobby des Gebäudes stand.

»Denk dran, du darfst kein Wort sagen«, mahnte Nox und klopfte an die Tür.

Wenn ich gedacht hatte, dass eine Treppe, die nach unten statt nach oben führt, eine Überraschung wäre, dann war ich nicht vorbereitet auf das, was ich sah, als die Tür aufschwang.

DREIUNDZWANZIG

BETH

Die einzigen Farben in dem kathedralenartigen Raum waren Weiß und Chrom. Das ganze Gebäude schien aus Marmor zu bestehen; Böden, Wände und Decken gleichermaßen. An der Rückwand war ein Wasserbrunnen doppelt so hoch wie ich, der in ein Becken lief, das fast die ganze Länge des Raumes einnahm. Das Wasser glitzerte und reflektierte all das Weiß und Metall. Palmen aus glänzendem Chrom säumten den Platz entlang des Pools, und unter ihren Metallwedeln standen weiße Liegen und Stühle. Eine lange Couch mit flauschigen weißen Kissen säumte eine Seite des Raumes und eine Frau lag darauf, eine Zeitschrift in der Hand.

»Du solltest das nächste Mal einen Termin machen, Nox«, sagte sie, ohne aufzublicken. Er ging auf sie zu und ich hörte auf zu glotzen und bewegte mich, um mit ihm Schritt zu halten. Meine Schritte waren leise auf dem Marmor und ich war dankbar, dass ich flache Schuhe anstelle von Absätzen trug.

Eine Bewegung erregte meine Aufmerksamkeit und ich sah, wie sich jemand von einer der Pool-Liegen erhob und uns ansah. Er hatte tiefschwarzes Haar und ebenso dunkle Augen. Und Hörner. Sie ragten kurz und spitz aus seiner Stirn und ich presste meinen Mund zu, damit mir nicht wieder die Kinnlade herunterfiel. Er hatte kein Hemd an und seine Brust war mit Haaren bedeckt. Er schenkte mir ein Lächeln, als er sah, dass ich ihn anstarrte. Ich riss meinen Blick wieder nach vorne.

»Madaleine. Wie immer ein Vergnügen. Diesmal war es schwieriger, dich zu finden. Gut gemacht«, sagte Nox und kam vor der Frau zum Stehen. Sie seufzte, setzte sich auf und schwang ihre Beine anmutig von der Couch.

Ihr Blick fiel auf mich und es herrschte einen Moment lang Stille, als wir uns gegenseitig in Augenschein nahmen.

Sie trug einen weißen Anzug, schön geschnitten und eindeutig teuer. Sie hatte keine Bluse an unter der Jacke und stellte so ihr großes Porzellan-Dekolleté zur Schau. Ihr weißes Haar war zu Zöpfen geflochten und sie weiße Augenbrauen und hohe Wangenknochen, die Glas hätten schneiden könnten. Die einzige Farbe an ihr war ein Hauch von Bernstein in ihren meist grauen Iriden.

Selbst wenn mir nicht gesagt worden wäre, dass sie die Macht des Zorns besitzt, hätte ich gewusst, dass etwas... nicht stimmt. Da war eine Präsenz um sie herum, ein gefährlicher Schimmer in ihren Augen und eine Wildheit, die nicht von Mut, sondern von Angst sprach.

»Ich bin froh, dass ich dein Team herausgefordert habe. Und wer ist das?«, schnurrte sie.

»Eine neue Assistentin von mir.« Ich unterdrückte meinen finsteren Blick.

»Sie ist ein Mensch.«

»Ja.«

»Kann sie durch den Schleier sehen?«

»Ja.«

»Gut. Ich hasse es, wie dieser Ort für diese erbärmlichen Sterblichen aussieht. Sieh nur, was sie mir angetan haben.«

Sie winkte mit der Hand und der Pool und die Metallpalmen verschwanden, ein sauberes weißes Büro erschien an seiner Stelle. Die Couch, auf der sie saß, wurde zu einem großen ledernen Bürostuhl, natürlich auch in Weiß gehalten und ein langer Schreibtisch erschien zwischen uns.

Sie winkte wieder mit der Hand und schüttelte den Kopf, als alles verschwand und der Pool zurückkehrte. Ihre Augen glühten rot.

»Das reicht, um einen ziemlich wütend zu machen.«

»Ich dachte, dieser Mangel an Farbe würde dich ruhig halten?«

»Das tat er auch, bis ihr zwei leuchtend und strahlend hereinkamt.« Sie starrte mein blassblaues Hemd hasserfüllt an.

»Ich muss dich etwas fragen.« Nox Stimme war ernst.

Madaleine stand auf und ich zuckte überrascht zusammen, als der gehörnte Kerl aus dem Nichts auftauchte und ihr einen Drink reichte. Ich hatte nur seine obere Hälfte sehen können, als er auf der Liege saß, aber jetzt, wo er stand, konnte ich sehen, dass er überhaupt nichts anhatte. Ich riss meine Augen von ihm und fixierte sie auf Madaleine.

Bitte werd jetzt nicht rot. Bitte werd jetzt nicht rot.

»Oh, wie süß. Deine neue Assistentin fühlt sich in der Nähe von Dämonenschwänzen unwohl.« Ein leises Grollen ertönte von Nox und ich stellte mich gerader hin, als sie mich anlächelte.

»Das ist Cornu. Mein neues Tierchen«, sagte Madaleine und gestikulierte auf den gehörnten Kerl. »Sie lassen im Moment ziemlich viele Dämonen frei, Nox. Du solltest investieren. Sie sind in manchen Dingen sehr gut.« Sie sah Nox direkt in den Schritt und ich spürte einen unerwarteten Funken Hass auf die Frau in mir aufsteigen.

»Danke, aber ich bin nicht interessiert.«

»Das sehe ich.« Ihre Augen funkelten und ich spürte, wie ein Hitzepuls von Nox ausging. »Was willst du?«

»Hast du von der Frau gehört, die in meinem Büro getötet wurde?«

»Natürlich.«

»Weißt du etwas darüber?«

»Nein.«

»Darf ich deine Flügel sehen?«

»Auf keinen Fall.« Nox richtete sich auf, mehr von seiner Wärme strömte in den Raum.

»Eine weiße Feder wurde in meinem Büro gefunden, Madaleine. Und es fehlen einige wertvolle Gegenstände von mir. Ich möchte wissen, ob du etwas damit zu tun hast.« Ich schaute ihn scharf an. Warum zum Teufel hatte er das fehlende Eigentum nicht schon früher erwähnt?

»Willst du mir drohen?«

»Ja. Zeig mir deine Flügel.«

»Du hast hier nichts zu sagen, Nox. Ich muss nichts tun, was du mir befiehlst.« Sie stemmte die Hände in die Hüften und ihre Augen verengten sich.

»Das musst du nicht, nein. Aber ich rate dir dringend, es zu tun.« Er schien irgendwie mehr Raum auszufüllen und eine nicht zu leugnende Macht lag in der Luft.

Meine Sinne überschlugen sich. Meine Kampf- oder Fluchtinstinkte setzten ein. Ich verlagerte ängstlich mein Gewicht von einem Bein aufs andere, unfähig, still zu halten und unfähig, wegzulaufen.

Sie betrachtete Nox einen langen Moment lang, die Farbe ihrer Augen wechselte zwischen rötlich und bernsteinfarben hin und her. Schließlich zuckte sie mit den Schultern und sah mich an.

»Hast du nicht die Nase voll von Männern und ihrem ständigen verdammten Bedürfnis, jedem zu zeigen, wie groß und stark und mächtig sie sind?«

»Flügel. Sofort!«, brüllte Nox, bevor ich etwas sagen konnte.

»Verdammt noch mal, es gibt keinen Grund, sich deswegen wie ein Arschloch zu verhalten.« Ein strahlend weißes Licht erschien hinter ihr und als es verblasste, umrahmten große weiße Flügel ihren Körper.

Nox hatte recht. Seine waren größer. Und viel schöner.

Aber trotzdem... Sie sah engelsgleich aus. Die Federn sahen härter aus als die goldenen von Nox

Flügeln, fast so, als wären sie aus Eis geschnitzt. Sie flatterten in der plötzlichen Brise und sie streckte ihre Hände aus.

»Zufrieden? Es fehlen keine Federn.« Nox trat einen Schritt vor und betrachtete ihre Flügel genau.

»Sie sind vor Kurzem beschädigt worden«, knurrte er.

»Cornu wird manchmal grob in seinen Spielchen«, sagte sie mit einem zuckersüßen Lächeln. »Nicht wahr, mein frecher Junge?« Cornu gab ein leises Glucksen von sich. Ich schaffte es, meinen Blick starr auf sein Gesicht gerichtet zu halten. Er hielt meinem Blick stand und leckte sich langsam über die Lippen.

»Wenn ich herausfinde, dass du mich bestohlen hast, werde ich das nicht an die Behörden weitergeben«, sagte Nox. »Ich werde mich persönlich um diese Angelegenheit kümmern.«

»Oh, ich liebe es, wenn man sich persönlich um mich kümmert«, antwortete sie, ihre Augen blitzten wieder rot auf und ihre Flügel breiteten sich hinter ihr aus. Sie strahlte ihre eigene Aura der Gefahr aus und es kam mir in den Sinn, dass es sowohl spektakulär anzusehen als auch absolut tödlich sein würde, wenn diese beiden gefallenen Engel jemals miteinander kämpfen würden. Ein weiterer unerklärlicher Blitz von Eifersucht erfasste meine Brust bei der Vorstellung, dass sie sich nahekämen, selbst im Kampf.

»Ich meine es ernst, Madaleine. Ich will zurück, was mir gehört.«

»Nox, wenn du so unvorsichtig bist, etwas zu verlieren, das dir wichtig ist, dann ist das dein Problem. Genauso wie es dein Problem ist, dumm genug zu sein,

ein Mädchen in deinem eigenen Büro zu töten. Und jetzt verpiss dich. Ich bin beschäftigt.«

Ein Hitzeschwall schoss aus der Stelle, wo Nox stand und sie zischte und stolperte rückwärts. Eine plötzliche Röte überzog ihre außergewöhnlich blasse Haut und ihre Flügel pulsierten so kurz rot auf, dass ich meinte, ich hätte es mir vielleicht nur eingebildet.

»Verschwinde, oder ich verliere noch meine Kontrolle über den Zorn!«, sagte sie kalt und mit einem Knurren in der Stimme. »Und während du eine Herausforderung genießen magst, bezweifle ich, dass deine menschliche Freundin überleben würde. Du würdest dich doch nicht mit einem weiteren toten Mädchen herumschlagen wollen, oder?«

»Pass ja auf. Ich werde es zu meiner Aufgabe machen, dich an deine Stellung in dieser Welt zu erinnern«, knurrte Nox, dann drehte er sich um, nahm meinen Ellbogen und führte mich aus dem Raum.

Sobald wir auf der Treppe waren, riss ich meinen Arm aus seinem Griff.

»Wollte sie mich wirklich umbringen?«

»Nein.« Sein Gesicht war eine Maske der Wut und ich hob meine Augenbrauen. »Wenn ich bei dir bin, kann dir nichts und niemand etwas anhaben. Sie vergisst, wer ich bin. Wie mächtig ich bin.« Er war wütend, das merkte ich, als ein zischendes Geräusch von ihm ausging. Als wäre es ansteckend, spürte ich, wie mein eigenes Temperament hochkochte, das Adrenalin des Austauschs mit der Verkörperung des Zorns befeuerte meine Emotion.

Meine Hände begannen zu zittern und ich ballte sie zu Fäusten.

»Hör zu, wenn du herummarschieren und die Leute daran erinnern willst, wie mächtig du bist, kannst du das auch allein tun. Heute Morgen habe ich noch nicht einmal an Magie geglaubt und jetzt reden gefallene Engel davon, mich zu töten.« Seine Augen bohrten sich in meine und sie waren erfüllt von dunklen Schatten. Ein überwältigendes Gefühl brodelte in mir hoch. All der aufgestaute Frust und die Angst kamen zu etwas zusammen, das ich nicht in mir behalten konnte. »Ich habe es satt, mich wie eine Idiotin zu fühlen. Jeder um dich herum denkt, dass ich zu schwach bin, um für mich selbst zu sprechen und du bist auch nicht besser. Warum hast du mir oder der Polizei nicht gesagt, dass etwas aus deinem Büro gestohlen wurde? Ist das ein Spiel für dich? Liegt dir so wenig von meiner Zukunft, meinem Leben?« Meine Augen brannten und meine Stimme wurde lauter. Ich schluckte und versuchte, mich zu beherrschen. Ich war wütend. Ich fühlte mich so schwach und überfordert und zu weinen wäre das Schlimmste, was ich in diesem Moment tun konnte.

»Ich arbeite daran, deinen Namen von einem Mordverdacht reinzuwaschen. Die Spiele, die ich spiele, sind mit meinem eigenen Leben, nicht mit deinem.« Nox Worte waren kalt und mein Inneres schien mit ihnen kalt zu werden, als wäre die Wärme und Zuversicht, mit der mich seine Anwesenheit normalerweise erfüllte, ausgesaugt worden.

»Wir müssen weiter.« Er ging die Treppe hinauf und

.ich schloss die Augen und holte tief Luft, bevor ich ihm folgte.

Wir sprachen nicht miteinander, bis wir das Auto erreichten und je länger wir in diesem Schweigen verbrachten, desto wütender wurde ich. Der Mord könnte mit dem Diebstahl zusammenhängen, den er geheim gehalten hatte. Es steckte mehr dahinter, als ich oder die Polizisten wussten, und er hatte die ganze Zeit gewusst, dass da mehr war.

»Warum hast du mir nicht gesagt, dass etwas gestohlen wurde? Wir wollten doch zusammenarbeiten«, sagte ich, als Claude aus dem Auto kletterte.

»Ich muss weg.«

»Was?«

Nox drehte sich zu mir um und ich konnte nicht anders, als einen Schritt zurückzutreten. In seinen Augen war kein Blau mehr und sengende Hitze kräuselte sich auf seiner Haut wie heißer Asphalt.

»Claude wird dich nach Hause bringen. Wir sehen uns morgen.« Er drehte sich um und war in Sekundenschnelle im Getöse der Pendler verschwunden.

Ich sah ein Aufblitzen von Hörnern und ein Aufflackern von Fell, als meine Augen die Menge absuchten, aber keinen Nox.

Claudes Stimme erreichte mich: »Wir sollten uns auf den Weg machen, Miss Abbott.«

»Du hast verdammt recht, das sollten wir«, zischte ich und schwang mich zurück zum Auto. »Aber ich werde nicht nach Hause gehen.«

BETH

»M iss, ich denke wirklich, dass wir zurück nach Wimbledon fahren sollten«, sagte Claude vom Fahrersitz.

»Claude, bist du magisch?« Wenn er es nicht war, war ich mir zumindest sicher, dass er über Übernatürliches Bescheid wusste. Es war ihm zu viel herausgerutscht.

»Ja, Miss Abbott.« Ich nickte.

»Davon bin ich ausgegangen. Claude, bis heute Morgen habe ich nicht geglaubt, dass Magie existiert. Seitdem habe ich gesehen, wie meinem Chef goldene Flügel gewachsen sind, mir wurde von der Polizei der Reisepass abgenommen, ich wurde von einer wütenden Elfe bedrängt und von einem noch wütenderen gefallenen Engel bedroht. Und die Reaktion deines Chefs darauf war, dass er abzieht und mich in meiner Wohnung sitzen lässt, um auf die Verhaftung zu warten. Jeder scheint von mir zu erwarten, dass ich stumm bleibe und höflich nicke. Es wissen alle mehr als ich. Damit bin ich durch. Vollkommen durch, Claude.«

Eine Wut, von der ich ahnte, dass sie sich seit Alex Abreise aufgestaut hatte, brach in unaufhaltsamen Wellen über mich herein. Die ganze Unruhe der letzten Tage spitzte sich in mir zu. Ich konnte es in mir spüren. Und zu meiner Überraschung genoss ich es.

Mein ganzes Leben lang hatte mir meine Mutter gesagt, ich solle den richtigen Weg einschlagen, auf unangenehme Situationen mit Würde reagieren, die bessere Person sein. Das hatte ich getan. Ich war höflich und tat oft, worum ich gebeten wurde. Ich bemühte mich, das Leben anderer Menschen besser zu machen. Ich war ein anständiger Mensch.

Und was zum Teufel hatte mir das gebracht? Ich hatte meine Eltern verloren, ich steckte bis zum Hals in Schulden, mein Ex war ein Arschloch, das mich betrog, und ich stand kurz davor, für einen Mord verhaftet zu werden, den ich nicht begangen hatte. Niemand hatte irgendeinen verdammten Respekt vor mir.

Wenn Nox auch nur für eine Minute dachte, ich würde sein kleines menschliches Tierchen werden, das jedes Mal, wenn er die Temperatur hochtrieb oder seine Flügel ausfuhr, nur mit den Wimpern klimperte, dann hatte er sich gewaltig geschnitten.

Ich brauchte seine Hilfe nicht. Ich brauchte seinen dummen Deal nicht. Magie hin oder her, ich brauchte ihn nicht.

Die Polizei konnte nicht beweisen, dass ich etwas getan hatte, was ich nicht getan hatte. Es war ihnen einfach nicht möglich, Beweise zu finden, dass ich die Mörderin war. Das Einzige, was für sie sprach, war die

Tatsache, dass ich neben ihrem Freund die einzige Person war, die ein Motiv hatte und ich hatte kein Alibi.

Wenn ich einen anderen Verdächtigen ohne Alibi finden konnte, dann konnten sie es nicht mir anhängen. Es würde zu viele Zweifel für eine Verurteilung geben.

Es war an der Zeit, meine Spur zu finden und zu beten, dass diese kein Alibi für die Zeit hatte, als Sarah getötet wurde.

Im Aphrodite-Club war es seltsam ruhig, als ich durch den roten Vorhang trat. Ein Mädchen mit einem Cowboyhut stand auf der Bühne und nur zwei Typen saßen an kleinen Tischen und schauten ihr zu. Die Musik war immer noch unnötig laut und es roch nicht besser als sonst. Ich machte mich direkt auf den Weg zur Bar, wo Max mit einem eklig aussehenden Lappen Biergläser abtrocknete. Sein Blick ging direkt über meine Schulter und ich vermutete, dass er nach Nox ausschauhielt.

»Heute musst du mit mir vorliebnehmen«, sagte ich mit einem Lächeln. Seine Schultern entspannten sich und er konzentrierte sich auf mein Gesicht.

»Willst du einen Drink?«

Ich wollte gerade *nein* sagen, doch stattdessen zuckte ich mit den Schultern. Ohne Zweifel hatte ich mir einen Drink verdient. Auch wenn es erst vier Uhr nachmittags war.

»Klar. Einen Gin Tonic bitte.« Ich lehnte meinen

Ellbogen auf die Bar, während er begann, den Drink zuzubereiten und dachte nach. Nox hatte gesagt, dass die Bar von Übernatürlichen geführt und frequentiert wurde. Ich beobachtete Max und fragte mich, was für eine Art von Übernatürlichem er war. Es war nicht offensichtlich. Ich schaute zu der Tänzerin hinüber, auf der Suche nach einem Hinweis, dass sie kein Mensch war. Ich wollte schon aufgeben, als sich winzige glitzernde Flügel auf ihrem Rücken entfalteten, als sie auf die Knie sank und ihren Rücken krümmte.

Ein neuer Gedanke kam mir in den Sinn, während ich gebannt zusah. War Sarah eine Übernatürliche? Je mehr ich darüber nachdachte, desto mehr ärgerte ich mich, dass ich Nox das noch nicht gefragt hatte.

»Hier, bitte.« Ich wandte mich wieder dem Barbesitzer zu und nahm ihm meinen Drink ab.

»Danke. Was schulde ich dir?«

»Vier Pfund.« Ich zog einen Fünf-Pfund-Schein aus meinem Portemonnaie und legte ihn auf die Theke.

»Sind alle Mädchen hier, ähm...« Ich brach ab und suchte nach dem richtigen Wort. Max gluckste.

»Du bist neu im Reich des Schleiers, was?« Ich starrte ihn ausdruckslos an. Er zuckte mit den Achseln. »Die meisten Tänzerinnen sind Menschen. Nur die Kunden sind es nicht.«

»Und Sarah?« Er sah mich stirnrunzelnd an.

»Sarah ist tot.«

»Ja, ich weiß. Aber war sie ein Mensch?«

»Warum fragst du mich das?« Ich suchte nach einer Antwort und begnügte mich schließlich mit einer Halbwahrheit.

»Sie hat mit meinem Freund geschlafen.« Max misstrauische Miene hellte sich auf.

»Ah, Scheiße.«

»Ja«, nickte ich und nahm einen Schluck von meinem Getränk.

»Sarah war die geborene Verführerin. Du hättest sehen sollen, wie viel Trinkgeld sie sich hier verdient hat. Ist dein Freund ein Mensch?« Ich verschluckte mich fast an meinem Gin.

»Ich weiß es nicht.« Die Erkenntnis war wie ein weiterer Schlag in die Magengrube. Junge, ich würde etwas Zeit brauchen, um das zu verarbeiten.

Max zuckte mit den Achseln und nahm ein weiteres Glas in die Hand, um es abzutrocknen.

»Es macht eigentlich keinen Unterschied. Am Ende leben wir alle gleich.«

»Ist klar«, sagte ich und versuchte, meine Gedanken zu ordnen. »Ich erinnere mich vage daran, dass du gesagt hast, dass Sarahs Freund einen Typen geschlagen hat. Weißt du, wer er ist?«

»Dave schlägt sich mit vielen Leuten«, sagte er düster.

»Hab davon gehört.«

»Du hörst eine Menge.« Der misstrauische Ausdruck war wieder da. Ich schenkte ihm ein Lächeln.

»Ich versuche nur, mit dieser ganzen furchtbaren Geschichte abzuschließen«, sagte ich und versuchte einen verführerischen Schmollmund zu ziehen. Es schien zu funktionieren.

»Er hat einen der Stammgäste geschlagen. Der Typ, der freitags kommt.« Das war der Grund, warum ich jetzt da war. Candy hatte mir schon davon berichtet und es war Freitag. »Um wie viel Uhr?«

»In etwa einer Stunde, normalerweise. Hör mal, meine Kunden wollen keine Verhöre«, sagte er, legte den Lappen weg und sah mich aufmerksam an.

»Ich werde niemanden verärgern, das schwöre ich«, sagte ich.

»Gut«, sagte Max und sah dabei nicht besonders glücklich aus. »Aber nur, weil du ja Freunde in hohen Positionen hast und so.«

»Danke. Ich warte da drüben«, lächelte ich ihn an.

Ich saß fast eine Stunde an einem der Tischchen und scrollte abwesend auf meinem Handy, nahm aber nichts von dem, was ich auf meinem Bildschirm sah, wirklich wahr.

Könnte Alex ein Übernatürlicher sein? Oder ein anderer meiner Ex-Freunde? Wie sieht es mit meinen Freunden aus? Anna von der Arbeit vielleicht?

Als ich darüber nachdachte, wurde mir klar, dass es eigentlich keine Rolle spielte. Ich meine sicher, ich war neugierig, aber genau wie damals, als ich die Möglichkeit in Betracht gezogen hatte, dass Francis kein Mensch war, änderte das nichts an der Vergangenheit, die uns verband. Ob jemand nett oder unangenehm zu mir gewesen war, freundlich oder grausam, würde meine Meinung über die Person beeinflussen und nicht ihre Herkunft. Meine Freunde waren meine Freunde und

Alex war ein Arschloch, egal ob er menschlich war oder nicht.

Nachdem ich das akzeptiert hatte, fühlte ich mich ein kleines bisschen mehr unter Kontrolle. Leider nicht mächtiger, aber weniger so, als könnte mir jeden Moment der Boden unter den Füßen weggezogen werden.

Immer, wenn meine Gedanken zu Nox abschweiften, kochte meine Wut wieder hoch. Normalerweise würde ich versuchen, sie zu unterdrücken, sie zu verdrängen. Aber die neue, selbstbewusstere Stimme, die sich immer wieder in meinen Kopf schlich, nahm meine Wut an und ließ sie gewähren.

Sie war nützlich. Sie bewahrte mich davor, in Schock oder Angst zu versinken. Denn die Wahrheit war, dass Madaleine und ihr Lieblingsdämon mir Angst gemacht hatten. Und das lag noch nicht mal daran, dass ich aufgewacht war, ohne von Magie zu wissen, und es dann Schlag auf Schlag mit nackten Kerlen mit Hörnern und Todesdrohungen von geflügelten Frauen an einem Tag weitergegangen war.

Der ganze Raum hatte sich seltsam angefühlt. Ihre Aura war wie ein tödlicher, elektrisierender Druck, der das Selbstvertrauen aus mir herausquetschte und Angst und Wut die Oberhand gewinnen ließ. Nox hatte ebenfalls eine tödliche und elektrisierende Präsenz, aber seine bewirkte das Gegenteil in mir. Seine Anwesenheit schien mein Selbstvertrauen zu beflügeln und meine Ängste und Zweifel dahin schmelzen zu lassen.

Trotzdem vertraute er mir nicht. Er sagte mir, ich solle den Mund halten, verließ mich, wenn ich Antworten brauchte und hielt entscheidende Informationen vor mir zurück. Ich wollte mich nicht mehr auf ihn verlassen.

Außerdem war unsere Abmachung hinfällig, wenn ich meinen eigenen Namen von einem Mord reinwaschen würde. Ein Stich der Enttäuschung ließ meinen Magen zusammenkrampfen und ich schloss meine Augen und atmete langsam durch.

»Ich habe das Sagen«, murmelte ich energisch.

»Mit wem redest du?« Ich zuckte überrascht zusammen und verschüttete meinen Gin Tonic, als ich die Augen aufriss.

Ein kleiner Mann in einem schäbigen Anzug lächelte auf mich herab. Er hatte schütteres braunes Haar und ein Glitzern in seinen Augen, das irgendwie beunruhigend war.

»Niemandem«, sagte ich eilig. *Kurze Selbstnotiz: in einem Stripclub nicht laut mit meinen Eierstöcken reden.*

»Ich bin Gordon. Max sagte, du wolltest mit mir reden?«

»Oh«, sagte ich und setzte mich aufrecht hin. »Du bist der Typ, den Dave letzte Woche verprügelt hat?« Sein Gesicht verfinsterte sich.

»Ich dachte, du wolltest dir Geld leihen.«

»Nein, ich wollte dich nur ein paar Fragen stellen...« Er wandte sich ab, bevor ich meinen Satz beenden konnte.

»Kein Interesse.«

»Warte, bitte. Mein Ex hat mit der Freundin von Dave geschlafen, bevor sie starb.« Ich musste die Worte über den Lärm von *Hot Stuff* schreien, der aus den Clublautsprechern dröhnte. Gordon blieb stehen und drehte sich wieder zu mir um. Gefahr schimmerte in seinen Augen, als er zu meinem Tisch zurückkam und sich über mich beugte.

»Dein Ex hat mit Sarah geschlafen?«

»Ja. Alex. Kennst du ihn?«

»Wenn ich gewusst hätte, dass Sarah mit mehr als einem Typen schläft...« Er brach ab und schüttelte den Kopf.

»Was dann?«

»Dann hätte ich ihr nicht so ein gutes Angebot gemacht«, knurrte er. Ich hob meine Augenbrauen und hoffte, dass er weitersprechen würde. Tat er aber nicht.

»Was für ein Angebot?«

»Sie konnte mir das Geld, das sie mir schuldete, nicht zurückzahlen. Also habe ich ihr eine andere Möglichkeit der Bezahlung angeboten. Sie benahm sich, als hätte ich sie gebeten, die Hälfte aller Männer in London zu vögeln, schrie und fluchte. Ich meine, wie kann eine Stripperin so verdammt hochmütig sein? Ich habe das doch alles schon mal gesehen.« Hass auf den Mann durchströmte mich, aber ich hielt meinen Gesichtsausdruck ange-strengt verständnisvoll.

»Deshalb hat dich ihr Freund geschlagen?«

»Ja. Und jetzt stellt sich heraus, dass seine hochmü-tige Prinzessin eh herumgevögelt hat.« Ein fieses Grinsen machte sich auf seinem Gesicht breit. »Heuchlerisches Arschloch.«

Es bedurfte keines großen Vorstellungsvermögens, dass ich mir Gordon als den Mörder vorstellen konnte. Ich musste nur herausfinden, wo er gewesen war, als

Sarah getötet wurde und hoffen, dass er der Polizei genauso unheimlich vorkam wie mir.

»Hast du gehört, dass sie getötet wurde?« Er spannte sich an und das fiese Lächeln entglitt ihm.

»Wahrscheinlich hat es ihr Freund getan. Wenn sie fremdgegangen ist.«

»Wo warst du, als es passiert ist?« Gordons Augen verengten sich.

»Was?« Ich rutschte unbehaglich in meinem Sitz hin und her, mir war bewusst, dass sich etwas verändert hatte, aber ich war mir nicht sicher, was genau. Dann sah ich ein schwaches Glühen um ihn herum, dunkelblau. »Willst du etwa andeuten, dass ich ein verdammter Mörder bin?«

Seine Stimme war ein leises Zischen und ich konnte sehen, wie sich im Licht um ihn herum Fell zu bilden begann.

»Hier drinnen wird nicht geswitcht.« Eine Hand erschien über seiner Schulter und riss ihn herum und Erleichterung löste sich in meiner angespannten Brust, als ich sah, dass sie Max gehörte. »Und jetzt zu dir«, sagte er und deutete auf mich. »Ich habe dir gesagt, du sollst meine Kunden nicht belästigen. Raus.«

»Warte...«, begann ich, doch Max schüttelte den Kopf. Gordon starrte mich immer noch an.

»Du bist durch für heute Nacht. Raus.« Ich stand auf. Ich würde nichts mehr aus Gordon herausbekommen, so viel war klar. Aber ich hatte genug, um die Polizei dazu zu bringen, ihn zumindest zu überprüfen. Sarah schuldete ihm Geld und er war eindeutig verbittert, dass sie ihn abgewiesen hatte.

»Gut. Gute Nacht.«

Ich stolzierte aus dem Club, als wäre ich nicht gerade rausgeschmissen worden und war überrascht, Claude und das Auto noch draußen stehen zu sehen.

»Fahren wir jetzt zurück nach Wimbledon, Miss Abbott?«, fragte Claude hoffnungsvoll.

»Ja, bitte. Danke.«

Ich fühlte mich schuldig, weil ich ihn dazu gebracht hatte, seine Befehle zu missachten, aber das war es wert gewesen. Wenn Madaleine, der wütende Engel, nicht der Übeltäter war, dann war ich mir ziemlich sicher, dass Gordon es war.

FÜNFUNDZWANZIG

BETH

Ich bat Claude, mich an dem kleinen Lebensmittelladen in der Nähe meiner Wohnung abzusetzen, damit ich mir etwas zu essen holen konnte. Ich hatte mich für leckeres Brot und mittelmäßigen Käse entschieden. Dann erblickte ich eine Frau, die mit einem Kinderwagen mit einem grinsenden Kleinkind an mir vorbeiging. Die Haut des Babys war blassblau und kleine, durchscheinende Flügel in der gleichen Farbe glitzerten am Rücken der Jacke der Frau. Ich stellte den Käse zurück in das Kühlregal und ging stattdessen zum Gang mit dem Alkohol.

Als ich mich mit einer billigen Flasche Rotwein bewaffnet in meine Wohnung begab, war ich fest entschlossen, den Abend allein zu verbringen, zu verarbeiten, was ich heute erfahren hatte, und mich selbst davon zu überzeugen, dass ich Nox nicht brauchte oder wollte.

Ein unnötig lautes Klopfen an meiner Tür nur fünfzehn Minuten später setzte dem ein Ende.

Mein erster Gedanke war, dass es die Polizei war, die mich verhaften wollte. Mit meinem schmerzvoll in der Brust hämmerndem Herzen riss ich die Tür auf.

»Alex?«

»Beth, verdammt!«, sagte Alex und stürmte an mir vorbei in den Flur, wobei er mir einen verstohlenen Blick über die Schulter zuwarf.

»Warte! Du kannst hier nicht reinkommen!« Doch ich war zu spät, er war schon drin.

»Beth, hier geht irgendeine seltsame Scheiße vor sich, etwas super, super Seltsames.« Seine Augen waren geweitet und sein Haar stand ihm zu Berge, als wäre er gerade erst aufgewacht. Als ich seine zerzauste Gestalt in Augenschein nahm, entlud sich all die Wut, die ich aufgestaut hatte, in mir.

»Du hast meine ganzen Sachen gestohlen.« Meine Stimme klang kaum wie meine eigene. Da war keine Spur von meiner üblichen ruhigen Geduld, nur eine kalte Härte.

»Ich wollte es dir heimzahlen.« Er griff nach mir und ich schlug seine Hand weg.

»Wage es ja nicht, mich anzufassen.« Wut brannte in meinen Adern und wurde jeden Moment heißer. »Du hast mich belogen, betrogen und bestohlen. Verschwinde aus meiner Wohnung, sofort.«

»Das ist alles nicht wichtig, Beth, im Ernst. Irgendetwas ist los. Ich weiß nicht, was, aber es ist übel.«

»Du bist übel, Alex! Hörst du mir nicht zu? Raus hier!« Ich schrie jetzt.

»Sie sind hinter mir her. Ich brauche deine Hilfe. Bitte.« Sein Flehen war so sanftmütig, dass meine Wut einen Moment zum Erliegen kam. Ich erkannte, dass auf seinem Gesicht echte Angst zu sehen war.

»Wer ist hinter dir her?«

»Ich weiß es nicht, aber sie... sie sind nicht menschlich.« Er flüsterte die letzten Worte und schaute verstohlen aus der noch offenen Tür hinter mir. Ich blinzelte, sog die Luft ein und versuchte, nicht durchzudrehen. Das könnte wichtig sein. Die Polizei suchte nach Alex und wenn er etwas über Übernatürliche wusste...

»Wenn sie nicht menschlich sind, was sind sie dann?«

»Wölfe. Sie haben mich verfolgt. Ich weiß, das klingt verrückt, aber ich denke mir das nicht aus.«

In meinem Kopf drehte sich alles und meine Gedanken schwankten zwischen der Frage, ob ich so viele Informationen wie möglich aus Alex herausbekommen sollte und der Frage, ob ich ihn so hart schlagen sollte, dass sein Nasenbein bricht.

»Hast du Sarah getötet?« Alex Kinnlade fiel herunter.

»Ist das dein verdammter Ernst? Ich war vielleicht nicht immer ehrlich zu dir, aber du kannst doch nicht ernsthaft glauben, dass ich jemanden umbringen könnte?«

Ich konnte nicht verhindern, dass sich meine Fingernägel in meine Handflächen gruben, als meine Hände vor Wut zu Fäusten wurden.

»Alex, ich hätte nicht gedacht, dass du in der Lage bist, mich zu betrügen oder meine Sachen zu stehlen«, zischte ich durch zusammengebissene Zähne hindurch.

»Es war kein wirkliches Fremdgehen, nur ein gelegentlicher... Besuch«, zuckte er mit den Schultern.

Ohne darüber nachzudenken, was ich tat, gab ich

ihm eine Ohrfeige. Das Adrenalin schoss durch mich hindurch, wie das Blut in meiner brennenden Handfläche. Ich hatte noch nie in meinem Leben jemanden geohrfeigt.

Wut blitzte in seinen Augen auf, verflog dann aber sofort wieder.

»Das spielt jetzt keine Rolle. Was zählt, ist, dass jemand versucht, mich zu töten. Wölfe. Und es gibt da draußen Menschen, die nicht normal sind.« Die Angst war in seine Stimme zurückgekehrt und deutlich in seinen Augen zu sehen.

Wie konnte Alex Übernatürliche sehen? Wenigstens beantwortete das meine Frage, ob er ein Mensch war oder nicht. Es war unmöglich, dass er seine Angst vortäuschte - er wusste nichts über Magie.

Jemand musste den Schleier für ihn gelüftet haben und Rory hatte deutlich gemacht, dass das nicht einfach war.

Ich bewegte mich so, dass er näher an der Tür war als ich und verschränkte die Arme fest vor der Brust, nicht zuletzt, um mich selbst davon abzuhalten, ihn wieder zu schlagen. »Warum bist du hierhergekommen?«

»Ich weiß es nicht. Du bist so normal.« Ich spürte, wie meine Augenbrauen in die Höhe schossen.

»Du bist hergekommen, weil ich normal bin?«

»Ja. Alles da draußen ist verrückt. Ich dachte, dich und diesen Ort zu sehen, würde mir helfen, mich zu beruhigen.«

»Weil ich so langweilig bin?« Meine Worte waren ein giftiges Zischen.

»Nein, nein«, sagte er schnell. »Nicht langweilig. Normal.«

»Raus. Sofort.«

»Aber ich kann nirgendwo hin! Die Polizei sucht nach mir, also wird mich niemand aufnehmen...«

»Raus aus meiner Wohnung!« Ich schrie die Worte, stieß ihn hart in die Brust und zwang ihn zurück durch die offene Tür. Er stolperte und das reichte mir, um die Tür zuzuschlagen und ihn damit nach draußen zu schieben. Er schlug gegen die Tür, nachdem ich sie geschlossen hatte und rief meinen Namen durch das Holz.

»Beth, bitte! Lass mich nur eine Nacht bleiben, morgen bin ich wieder weg, ich schwöre es dir!«

Ich fletschte die Zähne, und Wut kochte in mir hoch. Stand mir *Fußabtreter* auf der Stirn geschrieben? Hielt er mich wirklich für so dumm, dass ich ihm helfen würde, nachdem was er mir angetan hatte?

»Arschloch!«, kreischte ich durch die Tür. Sein Hämmern hörte auf. Mit einem letzten lauten Tritt gegen die Tür, drehte ich mich um und stürmte ins Wohnzimmer. Mehr Wut, als ich fähig war zu bändigen, durchflutete mich und ein Teil von mir wollte die Tür öffnen und ihn wieder schlagen.

Aber ich war eine Verdächtige in einem Mordfall. Ein Akt der Gewalt, welcher Art auch immer, wäre genau das, was die Polizei jetzt brauchte, um mich zu verhaften. Bei dem Gedanken an die strenge Inspektorin Singh, zerrte ich mein Handy aus der Tasche.

»Hallo? Beth Abbott hier«, sagte ich, als sie mit einem Grunzen ans Telefon ging.

»Ja?«

»Alex ist hier in meinem Hausflur. Jetzt. Er hämmert gegen meine Tür und sagt, dass Leute hinter ihm her sind.« Den Teil, dass es Wölfe waren, ließ ich aus.

»Wir sind gleich da«, sagte sie und legte auf.

Alex war bereits weg, als die Polizei acht Minuten später eintraf. Aber er hatte nicht viel Vorsprung. Die Inspektorin hatte eine Brigade von Beamten mitgebracht, die sofort von meinem Gebäude aus ausschwärmten und nach ihm suchten.

»Sie werden ihn wahrscheinlich am Bahnhof erwischen«, sagte die Polizistin. Sie saß unbeholfen auf meiner Couch und hatte gerade aufgeschrieben, was ich ihr über meinen Austausch mit Alex erzählt hatte. Abgesehen von den übernatürlichen Teilen.

»Ich hoffe es«, murmelte ich.

»Weißt du, Beth...« Die Inspektorin schürzte ihre Lippen, bevor sie fortfuhr. »Du musst nicht tun, was Mr. Nox dir sagt. Wenn du etwas weißt, das uns helfen könnte, solltest du es uns sagen. Lass dich von so einem Mann nicht einschüchtern.«

Ich schaute sie an. Selbst sie hielt mich für einen verdammten Schwächling.

»Mr. Nox ist die Definition von einschüchternd.«, sagte ich.

»Schüchtert er dich ein?«

»Nur insofern, als dass er mein Chef ist, unglaublich reich und ziemlich attraktiv.« Sie warf mir einen Blick zu.

»Ich meine es ernst, Beth. Du solltest nicht für ihn lügen, nur weil er mächtig ist.« Sie hatte keine Ahnung, wie mächtig er war. Er war der Teufel, um Himmels willen. Ich schüttelte den Kopf.

»Ich lüge nicht für ihn.«

»Ich habe etwas für euch.« Wir drehten uns beide in unseren Sitzen um, als wir den kühlen Ton von Nox Stimme hörten. Ich sprang auf, als er in den Raum schritt. Die schwarzäugige Eiseskälte von vor ein paar Stunden war verschwunden und stattdessen bohrten sich seine durchdringenden blauen Augen in meine, und die Wärme, die mit ihm ausging, streichelte meine Haut und legte sich um mich. Ich versuchte, meine Wut auf ihn zu unterdrücken, aber stattdessen gab mein verräterisches Herz ein Flattern der Erleichterung von sich. *Er war wieder da.*

»Wem haben Sie etwas zu sagen, Mr. Nox?«, fragte Inspektor Singh und stand ebenfalls auf.

»Und wie bist du hier reingekommen?«, fügte ich hinzu. Er hielt uns beiden ein Stück Papier hin und hielt die Ecke mit einem weißen Leinentaschentuch fest.

»Das war an deine Haustür gepinnt.« Ich schaute den Zettel an.

Dein Schädel wird langsamer brechen als der von Sarah. Du wirst die Nächste sein, hübsches Mädchen.

Übelkeit stieg in mir auf.

»Alex kann das nicht hinterlassen haben.« Die

Inspektorin zog sich Handschuhe aus der Tasche und nahm Nox den Zettel vorsichtig ab.

»Ist das seine Handschrift?«, fragte sie mich. Ich zwang mich, hinzuschauen. Die Worte verzerrten sich ein wenig, als ich auf sie hinabschielte. Sie war unordentlich gekritzelt und die Buchstaben lang und kunstvoll.

»Nein«, schüttelte ich den Kopf.

»Ich wollte einen Diebstahl melden«, sagte Nox. »Als ich auf dem Revier anrief, sagte man mir, dass Sie hier sind.« Misstrauen regte sich in mir bei seinen Worten - die Polizei hätte so eine Information niemals herausgegeben. Aber ich schob die offensichtliche Lüge beiseite.

Er meldete den Diebstahl. Das war genau das, worum ich ihn gebeten hatte.

»Ein Diebstahl?«

»Ja. In meinem Büro.« Die Augenbrauen der Inspektorin zogen sich zusammen.

»Und warum haben Sie uns das nicht früher gesagt?«

»Ich habe erst jetzt gemerkt, dass es fehlt. Es ist nicht etwas, das ich oft nachschlage.«

»Nachlagen? Was wurde gestohlen?«

»Ein Buch. Ein sehr altes, sehr wertvolles Buch.« Inspektor Singh betrachtete ihn einen langen Moment.

»Wo war dieses Buch?«

»In einer verschlossenen Schublade in meinem Schreibtisch.«

»Und Sie wissen nicht, wann es gestohlen wurde?«
»Nein.«

»Gut.« Sie drehte sich wieder zu mir um und hob den Zettel auf. »Gibt es jemanden, von dem du denkst, dass er das geschrieben haben könnte?« Die höhnische Wut auf

Gordons Gesicht blitzte in meinem Kopf auf. Konnte er mir nach Hause gefolgt sein?

Mit einem Seitenblick zu Nox, begann ich zu sprechen: »Ich war ein paar Mal in dem Club, in dem Sarah gearbeitet hat und habe herausgefunden, dass sie einem ziemlich schmierigen Typen namens Gordon Jackson Geld schuldete. Als ich ihm heute Abend ein paar Fragen stellte, wurde er ziemlich wütend auf mich.« Singhs Lippen zogen sich zusammen.

»Das war unklug, Miss Abbott.«

»Ich war besorgt, dass Sie nicht nach anderen Verdächtigen suchen würden.« Ich verschränkte wieder die Arme und hielt ihrem vorwurfsvollen Blick stand.

»Die Polizeiarbeit überlässt man am besten der Polizei.«

»Wird er überprüft werden?«, fragte ich.

»Er war uns bereits bekannt«, sagte sie leise und ich war mir nicht sicher, ob sie die Wahrheit sagte oder nicht. So oder so, sie wusste jetzt über ihn Bescheid und das musste etwas Gutes sein.

»Ma'am, wir können den Verdächtigen am Bahnhof von Wimbledon nicht finden«, sagte eine Stimme auf einem knackenden Walkie-Talkie an der Hüfte der Inspektorin. Sie seufzte.

»Ich muss gehen. Mr. Nox, geben Sie gleich morgen früh die Beschreibung des Buches durch. Miss Abbott, ich rate dir dringend, nicht allein hierzubleiben. Wenn du darauf bestehst, hier zu bleiben, dann ist das Beste, was ich anbieten kann, dass ein Beamter innerhalb von fünf Minuten hier sein kann. Ich habe nicht die Ressourcen, um einen meiner Leute aufgrund einer einzigen Drohung vor deine Tür zu setzen.«

Bevor ich antworten konnte, ergriff Nox das Wort: »Das wird nicht nötig sein. Miss Abbott wird bei mir bleiben, bis wir wissen, dass sie in Sicherheit ist.«

»Miss Abbott wird nichts dergleichen tun«, sagte ich, drehte mich zu ihm um und ließ meine Hände in die Hüften sinken.

»Hören Sie, soweit ich weiß, haben Sie beide diesen Zettel zusammenausgeheckt, um unschuldig zu wirken«, sagte die Ermittlerin und bewegte sich in Richtung des Hausflurs. »Aber wenn es tatsächlich von der Person geschrieben wurde, die Sarah ermordet hat, dann befolg besser meinen Rat. Geh an einen sicheren Ort. Lass nicht zu, dass dein Stolz dich umbringt.« Sie warf mir einen spitzen Blick zu und verschwand durch die Tür. Ich hörte die Eingangstür zuschlagen und starrte Nox an.

»Sie hat recht. Stolz ist eine furchtbare Todsünde.« Ich schluckte.

»Glaubst du, Madaleine hat den Zettel geschrieben?«

»Ich weiß es nicht.« Schatten flackerten in seinen Augen auf. »Aber wenn jemand in die Nähe deines Schädels kommt, wird er es noch bereuen.«

»Werd jetzt nicht wieder wütend.«

»Ich habe die Kontrolle wiedererlangt. Deshalb bin ich hergekommen. Um dir zu sagen, dass es nicht wieder passieren wird.«

Es war keine Entschuldigung, aber es war aufrichtig. Ich legte den Kopf schief und sah ihn an.

»Du hast der Inspektorin von dem Diebstahl erzählt.«

»Ich wollte nicht, dass der Verlust des Buches im

Schleier bekannt wird. Aber ich möchte, dass du mir mehr vertraust.« Er machte einen Schritt nach vorne und eine köstliche, prickelnde Wärme strich meinen Körper hinauf. Eine friedliche Ruhe, die ich nicht mehr gespürt hatte, seit ich seine Flügel auf dem Balkon gesehen hatte, sickerte in mich ein.

War das wirklich erst vor wenigen Stunden gewesen?

»Setzt du gerade Magie bei mir ein, damit ich dir verzeihe, dass du ein Arsch bist?« Sein Mund verzog sich zu einem Lächeln.

»Weißt du, wie viele Leute damit durchkommen, den Teufel einen Arsch zu nennen? Ich könnte sie an einer Hand abzählen und hätte noch vier Finger übrig.«

»Beantworte die Frage.«

»Nein. Du scheinst viel von meiner Magie von selbst aufzusaugen.«

»Warum willst du, dass ich dir vertraue?«

»Komm mit zu mir. Ich werde dir alles erzählen.« Ich schaute ihn ungläubig an.

»Alles?«

»Ja. Über mich, das Buch, alles.«

»Ich... ich weiß nicht, ob ich mich bei dir wohlfühlen werde.« Was ich meinte, war, dass ich nicht wusste, ob ich bei ihm bleiben konnte, ohne zu versuchen, Sex mit ihm zu haben, und ich hatte den leisen Verdacht, dass er das wusste.

»Ich werde keinen Anspruch auf dich erheben, bis mein Teil des Deals erfüllt ist.«

»Anspruch auf mich erheben?« Ein raubtierhaftes Lächeln nahm sein Gesicht ein und Hitze wirbelte in meinem Inneren.

»Ein altmodischer Ausdruck«, sagte er geringschätzig. »Würdest du etwas Moderneres bevorzugen? Wie wäre es mit: *Ich werde dich nicht dazu bringen, meinen Namen zu schreien und um Gnade zu betteln, während ich dich für alle anderen Männer ruiniere?*«

Oh Gott.

»Das macht es mir nicht angenehmer, mit dir mitzukommen«, krächzte ich, als der mir inzwischen so vertraute Schmerz zurückkehrte. Ich würde keine verdammte Stunde mit ihm allein aushalten, wenn er weiterhin solche Dinge sagte.

»So, wie ich das sehe, Beth, hast du die Wahl. Entweder du gehst das Risiko mit mir ein, oder du bleibst allein hier und wartest darauf, dass jemand versucht, dich zu töten.« Ich starrte ihn an.

»Also heißt es, beim Teufel schlafen oder sterben?« Seine Augen funkelten verheißungsvoll, als er mich anschaute.

»Ich weiß, was ich wählen würde.«

SECHSUNDZWANZIG

BETH

Die Limousine hielt vor dem ältesten und prächtigsten vierstöckigen Haus in der Grosvenor Street an. Ich schluckte, als ich aus dem Fenster spähte. Die Architektur der ganzen Reihe von beeindruckenden Stadthäusern war eindeutig gotisch und der dunkle Stein war uralt. Das Erdgeschoss hatte hohe, aber schmale Fenster, die sich auf beiden Seiten der riesigen schwarzen Tür erstreckten, und die nächsten beiden Stockwerke hatten drei große Panoramafenster mit verschlungenen Steinbögen, aus denen warmes Licht auf die Straße darunterfiel. Das oberste Stockwerk hatte drei runde Fenster wie Bullaugen, aus denen überhaupt kein Licht kam.

»Willkommen im Haus Morgen-Stern.« Ich wandte mich vom Fenster ab und sah Nox an.

»Welche Etage ist deine?« Ich tippte auf das oberste Stockwerk, da Penthäuser immer die Besten waren. Außerdem stachen die dunklen, runden Fenster am meisten hervor.

»Das ganze Gebäude gehört mir.«

Mir blieb der Mund offenstehen. Immobilien im Zentrum Londons waren wie pures Gold - niemand besaß ganze Gebäude. Selbst eine Garage kostete in London mehr als ein Haus im Rest des Landes.

»Wie das?«

»Geld«, zuckte er mit den Schultern. »Du weißt, dass ich wohlhabend bin.«

»Ja, aber... ich hätte nicht gedacht, dass irgendjemand in London Immobilien dieser Größe besitzt, außer den Leuten, die sie vermieten. Und Berühmtheiten.«

»Ich habe dieses Gebäude vor achtzig Jahren gekauft.« Meine Augenbrauen schossen in die Höhe.

»Wie alt bist du?«

»Alt.«

»Na dann. Ich habe so viele Fragen an dich.«

»Und ich habe vor, sie alle zu beantworten. Sobald wir gegessen haben.«

Ich folgte ihm ängstlich in das Gebäude. Claude bestand darauf, meinen kleinen Koffer zu tragen. Auf Nox Vorschlag hin hatte ich genug für ein, zwei Tage hineingeworfen.

Wir gingen einen langen Korridor mit dunklen Holzböden und hellgrauen Wänden entlang. Rauchige Glaspendelleuchten führten uns an Türen vorbei und eine kurze Treppe hinauf.

»Auf der linken Seite sind die Garage und die Treppe zum Keller. Auf der rechten Seite ist mein Fitnessraum. Dort ist mein Arbeitszimmer.«

Er deutete zu einer größer aussehenden geschlossenen Tür als die anderen, dann öffnete sich der Raum schlagartig. Ich atmete ein, als ich mich umsah. Wir befanden uns in einer Küche mit Glasdecke. Es war die Küche meiner Träume; supermodern, aber mit einem leichten Einschlag von Jugendstil-Elementen, der zum Charakter des Hauses passten. Das gleiche reiche Holz verkleidete den Boden und die Theken und die lange Insel in der Mitte waren mit grau geädertem Marmor belegt.

»Wie kann es sein, dass wir den Himmel sehen können? Wir sind hier doch im Erdgeschoss«, fragte ich und starrte durch das riesige Dachfenster auf den Nachthimmel darüber.

»Die oberen drei Stockwerke haben in der Mitte eine Lücke. So entsteht auch eine große Dachterrasse, die man von der Straße aus nicht einsehen kann.«

»Also ist das Haus wie eine riesige U-Form?«

»Genau.« Ich stieß einen langen Atemzug aus.

»Da hindurch ist das Esszimmer und mein zweites Arbeitszimmer und die Treppe zu den oberen Etagen, wo die Schlafzimmer sind.«

Seine Stimme senkte sich, als er *Schlafzimmer* sagte und ich zuckte zusammen.

»Wäre das alles, Sir?«, fragte Claude.

»Ja. Danke«, sagte Nox und der ältere Mann senkte den Kopf und zog sich aus der Küche zurück. »Oh, Claude?« Nox rief ihm nach, während er mir mit einer Geste zu verstehen gab, dass ich mich auf einen der Hocker an der Private setzen sollte.

»Ja, Sir?«

»Bitte lass Beelzebub herein.«

»Ja, Sir.« Ich zuckte erschrocken mit dem Kopf.

»Beelzebub? Bitte, bitte sag mir nicht, dass du auch einen nackten Haustierdämon hast«, sagte ich und verzog das Gesicht. Ich hörte ein kratzendes Geräusch und drehte mich auf dem Hocker, um mich ihm zuzuwenden, wobei sich mein Herzschlag beschleunigte.

Ein schwarzer Labrador sprang in den Raum und seine Pfoten rutschten auf dem glänzenden Holz, weil er sich so schnell bewegte. Er stürmte auf Nox zu. Sein Schwanz wedelte wie verrückt und Nox beugte sich vor, um den Hunden die Ohren zu kraulen und kicherte.

»Nur ein normales Haustier, fürchte ich. Es gibt keine Dämonen hier außer mir.«

Seine Augen trafen auf meine, als er sich aufrichtete und Funken schossen mir durch meinen ganzen Körper. Er fuhr sich mit einer Hand durchs Haar, wo es ihm in die Stirn gefallen war und eine Welle der Lust durchfuhr mich. Er war hinreißend. Unerhört gutaussehend. Und dazu hatte er auch noch einen hinreißenden Hund. Wie sollte ich das verkraften?

Ich räusperte mich, rutschte vom Barstuhl und ging in die Hocke. Der Hund kam augenblicklich zu mir.

»Na, hallo«, lachte ich, als er begeistert versuchte, mein Gesicht abzulecken. »Beelzebub, nicht wahr?«

»Na ja, der Teufel kann auch einen Sinn für Humor haben«, sagte Nox.

»Ist er ein Mädchen oder ein Junge?«

»Ein Junge. Er ist vier Jahre alt.«

»Er ist reizend«, sagte ich, als Beelzebub sich auf den

Rücken rollte und mich glücklich ansah, während ich seinen Bauch kraulte.

»Rot- oder Weißwein?« Ich schaute zu Nox auf, gerade rechtzeitig, um zu sehen, wie er seine Jacke ablegte und den Kragen seines weißen Hemdes aufknöpfte. Ein weiteres Grollen des Verlangens durchzuckte meine Muskeln und ich zappelte unbehaglich.

»Ähm, wähle du«, murmelte ich.

»Magst du Nudeln?«

»Sehr sogar.«

»Gut.« Ich blinzelte, als er lautlos eine Schublade aufzog und eine Bratpfanne herausholte.

»Kochst du?«

»Warum sonst sollte ich so eine schöne Küche haben?«

»Du lebst in einer verdammten Villa, ich dachte, du hast vielleicht einen Koch.«

»Ich habe die Macht über die Völlerei. Ich muss kochen können.« Dieser köstlich schelmische Blick war wieder in seinen Augen und ich richtete mich auf. Beelzebub sprang wieder auf und sein Schwanz wedelte immer noch glücklich.

»Kann ich dir helfen?«

»Ja«, sagte er, schob seine Ärmel hoch und entblößte straffe Unterarme.

Unterarme sind nicht sexy, reiß dich zusammen!

»Die Gläser sind auf dieser Seite. Der Weinkühlschrank ist dort. Wähle einen Weißwein aus.«

· · ·

Ich tat, was er verlangte, griff wahllos nach einer kalten Flasche und schenkte uns beiden ein Glas ein. Ich lehnte mich auf dem Hocker zurück und beobachtete ihn, wie er sich geschickt in der Küche bewegte, Töpfe mit Wasser füllte, Tomaten würfelte, Zwiebeln brutzelte. Beelzebub legte sich zu meinen Füßen nieder.

»Wo hast du das gelernt?«, fragte ich schließlich und brach die überraschend angenehme Stille.

»Italien. Schmeckt dir der Wein?«

»Er ist köstlich.« Und das war er tatsächlich. »Und dir?«

Er hielt über der Bratpfanne inne und eine Dunkelheit legte sich über seine Züge.

»In meinem ersten Traum, in dem ich dich besucht habe, habe ich dir gesagt, dass ich verflucht bin.«

»Okaaaay. Das ist nicht wirklich die Antwort, die ich erwartet habe.«

»Ich würde dir gerne von meinem Fluch erzählen. Und dann brauche ich dich nicht anzulügen. Es gibt ein paar Dinge, die du vorher wissen musst und es gibt ein paar Dinge, die du nicht wissen musst.« Er drehte sich zu mir um und sah mich an. »Du musst mir vertrauen, dass ich dir nur das sage, was sicher ist. Vertraust du mir?«

Ich wartete darauf, dass eine Antwort meine Lippen verließ, aber es kam keine. Ich hatte keine Ahnung, ob ich ihm vertraute. Ich hob mein Glas an und nahm einen langen Schluck von dem klaren Wein.

»Ich vertraue dir, dass du mir sagst, was ich wissen muss«, sagte ich vorsichtig. Ich hatte nicht vor, ihm zu sagen, dass ich ihm uneingeschränkt vertraute. Ich wusste kaum etwas über ihn, außer dass er behauptete, der Teufel zu sein. Blitze aus meinen Träumen kamen in mir hoch und die Art, wie ich seine Seele durch die Berührung seiner Lippen spüren konnte, brannte sich durch mein Inneres. Ich schob die Gedanken tief, tief herunter.

Er neigte den Kopf. Eine Geste des Respekts, dachte ich.

»Gute Antwort. Sie sind nicht so naiv, wie Sie die Leute glauben machen wollen, Miss Abbott«, sagte er leise.

Ich runzelte die Stirn. Hatte ich die Leute das über mich denken lassen? Ich hatte nie wirklich darüber nachgedacht, wie sehr ich beeinflussen konnte, was andere über mich dachten.

»Möchtest du förmlich im Speisesaal essen oder hier drin?« Nox wechselte das Thema und ich blickte mich in der Küche um. Der Geruch von gebratenen Zwiebeln und Pancetta erfüllte den Raum und eine angenehme Wärme vom Herd hatte den Raum erwärmt. Der gepolsterte Hocker war bequem und Beelzebub schlief zufrieden auf dem Boden.

»Ich fühle mich wohl hier drinnen.«

»Gut. Erst das Essen und dann reden wir.«

Wir aßen schweigend an der Kücheninsel und das Essen war fantastisch. Nox hatte den Hocker neben meinem ausgewählt, hielt aber einen respektvollen Abstand zwischen uns, wofür ich dankbar war. Eine Beklemmung baute sich in mir auf, während ich aß. Ich wusste nicht, was er mir sagen wollte oder ob es meine eigene Situation beeinflussen würde, aber es war ihm offensichtlich wichtig. Und wenn es für den Teufel wichtig war, dann war es wahrscheinlich eine große Sache.

Nox so zu sehen, in seiner Küche mit einem Hund zu seinen Füßen, hatte mich etwas aus der Fassung gebracht. Er strahlte immer noch diese maskuline Anmut aus, aber das stand im Gegensatz zu dem tödlich schönen Mann mit den goldenen Flügeln, den ich an diesem Morgen über der Londoner Skyline gesehen hatte.

Und wenn ich ehrlich war, erregte mich die Tatsache, dass er beides sein konnte, auf eine vollkommen unangemessene Art und Weise. Warum interessierte es mich, ob der Mann kochen konnte oder Hunde mochte? Es war ja nicht so, dass ich mit ihm ausgehen konnte. Aus hundert Gründen. Erstens: Er war der Teufel. Zweitens war er ein millionenschwerer Playboy, der nur an mir interessiert war, weil...

Meine Gedanken kamen stolpernd zum Stillstand. Warum war er an mir interessiert? Er hatte behauptet, es sei es, weil er sich für mich als Angestellte verantwortlich fühlte, die in einen Mord verwickelt war, und er wusste, dass ich unschuldig war. Aber das deutete darauf hin, dass er ein Gewissen hatte. Hatte der Teufel ein Gewissen? Ich hielt es für wahrscheinlicher, dass er entweder gelangweilt war und mit mir spielte. Oder er mochte die Herausforderung, die ich ihm stellte, indem ich mein Bestes tat, um seinem Charme zu widerstehen.

Ich blickte zu ihm auf, während ich mir die Spaghetti in den Mund schob. Er schaute mich an und nahm einen Schluck Wein.

»Ich liebe es, dir beim Essen zuzusehen.« Unbeholfen sah ich weg.

»Weißt du, dass das ein bisschen gruselig ist?« Er nahm einen tiefen Atemzug.

»Ich kann Essen nicht schmecken. Zu sehen, wie du es genießt, ist berauschend.« Ich senkte meine Gabel langsam und starrte ihn an.

»Du kannst kein Essen schmecken?«

»Nein. Vor achtzig Jahren habe ich einen Fehler gemacht. Ich beschloss, die Verantwortung für die Bestrafung derjenigen abzugeben, die sich der sieben Todsünden schuldig gemacht hatten. Ich gab die vier auf, die mir den meisten Ärger bereiteten, die das Schlimmste aus den Menschen herausholten.... Zorn, Hochmut, Neid und Trägheit. Aber ich behielt die drei, über die ich gern Macht hatte. Lust, Gier und Völlerei.« Er schaute von seinem leeren Teller zu mir. »Als die Macht über die Sünden zerteilt wurde, wurde die Fähigkeit, sie vollständig zu nutzen und die Schuldigen zu bestrafen, gebrochen. Als ich das erkannte, hätte ich sie zurücknehmen und meinen eigentlichen Platz als Luzifer, den Bestrafer des Bösen, wieder einnehmen sollen. Aber ich tat es nicht. Ich genoss die Freiheit zu sehr. Die Götter wiederum bestraften mich dafür, dass ich meine Pflichten vernachlässigte. Sie verfluchten mich, sodass ich niemals in der Lage sein werde, die Sünden zu genießen, die ich behalten hatte.«

»Also... Du kannst das Essen nicht schmecken, weil du Völlerei behalten hast?« Ich flüsterte die Frage halb.

»Korrekt. Ich kann auch diesen Wein nicht schmecken, obwohl ich weiß, dass er ausgezeichnet ist. Ich kann

auch meinen Reichtum nicht länger als einen Tag behalten, wegen der Gier. Ich musste ein Imperium von Unternehmen aufbauen, um alles, was ich über Nacht verloren
habe, wieder einzuholen. Jede Nacht aufs Neue.«

»Und... die Lust?«

»Lust. Die schlimmste Strafe von allen.« Das blaue
Licht in seinen Augen war grimmig und tanzte über seine
Iris, als sich sein Blick intensivierte. »Ich habe seit acht-
undsiebzig Jahren keine körperliche Reaktion auf eine
Frau gezeigt. Bis jetzt.« Mein Mund wurde trocken.

»Körperlich reagiert?« Ich griff nach meinem Wein
und spürte, wie meine Wangen erröteten.

»Ja. Ich denke, du weißt, was ich meine, aber ich kann
noch deutlicher werden, wenn du möchtest.«

»Ähm, nein, ich verstehe schon.« Ich schluckte
meinen Wein hinunter.

»Es ist schon fast acht Jahrzehnte her, dass ich mit
einer Frau Sex haben konnte.«

»Was hat sich geändert?«, fragte ich so beiläufig, wie
ich konnte und versuchte, den Blickkontakt mit ihm zu
vermeiden.

»Du.«

»Ich?« Meine Augen fanden seine.

»Ich habe dich gespürt, in jedem Teil meines Körpers,
in der Sekunde, in der ich dich zum ersten Mal berührt
habe.«

Ich dachte an seinen Gesichtsausdruck zurück, als ich
ihm zum ersten Mal in seinem Büro die Hand geschüttelt
hatte, und ich spürte, wie sich meine eigenen Augen
weiteten. Ich öffnete meinen Mund, um mehr zu fragen,

aber ich merkte, dass ich nicht sicher war, was ich sagen sollte.

Es war keine Frage, dass er körperlich reagiert hatte, als wir zusammen getanzt hatten. Die Erinnerung an seine harte Männlichkeit, die sich gegen meinen Hintern presste, hatte sich in mein Gehirn eingebrannt.

»Ich weiß noch nicht, welche Verbindung du zu mir oder meinem Fluch hast. Aber ich werde dir von dem Buch erzählen, das gestohlen wurde.«

Das Buch? Ich wollte nichts über das verdammte Buch wissen. Ich wollte wissen, warum dieser Gott von einem Mann erst einen Ständer bekommen konnte, seit er mich getroffen hatte. Es machte keinen Sinn. Ich war die gewöhnlichste, langweiligste Frau in London. Was zum Teufel hatte ich, dass den Teufel anmachte?

Doch bevor ich protestieren konnte, sprach Nox weiter.

»Das Buch enthält die Macht des Teufels. Es ist so etwas wie das Gegenteil der Bibel, nehme ich an. Es ist das, was mir überhaupt erst erlaubt hat, die Macht der Sünden zu teilen. Es gibt eine Seite für jede und die Kontrolle über sie wird über diese Seiten geteilt und zwar mit meiner Zustimmung. Ich habe die Seiten für die Sünden, die ich nicht mehr wollte, herausgerissen und weitergegeben und damit die Fähigkeit, die Macht des Teufels als Ganzes zu nutzen, zerstört. Man hat mir nie gesagt, wie ich meinen Fluch brechen kann, aber ich habe schon lange vermutet, dass der einzige Weg darin besteht, die Kontrolle über alle sieben Sünden wiederzuerlangen.«

»Warum hast du das dann nicht schon getan?« Schatten legten sich über sein Gesicht.

»Aus einer Reihe von Gründen. Nicht zuletzt, weil ich nicht mehr weiß, wer die Seiten besitzt.«

»Aber Zorn ist hier in London. Du kannst doch ihre Seite zurückbekommen, oder?«

»Sie hat die Seite, die ich ihr gegeben habe, nicht mehr. Die Seite wird benötigt, um die Übertragung der Magie durchzuführen, aber danach wird sie nicht mehr benötigt. Und Seiten aus diesem Buch sind im Schleier viel Geld wert - es ist eines der berühmtesten Artefakte in unserer Überlieferung.«

»Willst du damit sagen, sie hat die Seite verkauft?«

»Ja. Und wahrscheinlich wurde es seitdem wieder weiterverkauft. Der Schwarzmarkt im Schleier ist sehr aktiv.«

»Brauchst du ihre Seite, um die Sünde zurückzunehmen?«

»Ja. Sie wird für den Transfer benötigt«, wiederholte er. Ich stieß einen Atemzug aus.

»Und jetzt hat jemand das ganze Buch gestohlen? Mit deinen drei Sünden darin?«

»Ja. Sie können die Sünden nicht ohne meine Zustimmung nehmen. Aber ohne das Buch kann ich die volle Macht des Teufels nicht wiederherstellen. Oder meinen Fluch brechen.«

»Wer will denn nicht, dass du deine Macht zurückbekommst?«

»Zunächst einmal jeder der vier Übernatürlichen, denen ich Sünden gegeben habe.«

Ich schüttelte den Kopf. Mein Gehirn quoll über vor

Fragen und ich war mir nicht sicher, wie ich sie alle loswerden sollte. *Fang mit denen über Sex an*, brüllte etwas in meinem Inneren.

»Diese, ähm, Sache mit der Lust«, sagte ich. Er hob eine Augenbraue.

»Ja?«

»Können wir darüber noch mal reden?«

NOX

Beelzebub wimmerte zu Beths Füßen und ich zwang mich, von ihrem weit aufgerissenen, erröteten Gesicht wegzusehen. Selbst wenn ich sie jetzt nur ansah, wie sie sich nervös auf die Lippe biss, schmerzten meine Lenden. *Jahrzehnte.* Es war Jahrzehnte her, dass ich mich so gefühlt hatte. Bilder davon, wie ich sie auf jede erdenkliche Art und Weise beanspruchen würde, schossen mir durch den Kopf und ich schluckte ein Knurren der Begierde hinunter.

Ich musste mich beherrschen. Das war jetzt mehr denn je der Fall. Zorns Drohung, dass sie Beths Leben nehmen würde, hatte die Dunkelheit in mir wiedererweckt. Es war eine tiefe und tödliche Wut, die ich seit Jahren nicht mehr zu bändigen gebraucht hatte. Aber als ich Beth hatte stehenlassen und weggegangen war, hatte ich fast die Kontrolle darüber verloren und brauchte Abstand, um mich zu beruhigen.

Die Dunkelheit hatte so lange Winterschlaf gehalten, wie meine Fähigkeit, Freude am Leben zu finden. Doch das Bedürfnis, Beth zu beschützen, hatte das Monster in mir wieder geweckt. Hatte der Fluch nachgelassen? Fing ich an meine wahre Macht wieder zu spüren? Der Hund heulte wieder auf.

»Muss er mal?«, fragte Beth und sah mich an. Ich nickte und stand auf.

»Lass uns auf das Dach gehen.«

Beth und Beelzebub folgten mir die Treppe auf der Rückseite des Hauses hinauf. Das Gehen war fast unangenehm, weil meine Erektion so hart war. *Verdammt, ich brauchte sie.* Ich brauchte sie mehr, als ich im Moment verdammte Luft brauchte.

Und selbst die fühlte sich in ihrer Nähe anders an, als ob die Luft aus etwas anderem bestand, wenn sie im Raum war. Etwas, das alles... besser machte. Heller. Intensiver. Aber sie war ein Mensch. Wie konnte sie mich so in ihren Bann ziehen?

Wir erreichten die Dachterrasse und Beelzebub rannte zu der Rasenfläche, die auf der rechten Seite verlief, und schnupperte an einer der Topfpalmen.

Beth blieb stehen und starrte mit offenem Mund auf den Swimmingpool. Er leuchtete intensiv blau im dunklen Nachthimmel und war ziemlich auffällig. Marmorfliesen liefen um den Rand herum und verzierte goldene Wasserhähne ließen ein stetiges Rinnsal von Wasser hineinfließen.

»Schwimmst du gerne?« Sie nickte und sah mich an. Sie war wunderschön, ihr herzförmiges Gesicht zeigte jede ihrer Emotionen. Ich war Luzifer, Gott der Sünde -

ich wusste, dass sie an uns zusammen im Pool dachte. Ich konnte ihr Herz rasen hören, die Wellen der Lust spüren, die von ihr ausgingen. Aber selbst, wenn ich nicht der Herrscher über sexuelle Begierde gewesen wäre, hätte ich gewusst, was sie dachte. Manche Leute dachten so viel über Sex nach oder praktizierten ihn so häufig, dass sie Meister darin wurden, ihre Wünsche und Vorstellungen zu verstecken. Aber Beth... Beth gehörte nicht zu diesen Menschen. Die Gedanken, die sie hatte, überraschten sie und sie hatte eindeutig keine Erfahrung darin, sie zu verstecken. Das Wissen, dass ich die Ursache für diese Gedanken war, machte es noch schwieriger, mich zurückzuhalten.

»Dein Haus ist fantastisch.« Sie wickelte eine Haarsträhne um ihren Finger und blickte zwischen den Häusern auf beiden Seiten von uns hin und her. Dunkler Backstein ragte hoch auf, beleuchtet von Lichterketten, die einen warmen Schein auf die lange Terrasse warfen. Das Licht aus der Küche unten schien durch das Glas in der Mitte nach oben.

Ich winkte sie zu mir heran und trat einen Schritt näher auf sie zu. Die Lichterketten flackerten und dann zerplatzte jede Einzelne in hundert flatternde Glühwürmchen. Sie keuchte und ihre Augen leuchteten auf.

»Es ist kalt. Wir sollten reingehen.«

»Ja.« Sie folgte mir zurück in die Küche, der Hund hüpfte aufgeregt um unsere Füße, als wir gingen. Ich füllte unsere Weingläser nach und führte sie dann in eines meiner Arbeitszimmer. Bücherregale säumten drei Wände und eine lange Couch nahm die vierte ein. Eine lange, geschwungene Stehlampe aus den Zwanzigerjahren verlieh dem Raum eine tiefe, warme Ambiance.

»Das ist mein Lesezimmer«, erklärte ich ihr. Sie ignorierte mich und ging direkt zu den Regalen.

»So viele Bücher«, hauchte sie und ließ ihre Finger über eines der Regale gleiten. Ich würde dafür töten, damit sie mit ihren Fingern so über mein Fleisch fahren würde.

Ich knirschte mit den Zähnen.

»Liest du gern?«

»Genauso gern wie ich esse.« Ich lächelte. Ihre Neugierde war ansteckend. Sie war ansteckend.

»Komm und setz dich zu mir. Frag mich, was du möchtest.« Sie drehte sich wieder zu mir um, als ich mich auf die Couch sinken ließ. Misstrauen trübte ihre schönen braunen Augen.

»Warum erzählst du mir jetzt alles? Was hat sich geändert?« Ich betrachtete sie und überlegte, wie viel ich sagen sollte.

»Die Macht von Zorn hat heute auf mich abgefärbt. Wenn ich meine Beherrschung verliere, passieren schlimme Dinge. Nachdem ich mich beruhigt hatte, wurde mir klar, dass ich weniger leicht die Beherrschung verliere, wenn ich einen Verbündeten habe.«

»Einen Verbündeten?«

»Ja.«

»Du willst, dass ich zu deiner Verbündeten werde?«

»Nur wenn es stimmt, dass du bei Monopoly nicht schummelst.« Ein Lächeln umspielte ihre Lippen und ich sah, wie sich ihre Schultern senkten, als etwas von der Anspannung von ihnen abfiel.

»Es ist wahr, dass ich bei Spielen nicht schummle. Aber ich habe auch keine Magie, verkehre nicht mit Dämonen oder weiß, wie man...« Sie brach ab und die Röte kehrte auf ihre Wangen zurück. Sie nahm einen tiefen Atemzug. »Ich bin eine unwahrscheinliche Wahl einer Verbündeten für den Teufel«, sagte sie schließlich achselzuckend.

»Ganz im Gegenteil. Wo Dunkelheit ist, ist auch Licht. Wo Gut ist, ist auch Böse, und wo Sünde ist, ist auch immer Unschuld. Ich glaube, du könntest die perfekte Gefährtin des Teufels sein.« Sie machte einen Schritt auf die Couch zu.

»Ich bin nicht ganz unschuldig.« Ich lächelte.

»Ich habe das Gefühl, dass sich deine Definition von der meinen unterscheiden könnte.« Ich biss mir auf die Zunge - ihre Brust hob sich mit einem weiteren tiefen Atemzug. Sie legte den Rest des Weges zur Couch zurück und setzte sich, ihr Weinglas vorsichtig in der Hand haltend.

»Du magst recht haben.« Sie war über einen halben Meter von mir entfernt, aber ich konnte sie überall spüren, als würde Elektrizität von ihr auf mich über-springen.

»Für jemanden, der keine Magie besitzt, haben Sie eine ganz schöne Präsenz, Miss Abbott.« Sie sah mich mit einer Mischung aus Alarm und Zweifel auf ihren schönen Zügen an.

»Sie sind die erste Person, die behauptet, ich hätte überhaupt Präsenz.« Ich spürte, wie bei ihren Worten eine tiefe Wut in mir hochkroch.

»Du solltest ignorieren, was der Mann, mit dem du

zusammenlebtest, gesagt hat.« Sie blickte auf ihren Drink hinunter und dann wieder zu mir auf. Ein Aufflackern von Zweifel leuchtete in ihren Augen auf, dann hob sie die Schultern und drückte den Brustkorb durch. Ihre perfekte kleine Zunge schnellte hervor und benetzte ihre Lippen.

»Nun, wenn es stimmt, dass ich so eine Wirkung auf dich habe, dann... Hast du vielleicht recht.«

Ich wollte ihren Anflug von Selbstvertrauen nehmen und sie darin einwickeln; ihr beibringen, es wie eine Rüstung zu tragen. Ich wollte sie wissen lassen, dass sie alles tun oder jeder sein konnte.

Die Stärke meiner Gedanken überraschte mich. Ich hatte noch nie so etwas für einen Menschen empfunden. Für irgendwen, um genau zu sein.

Lust pulsierte durch meinen Körper und erinnerte mich daran, dass ich auch noch nie fast acht Jahrzehnte ohne das Gefühl des Körpers einer Frau verbracht hatte. Die Stärke meiner Reaktion auf sie war ohne Zweifel damit verbunden.

Ich stählte mich, zwang die heftigen Beschützerin-stinkte nieder und erlaubte der Lust, die Oberhand in meinen Gedanken zu übernehmen. Ich brauchte die Erlösung, die mir so lange verweigert worden war.

»Habe ich eine ähnliche Wirkung auf dich?« Ihre Röte vertiefte sich, wanderte ihren Hals hinunter und färbte ihre blasse Haut köstlich. »Ich meinte, was ich gesagt habe, Beth.«

»Welchen Teil?«

»Alles. Aber im Moment beziehe ich mich auf den Teil, in dem ich dir gesagt habe, dass ich dich für alle anderen Männer ruinieren werde. Wenn du einmal nur eine Stunde mit mir verbracht hast, wirst du nie wieder zurückkehren können zu normalen Männern. Ich werde in deinen Geist, deinen Körper und deine Seele eingebrannt sein. Das Vergnügen, das ich dir zufügen kann, wirst du nie und nimmer wieder ohne mich erreichen.«

Sie schluckte, ihre Augen weiteten sich ein wenig und ihr Griff um ihr Weinglas wurde fester. Ich fühlte meine Männlichkeit zucken und unterdrückte ein Stöhnen. Verflucht, ich hatte dieses Gefühl fast vergessen.

»Eine Stunde?« Ihre Stimme war leise, aber beständig. Mein Blick wanderte zu ihren Lippen.

»Eine Stunde reicht aus, damit du weißt, dass es auf der Welt keinen Liebhaber wie mich gibt. Ein ganzes Leben würde nicht ausreichen, um dich all die Köstlichkeiten spüren zu lassen, die dein Körper unter meiner Berührung zu fühlen vermag.«

Sie holte erneut Luft und ich konnte das Verlangen in ihr sehen, das darum kämpfte, befreit zu werden.

»Zeig es mir.«

BETH

Ich konnte nicht glauben, dass ich das gerade gesagt hatte. *Zeig es mir?* Was um Himmel willen hatte ich mir dabei gedacht? Nox hatte sich angespannt, der wölfische Hunger in seinen Augen verstärkte sich.

»Keinen Sex«, sagte ich schnell, meine Lippen stolperten über das Wort mit den drei Buchstaben und es kam als unbeholfenes Gemurmel heraus. Ich schloss meine Augen und atmete kurz durch. *Reiß dich zusammen, Beth. Nimm dich zusammen.* »Ich will einen Vorgeschmack.«

»Den hattest du in deinen Träumen.«

»Ich will einen Beweis. Einen Beweis, dass du liefern kannst, was du behauptest.« Das war teilweise wahr. Aber mehr als das, ich wollte ihn. Ich wollte ihn so sehr, dass der Schmerz zwischen meinen Schenkeln unerträglich war. Ich konnte keinen weiteren Traum ertragen, von dem ich unbefriedigt und frustriert aufwachte. Tatsächlich konnte ich es keine weitere Minute mit ihm auf der

Couch ohne seine Berührung aushalten. Ich fühlte mich, als wäre jede verdammte Zelle in meinem Körper aufgeladen, auf diesen Moment vorbereitet, bereit für ihn.

»Oh Beth, ich versichere dir, dass du mir vertrauen kannst.« Er verschob sich auf der Couch, sodass er mir jetzt zugewandt war.

»Ich will wissen, dass ich dir vertrauen kann. Du hast gesagt, dass die Lust deine Seele entblößt.« Er hob eine Augenbraue.

»Das ist wahr. Und dein Vorschlag ist ein ausgezeichneter Weg, um zu beweisen, dass du mir vertrauen kannst. Hier ist mein Angebot. Eine Stunde und ich bleibe bekleidet. Meine ganze Aufmerksamkeit wird auf dich gerichtet sein und obwohl ich seit achtzig Jahren nicht mehr die Nässe einer Frau um meinen Penis gespürt habe, werde ich darauf verzichten, mich selbst zu berühren.«

Sein durchdringender Blick bohrte sich in meine Augen und Hitze rollte in Wellen von ihm ab, die meine bereits gerötete Haut zu streicheln schienen.

Mein Atem wurde bei seinen Worten leicht rasend, als ein Bild des schönen Mannes vor mir, nackt, die Hand um sich selbst gewickelt, meinen Kopf erfüllte.

»Und unser Deal bleibt bestehen? Du wirst mir immer noch helfen, meinen Namen von dem Mordverdacht reinzuwaschen?«

»Im Gegenzug eine ganze Nacht in deiner Gesellschaft. Ja.« Ich hielt für einen kurzen Moment inne.

»Ich akzeptiere.«

Nox Gesichtsausdruck veränderte sich, als ich sprach und mein Herz setzte einen Schlag aus. Als ob ein Schalter umgelegt worden wäre, erwachte sein ganzer Körper zum Leben. Seine Züge schienen schärfer zu werden, seine Augen wurden blauer und seine Haut glühte. Er fuhr sich mit einer Hand durch sein dunkles Haar und allein diese Bewegung reichte aus, um meine Schenkel zusammenkrampfen zu lassen.

Er war mehr als hinreißend.

»Dein Verlangen nährt meine Macht«, sagte er mit tiefer Stimme. Ich wusste nicht, ob das gut oder schlecht war, also starrte ich ihn einfach an. Waren alle Engel so schön?

Nox stand auf und brach meinen Bann. Ich nahm einen Schluck Wein und mein Körper vibrierte förmlich vor Vorfreude. Kaum hatte ich das Glas abgesetzt, bewegte sich Nox vor mich, nahm es mir aus der Hand und schritt zum Tisch. Er stellte es ab, drehte sich dann zu mir um und lehnte sich gegen das dunkle Holz. Er verschränkte die Arme. Gefährliche Wirbel der Begierde schimmerten in seinen Augen, als er mich beobachtete.

Ich erwartete, dass ich mich unter seinem Blick verlegen oder nervös fühlen würde. Aber zu meiner Überraschung spürte ich, wie mein Brustkorb sich weitete und sich meine Knie langsam öffneten. Ein tiefes Grollen kam aus seiner Brust und ich biss mir auf die Zunge.

»Ist das deine Magie?«

»Nein. Es ist deine eigene Lust.« Seine Stimme war leicht angestrengt und ein Flackern des Zweifels bahnte sich seinen Weg durch die erotischen Gedanken, die meinen Kopf füllten. Er begann wieder zu sprechen und meine Anspannung verflog. Meine Zweifel verschwanden.

»Sagen Sie mir, Miss Abbott, ist Ihre Muschi feucht?«

Meine Bauchmuskeln krampften sich zusammen und ich biss mir auf die Unterlippe. Das war kein Traum. Dies war real. Er mochte ein paar Meter von mir entfernt stehen, aber er war da, stand vor mir, war aus Fleisch und Blut. Wenn das, was er gesagt hatte, wahr war, dann gab es kein Zurück mehr. Verdammt, selbst wenn er seine Fähigkeiten übertrieb, was ich nicht vermutete, gab es kein Zurück mehr. Er war mein Chef. Und der verdammte Teufel.

»Ich bin mir nicht sicher«, log ich. Ein Muskel in seinem Kiefer zuckte und er verschränkte die Arme vor der Brust.

»Steh auf.« Ich tat, wie mir geheißen.

»Beth. Du hast gesagt, es geht um Vertrauen.« Ich nickte. »Dann sag mir die Wahrheit. Ist deine Muschi feucht?« Ich nickte wieder, unfähig zu sprechen. Meine Knie waren wackelig, jetzt, wo ich stand. Ich wollte ihn bei mir haben, seinen starken Griff um meinen Körper fühlen, seine harte Brust an mich gepresst, wie in meinem Traum.

»Zeig es mir.«

»Was?« Er machte einen Schritt nach vorn und stieß sich vom Schreibtisch ab.

»Zieh deine Jeans aus.« Seine Stimme trug eine Kraft in sich. Es war ein Befehl, dem ich mich nicht widersetzen konnte. Ich schüttelte meine Schuhe ab. Nox kam noch einen Schritt näher. Ich öffnete den oberen Knopf meiner Hose. Mein Herz raste schneller in meiner Brust und Nox holte scharf Luft, als ich meine Daumen in den Bund meiner Jeans einhakte. Seine Augenlider waren tief gesenkt und sein Blick auf meine Taille fixiert. Das Wissen, dass er mich wollte, verursachte einen Schub an Selbstvertrauen und ich beugte mich hinunter und zog meine Jeans zu Boden. Ich stieg so anmutig wie möglich aus ihnen heraus und die kühle Luft küsste meine nackten Beine. Nox zischte anerkennend, als er mein Höschen betrachtete, das unter dem Saum meines Shirts zu sehen war. Seit ich Nox getroffen hatte, hatte ich nicht nur mehr auf mein Make-up geachtet. Das ständige sexuelle Bewusstsein, das er in mir auslöste, hatte zu einer etwas gewagteren Wahl der Unterwäsche geführt und ich trug einen schwarzen Spitzentanga. Nicht teuer, aber hübsch.

»Dreh dich um.« Ich blinzelte auf den Befehl hin. Ich wollte ihn sehen. Ich wollte in der Lust in seinem Blick schwelgen und den Anblick seines angespannten Körpers unter dem Anzug genießen. »Dreh dich um, Beth.«

Langsam drehte ich mich um. Ich hörte ein weiteres Knurren, vermutlich als er meinen nackten Hintern betrachtete. Ich schloss die Augen, blendete die Wand vor mir aus und stellte ihn mir so vor, wie er in meiner Fantasie auf dem Dach ausgesehen hatte.

»Knie dich auf die Couch.« Mein erster Instinkt war, *nein* zu sagen, aber meine Knie beugten sich, bevor ich den Widerspruch aussprechen konnte. Sie sanken in das Leder und ich umklammerte die Rückenlehne. Mein Shirt strich über meinen Po, als ich mich vorbeugte und eine Welle der Hitze strömte über meinen Körper.

»Du bist wunderschön.« Seine Stimme klang jetzt näher und die Worte waren eine heiße Liebkosung. Alles fühlte sich heiß an, stellte ich fest. Meine Haut kribbelte vor Vorfreude und ich presste meine Beine zusammen, sowohl um mich davon abzuhalten, mich zu winden, als auch um Druck auszuüben, wo ich ihn so dringend brauchte.

»Für diese Stunde, Beth, gehörst du mir. Hast du das verstanden?«

»Ja.« Ich wollte nichts mehr, als ihm zu gehören.

»Du bist mir ausgeliefert. Vollkommen ausgeliefert.« Ich hätte Angst oder Unbehagen bei der Vorstellung verspüren müssen, dem Teufel ausgeliefert zu sein, aber meine Stimme war klar, als ich antwortete.

»Ja.« Ich musste wissen, ob er die Wahrheit sagte, ob er wirklich mein Leben in einer Stunde verändern konnte, ohne mit mir zu schlafen. Ich wollte es mehr als alles andere, der Schmerz zwischen meinen Beinen verdrängte jeden rationalen Gedanken.

»Beug dich vor. So tief wie du kannst.«

Ich holte tief Luft, ließ die Schultern sinken und beugte mich vor, wobei ich mich immer noch an der Rückenlehne der Couch festhielt, während ich meinen Kopf zwischen meine Arme senkte. Der dünne Stoff meines Höschens war alles, was ihn davon abhielt, mich völlig nackt und erregt zu sehen. Als er dieses Mal knurrte, war es animalisch. Ein Schauer durchfuhr mich.

Berühre mich. Berühre mich. Berühre mich. Die Worte wirbelten in meinem Kopf herum, bis sie zu einem Schrei wurden. Es war alles, was ich denken konnte.

Aber er tat es nicht. Ich blieb dort, unfähig ihn zu sehen, den Arsch in die Luft gereckt, die Hitze in meinem Inneren immer heißer werdend.

»Bitte.« Das Wort verließ mich in einem Raspeln und dann verschlang mich die Hitze. Eine federleichte Berührung hinter meinem Knie ließ mich keuchen. Warme Finger bewegten sich langsam, zu langsam, meinen Oberschenkel hinauf. Ich zuckte zusammen und sie hörten auf mich zu streicheln.

»Beweg dich nicht.«

Ich holte tief Luft und versuchte, still zu halten. Die Streicheleinheiten wurden wieder aufgenommen, heiß und doch gemächlich. Seine Fingerspitzen erreichten meinen Arsch und mit kaum mehr Druck als eine Feder bewegten sie sich über meinen Po zu meinem Hohlkreuz. Er fuhr mit seinem Finger sanft unter das Band meines Tangas und zog ganz leicht daran. Der Stoff meines Höschens spannte sich über meiner Perle und ein Stöhnen entkam meinen Lippen bei diesem leichten Druck. *Mehr. Ich brauchte mehr.*

Aber er ließ los, anstatt fester daran zu ziehen und nahm seine leichte Berührung wieder auf. Er strich mit seinen Fingern wieder über meinen Hintern und ließ sie dicht an der Linie meiner Unterwäsche entlangfahren. Ich war so feucht, dass ich sicher war, dass er es spüren würde, wenn er sich nur ein paar Millimeter näherte. Ich schob meine Hüften zurück und versuchte, seine Finger näher zu zwingen, aber er hielt wieder inne.

»Ich sagte doch, du sollst stillhalten.« Ich ignorierte ihn, bewegte meine Hüften und spreizte meine Knie. Ich öffnete meinen Mund, um zu sprechen, sogar um zu betteln, aber nichts außer einem gehauchten Seufzer kam heraus. Seine Finger verließen meine Haut und ich erstarrte. Einen schmerzhaft langen Moment lang passierte nichts. Ich begann meinen Kopf zu heben, zog meine Schultern hoch, als ich die Berührung seiner Lippen spürte.

Auf meinem Oberschenkel. Kaum einen Zentimeter von der pochenden Nässe zwischen meinen Beinen entfernt.

Er begann mich zu küssen, meine Oberschenkel auf und ab, meinen Arsch, so verlockend nah. Ich tat mein Bestes, um ruhig zu bleiben, aber die Muskeln in meinen Beinen zitterten und meine Schultern spannten sich an. Ich würde alles geben, was ich besaß, damit er mich berührte. Alles.

»Sag es.«

»Was?« Meine Frage war ein Keuchen.

»Sag es. Sprich es aus. Sag mir, was du willst.«

»Weißt du, was ich denke?« Ich hob den Kopf, um mich umzudrehen, aber er schob seine Hand in mein Haar und hielt mich still. Ich spürte, wie der Stoff seines Hemdes über mich strich, als er seinen Arm bewegte, dann drückte seine Hüfte gegen meinen Hintern.

»Ich weiß, was du willst.«

»Warum sollte ich es dir dann sagen?«

»Ich will hören, wie du es sagst.« Seine Stimme hatte den Klang von Sex und war vollkommen unwiderstehlich.

»Ich will, dass du mich berührst.«

»Wo?« Ich schluckte und neigte den Kopf. Seine Faust lockerte sich in meinem Haar und seine Finger fuhren meinen Nacken, dann den ganzen Weg meine Wirbelsäule hinunter. Meine Nippel zogen sich unter meinem Oberteil zusammen und Lust schoss durch meinen ganzen Körper bei seiner Berührung.

»Meine Muschi«, flüsterte ich.

»Braves Mädchen.«

Er setzte seine Küsse fort, aber seine Finger bewegten sich wieder unter den Saum meiner Unterwäsche, diesmal rollten sie sie herunter. Er entblößte mich vollständig. Ich hörte das tiefe Grollen, das er vorhin von sich gegeben hatte, und als er sprach, war seine Stimme tief durchzogen von seinem eigenen Verlangen.

»Drück deine Beine zusammen.« Ich tat, was er sagte und presste meine Knie eng aneinander. Pure Lust pulsierte in mir und ich wusste, dass er meine Erregung sehen konnte. Ich konnte nicht anders, als meine Hüften nach hinten zu schieben und mich ihm entgegenstrecken.

Er fuhr mit einem Finger meinen Oberschenkel hinauf und hielt kurz vor meinem schmerzenden Geschlecht an. Ein Knurren ertönte und ich merkte, dass ich es dieses Mal gewesen war. Wieder und wieder streichelte er mich, landete weiche, heiße Küsse auf meiner Haut, die jedes Mal quälend näher rückten.

»Nox, bitte«, wimmerte ich halb.

»Ich mag es, wenn du meinen Namen sagst, Beth. Wenn ich dich ficke, möchte ich, dass du ihn sagst.«

»Ja.« Ich würde zu verdammt allem *ja* sagen und beugte mich verzweifelt tiefer in das Leder der Couch.

»Und ich werde dich ficken, Beth. Ich werde dich so hart ficken, dass du alles um dich herum vergisst. An einen Ort, an dem du noch nie warst und von dem du nie wieder zurückkehren willst.« Ich konnte die Verzweiflung in seiner eigenen Stimme hören, rau und ohne die kühle Kontrolle, die er normalerweise an den Tag legte. »Ich werde dich nicht heute ficken. Ich habe zu lange gewartet, um das jetzt zu überstürzen. Aber ich werde dich heute zum Höhepunkt bringen. Wirst du für mich einen Orgasmus genießen, Beth?« Gott, ich war schon fast bereit sofort zum Höhepunkt zu kommen, als ich ihm nur zuhörte.

»Ja.«

Seine heißen, feuchten Lippen schlossen sich über meinem geschwollenen Kitzler und ich schrie auf. Meine Hüften zuckten und seine starken Arme legten sich um meine Oberschenkel und hielten mich fest. Seine Zunge schnippte wieder und die Lust schoss durch mich hindurch, pulsierte von meiner empfindlichsten Stelle aus durch meinen gesamten Körper und hörte nicht mehr auf. Ich wölbte meinen Rücken, als ich spürte, wie seine Finger über meine Haut glitten, dann stöhnte ich lang und laut, als er mich endlich berührte. Ich hörte, wie er einen Moment nach Luft rang und dann schnalzte seine Zunge schnell, während sein Finger exquisit langsam in mich eindrang.

»Oh Gott, oh Gott«, keuchte ich.

»Gott hat hiermit nichts zu tun.« Er zog seinen Finger

zurück, genauso langsam. »Stell dir vor, das ist mein Schwanz, der dich ausdehnt, dich ausfüllt.« Sein Atem brannte heiß auf meiner Haut und als ich spürte, wie er wieder in mich eindrang, war es mit zwei Fingern. Ich biss die Zähne zusammen, um nicht aufzuschreien. Mein Geist füllte sich mit dem Bild von ihm, wie er nackt und hart in mich hineinstieß und ich drückte mich hart gegen seine Hand. Er knurrte und ich spürte wieder seine Zunge an meinem Kitzler, heiß und feucht.

Tage, vielleicht sogar Jahre, aufgestauten Verlangens flutete in mein System. Das Vergnügen war so intensiv, dass mir der Kopf schwirrte. Zuerst bewegte er seine Finger langsam im Takt seiner Zunge und ließ mich jede Bewegung genießen. Aber als er begann, sein Tempo zu erhöhen, wuchs der Druck in mir und die Lust begann mich zu verzehren. Ich spürte, wie sich mein ganzer Körper anspannte und bebte und ein leiser Schrei aus mir herausschlüpfte, als ich mich fest um ihn krampfte. Seine Zunge schnippte schneller und ein Bild von ihm mit gespreizten Flügeln erfüllte meinen Kopf. *Komm zum Höhepunkt für mich.* Seine Stimme war in meinem Kopf und ich ließ mich in den Abgrund fallen, zu dem er mich geführt hatte. Reißende Wellen der Erlösung durchströmten mich, pulsierten aus meinem Inneren heraus und rollten bis zu den Enden meiner Finger, meiner Zehen. Ich erschauderte, als ich aufschrie, und ich hörte ihn meinen Namen durch den Dunst der elektrisierenden Glückseligkeit sagen.

»Beth. Du gehörst mir.«

Seine Arme zogen sich zusammen, er drehte mich um und setzte mich auf meinem Hintern. Ich schnappte nach Luft, als ich ihn verschwommen anstarrte. Seine Augen loderten. Loderten wirklich. Blaues Licht tanzte heftig in ihnen, als er seinen Blick über meinen immer noch zitternden Körper schweifen ließ.

»Ich hatte noch nie so einen Orgasmus«, hauchte ich und fühlte mich sofort dumm, weil ich es laut gesagt hatte.

»Du bist umwerfend.« Er richtete sich auf, sein Körper war hart wie ein Stein und die Spannung kräuselte sich in ihm. Ich kreuzte meine Beine und war mir plötzlich sehr bewusst, dass ich noch viel nackter war als er.

»Du solltest Perfektion niemals verhüllen«, sagte er und der raue Tonfall war wieder in seiner Stimme. »Küss mich.«

Die letzten Wellen der Lust, die mich immer noch durchspülten, erfassten mich mit voller Wucht und ich stand auf. Er fuhr mit einem Finger über meine Wange und ich legte meine beiden Hände auf seine Brust.

»Ich glaube, ich kann dir vertrauen«, sagte ich. Leidenschaft explodierte in seinen Augen und er zog mein Gesicht an seines und legte seine Lippen auf meine. Jede Unze seines eigenen Bedürfnisses war in diesem Kuss offensichtlich und verdammt, ich wäre fast wieder zum Höhepunkt gekommen. Sein anderer Arm schlang sich um meine Taille und drückte mich an ihn. Seine Erektion war verlockend offensichtlich.

Er küsste mich mit einem Hunger, von dem ich nicht einmal wusste, dass er möglich war, bis ich ihn selbst auf der Couch gespürt hatte. Sein verzweifeltes Drängen entsprach dem meinen, daran gab es keinen Zweifel.

Mit einer sichtbaren Anstrengung zog er sich von mir zurück, so dass eine Armlänge Abstand zwischen uns lag. Sein ganzer Körper glühte schwach und seine Augen leuchteten hell und grimmig.

Er sah aus wie die verdammte Verkörperung von Sex, ein Adonis mit dem Versprechen einer Welt, die ich unbedingt erkunden wollte.

»Komm mit mir.« Die Anstrengung in seinen Worten war deutlich zu hören, als er einen weiteren Schritt rückwärts machte. Ich zog meine Unterwäsche und Jeans an und folgte ihm aus dem Zimmer. Ich bemerkte kaum, wohin wir gingen, so sehr war mein Kopf voll von erotischen Gedanken. Mein Körper pulsierte immer noch vor Verlangen, als er mich eine große Treppe hinaufführte. Als er eine Tür aufstieß, sah ich ein Schlafzimmer, das in sanften Grautönen dekoriert war, eine schwarze Decke lag auf einem riesigen Bett. Abstrakte Gemälde in Rottönen hingen an der Wand und schwarze Vorhänge bedeckten das Fenster.

»Ist das dein Zimmer?«, hauchte ich. Er drehte sich zu mir um.

»Nein. Das ist ein Gästezimmer. Dein Koffer steht dort.« Er deutete mit dem Kinn nach rechts und ich sah meinen Koffer vor einer verspiegelten Schranktür stehen. »Ich kann nicht im selben Zimmer wie du schlafen. Nicht so.«

»Warum nicht?«

»Meine Fähigkeit mich zu beherrschen ist gut, aber nicht so gut. Ich habe fast achtzig Jahre auf dich gewartet, Beth. Ich werde noch ein wenig länger warten.«

BETH

Ich erwachte auf einem Laken, das sich kühl und frisch anfühlte und nicht wie mein eigenes. Ich streckte mich und schwelgte für einen Moment in dem Gefühl, während der Schlaf langsam wich. Dann wirbelte die letzte Nacht wie ein verrückter Orkan durch meine Gedanken. Ich pochte vor Lust, als sich die Ereignisse in meinem Kopf abspielten, rollte mich auf die Seite und vergrub mein Gesicht in dem Federkissen.

»Oh Gott«, murmelte ich laut in den Stoff.

Ich war dem Charme von Nox erlegen. Luzifer. Dem Teufel.

»Oh Gott«, sagte ich erneut und drehte mich auf den Rücken. Der Raum war dunkel, die schweren schwarzen Vorhänge waren über die großen Fenster gezogen. Ich schielte hinauf zu den dekorativen Stuckarbeiten an der Decke.

Was zur Hölle sollte ich nur tun? Um nichts in der Welt konnte ich *nein* sagen, wenn er mit mir schlafen wollte. *Niemals.* Die Art und Weise, wie er mich geküsst hatte, füllte meinen Verstand und ließ Hitze in mir aufwirbeln. Er wollte mich, keine Frage. Aber das lag daran, dass er mich nicht haben konnte.

Wenn wir Sex hätten, wenn er mich tatsächlich beanspruchen würde, wie er es versprochen hatte, würde er das Interesse an mir verlieren oder merken, dass ich langweilig und eine beschissene Liebhaberin war. Und dann wäre es vorbei. Ich würde mein ganzes Leben damit verbringen, nach jemandem wie ihm zu suchen und immer wieder enttäuscht zu werden.

Zweifel bahnten sich ihren Weg in meinen Verstand. Was, wenn er bereits wusste, dass ich langweilig war? Ich meine, ich hatte letzte Nacht überhaupt nichts getan. Er hatte das Sagen gehabt, also waren meine Fähigkeiten noch nicht getestet worden. Aber vielleicht hatte er es schon gemerkt? Was, wenn er völlig uninteressiert war, wenn ich ihn sah?

Ein unnötig großer Stich des Verlustes traf mich, als ich mir vorstellte, wie er mich abwies und ich stöhnte auf. Ich tat gerade genau das, was ich nicht gewollt hatte. Ich war dabei, an ihm zu verzweifeln und ihm die ganze Macht zu geben.

»Ich habe fast achtzig Jahre auf dich gewartet, Beth.« Seine Worte hallten in meinem Kopf wider und ich klammerte mich an ihnen fest. All diese Dinge, die er zu mir gesagt hatte... Er war kein Playboy. Der Mann hatte seit, nun ja, vielen Generationen keinen Sex mehr gehabt. Und er wollte mich. Er konnte nur mich haben.

Aber mein Gehirn kämpfte dagegen an, die Idee zu akzeptieren, dass er für niemand anderen als mich eine Latte bekommen konnte. Wie konnte das sein? Warum sollte sein Körper nur auf mich reagieren? Er konnte definitiv lügen - das war ein toller Spruch, den man bei Frauen anwenden konnte. Der Gedanke hatte etwas unbestreitbar Erregendes.

Ein neuer Gedanke kam mir in den Sinn. Wenn es wahr war, wollte ich dann einen Mann, der nur mit mir zusammen war, weil er keine andere Wahl hatte? Auch das fühlte sich seltsam an. Seufzend setzte ich mich auf und schwang meine Beine aus dem Bett.

In diesem Moment wusste ich, dass Nox mir das Gefühl gab, eine verdammte Göttin zu sein. Er hatte mir einen intensiveren Orgasmus geschenkt, als ich es für möglich gehalten hatte und wenn ich ehrlich war, fühlte ich mich großartig. Zum ersten Mal, seit ich mich erinnern konnte, hatte sich ein Gefühl der Zufriedenheit in meinem Bauch eingenistet. *Einen Schritt nach dem anderen Beth,* sagte ich mir. *Über den Rest meines beschissenen Lebens kann ich mir später noch Gedanken machen.*

Ich duschte im anliegenden Badezimmer und wünschte mir, dass meine eigene Dusche so kraftvoll und elegant wäre. Die Bulgari-Drogerieartikel standen fein säuberlich nebeneinander auf dem Regal und ich konnte mich des Gefühls nicht erwehren, in einem schicken Hotel zu sein. Nicht, dass ich jemals in einem gewesen wäre, aber ich hatte einen Fernseher. Nun, ich hatte mal einen Fernseher gehabt. Bevor Alex ihn gestohlen hatte.

»Arschloch«, murmelte ich, während ich meine Haare in ein Handtuch wickelte. Ich zog mir eine Jeans und eine karierte Bluse aus meinem Koffer über. Ich legte etwas

Wimperntusche auf, wollte aber nicht zu viel Zeit mit meinem Make-up verbringen. Ich wurde kribbelig, weil ich Nox sehen wollte. Ich musste sichergehen, dass er immer noch an mir interessiert war, jetzt, wo er eine Kostprobe bekommen hatte.

»Guten Morgen.« Er trug eine Anzugshose und ein weißes Hemd und stand über einer Bratpfanne, als ich die Küche betrat. Meine Schritte kamen ins Stockten und meine Haut kribbelte, als er sich umdrehte und mir ein Lächeln schenkte. Blaue Augen, dunkles Haar, raue Stoppeln und... ein Versprechen. Da war dasselbe Versprechen in seinem Gesicht, das mir am Abend zuvor die Knie schwach werden gelassen hatte und gleichzeitig jeden Muskel in meinem Körper anspannte.

»Hi.« Beelzebub hüpfte über den harten Boden auf mich zu und krachte gegen mein Schienbein. Ich lachte und ging in die Hocke. »Und dir auch einen guten Morgen«, sagte ich zu dem Hund und streichelte ihn, während er versuchte, mir die Hände abzulecken.

»Bist du hungrig?«

»Ja.«

»Ich auch.« Ich wusste, dass er nicht vom Essen sprach. Ich konnte es in seiner Stimme hören, es in der aufgeladenen Atmosphäre spüren. *Mein Gott, ich wollte ihn. Brauchte ihn.* Ich räusperte mich.

»Ich hätte gerne einen Kaffee.«

»Natürlich.« Ich stand auf, als er zu einer kompliziert aussehenden Chrommaschine an der Seitenwand schritt.

»Zeig mir, wie man das macht und ich bereite ihn zu«, sagte ich und etwas in der Pfanne brutzelte laut.

Frühstück in dieser sonnendurchfluteten Küche zuzubereiten, hätte sich normal angefühlt, wenn wir nicht immer wieder Gründe gefunden hätten, uns aneinander zu reiben und uns immer wieder begehrliche Blicke über die Schultern zuzuwerfen.

Er war noch nicht fertig mit mir. So viel war klar.

Als wir wieder dort saßen, wo wir am Abend zuvor gesessen hatten, reichlich Kaffee und Omeletts mit Speck vor uns, ergriff er das Wort.

»Madaleine hat mir eine Nachricht zukommen lassen. Sie will sich mit mir treffen.«

Die Erwähnung des wütenden Engels ließ die aufgeladene Erregung in meinem Inneren sinken.

»Oh?«

»Sie sagt, sie hat ein Angebot für mich.«

»Traust du ihr?«

»Ich glaube, ich muss mit ihr reden. Willst du mitkommen?«

Meine Unbeholfenheit erfüllte die Luft zwischen uns. Seine eigentliche Frage war klar. Das letzte Mal, als wir in der Nähe der Macht des Zorns gewesen waren, war es nicht so gut gelaufen.

»Ja. Aber können wir sie irgendwo anders treffen, statt in diesem komischen weißen Büro?«

Ich glaubte, einen Anflug von Erleichterung in seinen Augen zu sehen, bevor er antwortete: »Sie hält ihr Zuhause und ihr Büro ganz weiß, um sich zu entspannen.

Bunte Farben verschlimmern die Wut. Aber ja, ich stimme zu, dass wir uns auf neutralem Boden treffen sollten.«

»Ich möchte Max noch ein paar Fragen über Gordon stellen und er wird sie eher beantworten, wenn du bei mir bist. Warum treffen wir sie nicht im Club? Wir wissen bereits, dass sie dorthin geht.« Nox nickte.

»Der Aphrodite-Club also.«

»Okay. Um wie viel Uhr?«

»In einer Stunde.«

»Was? Was für ein Stripclub hat um...« Ich hielt inne und zog mein Handy aus der Gesäßtasche, um die Uhrzeit zu überprüfen. »10 Uhr auf?«

»Die Uhrzeit bestimmt die Lust nicht«, antwortete Nox, sein Kopf senkte sich und seine Augen verfinsterten sich, als er mich ansah. »Die Menschen geben ihr nachts mehr nach, aber sie ist immer da.«

Ich beobachtete sein Gesicht, während er einen langen Schluck seines Kaffees nahm und konnte nicht verhindern, dass sich die Erinnerungen an die letzte Nacht in meinem Kopf abspielten. *Mehr.* Ich wollte mehr.

Ich wollte alles.

Der abgestandene Bier- und Bleichmittelgeruch des Aphrodite-Clubs wurde mir langsam beunruhigend vertraut. Es stand niemand hinter dem kleinen Tresen, als wir ankamen und der Beat der lauten Musik war ebenfalls abwesend.

Als wir durch die roten Vorhänge traten, sah ich, dass

der Club tagsüber genauso düster war wie nachts. Jegliche Fenster, die der Ort hatte, waren durch den tiefroten Stoff, der die Wände säumte, versteckt, und die farbigen Scheinwerfer, die die Bühne beleuchteten, waren die Hauptlichtquelle. Musik spielte aber viel leiser als sonst und es stand ein Mädchen auf der Bühne, das halbherzig für einen Mann an einem der Tische tanzte. Er drehte sich um, als wir hereinkamen, murmelte etwas, stand dann auf und ging in Richtung der Herrentoiletten. Das Mädchen auf der Bühne warf uns einen genervten Blick zu, bis sich ihre Augen auf Nox legten. Sie weiteten sich, dann eilte sie die Stufen an der Seite der Bühne hinunter und verschwand.

Nox schritt zu der kleinen, leeren Bar hinüber, als gehöre ihm der Ort.

»Keine Spur von Madaleine«, sagte ich, unfähig, meine Besorgnis aus meiner Stimme zu halten.

»Sie neigt nicht dazu, pünktlich zu sein.«

»Ich gehe mal auf die Toilette«, sagte ich und ging in Richtung der Damentoiletten. Im Vorbeigehen warf ich einen Blick auf die Tür hinter der Bühne, durch die das Mädchen geeilt war. Ich hielt inne, als ich laute Stimmen von dahinter hörte.

»Verdammt noch mal, warum sind sie schon wieder hier?«

»Ich weiß es nicht, Max. Es hat nichts mit mir zu tun. Kümmere du dich darum.«

»Sag mir verdammt noch mal nicht, was ich tun soll.«

Es gab eine Pause, dann sagte die weibliche Stimme: »Sie sind wahrscheinlich wegen Gordon hier. Der Typ ist ein verdammter Widerling. Ich wette, er hat es mit Sarah getrieben.«

»Ich habe dir gesagt, du sollst nicht so über Sarah reden. Das ist schlecht fürs Geschäft. Geh zurück auf die verdammte Bühne und benutze diese Titten, um uns etwas Geld einzubringen. Sofort.«

Ich eilte davon, als ich Schritte hörte, riss die Tür zum Waschraum auf und schlüpfte hinein, bevor die Tänzerin mich entdeckte. Also dachte sie, dass Gordon fähig war, Sarah zu töten? Das war interessant.

Als ich aus dem Klo kam, war die Atmosphäre in dem ruhigen Club spürbar anders. Ich sah auch sofort, warum. Madaleine saß an einem Tisch gegenüber von Nox, ihr Lieblingsdämon an ihrer Seite. Ich war erleichtert zu sehen, dass er dieses Mal bekleidet war. Madaleine trug einen weißen Overall, ihre langen Beine elegant gekreuzt und sie hatte ihr Haar zu einem Zopf zusammengebunden, der hoch auf ihrem Kopf begann. Sie drehte sich zu mir um, als ich herüberkam und schenkte mir ein Lächeln. Meine Handflächen begannen augenblicklich zu schwitzen, als ihre beunruhigende Magie mich überspülte. Selbstzweifel und rachsüchtige Wut begannen an mir zu zerren, als ich näherkam.

»Hallo«, sagte ich, als ich den Tisch erreichte. Diesmal wollte ich nicht dasitzen und schweigen. Ich wollte genauso ein Teil von diesen Verhandlungen sein, wie sie es waren.

»Schön, dass du dich zu uns gesellst«, sagte sie. Ich setzte mich. »Nox hat mir erzählt, dass dies der Ort deiner Wahl war. Du bist in meiner Wertschätzung gestiegen.« Ihre Augen funkelten mit einer spöttischen Wildheit.

»Ja, ich kann einfach nicht genug von diesen nackten Frauen bekommen. Wollen wir anfangen?« Madaleine hob eine Augenbraue und nickte.

»Gut.« Sie drehte sich zu Nox um. Ein Lächeln umspielte seine Lippen, während seine Augen zu mir und dann wieder zu ihr huschten.

»Ich habe von einem bestimmten Buch gehört, das bald auf den Markt kommt.« Nox Gesichtsausdruck verhärtete sich augenblicklich.

»Wer hat es?«

»Es ist also wahr? Das Diebesgut ist das Buch der Sünden?« Hitze strömte aus ihm, als er sie anfunkelte.

»Ja.«

»Dann muss ich meine Haltung in dieser Sache noch einmal überdenken. Wir beide wissen, dass es nicht gut ausgehen würde, wenn jemand anderes das Buch und alle Seiten bekommen würde. Für keinen von uns.«

»Wer hat es?« Die Frage kam mir über die Lippen, bevor ich sie stoppen konnte. Beide gefallenen Engel wendeten ihre Blicke zu mir. »Und wer soll das Buch nicht bekommen?«

»Michael«, sagte Nox leise. »Oder Gabriel. Beide hassen mich genug.«

»Sind sie auch gefallene Engel?«

»Nur Engel«, sagte Madaleine. »Sie kennen den Spaß des Fallens nicht.«

»Was könnten sie tun, wenn sie das Buch und die Seiten hätten?«

»Ich weiß es nicht und ich will es auch nicht herausfinden. Ich bin mit unserem Arrangement, so wie es ist, ganz zufrieden, vielen Dank«, antwortete sie. »Aber niemand wird es riskieren, den Teufel zu bestehlen, ohne einen guten Grund zu besitzen. Sie müssen einen Plan haben.«

Nox starrte sie an, Schatten wirbelten in seinen Augen, aber die flüchtige Energie, die sich in ihrer Gegenwart am Vortag aus ihm ergossen hatte, war nicht mehr vorhanden. Da war nur eine gefährliche, schwelende Kraft, die von ihm ausging.

»Worüber wolltest du sprechen, Madaleine?«

»Ich möchte meine Hilfe anbieten. Ich habe viele Kontakte. Ich werde dir helfen, das Buch zu finden. Und meine Seite.«

»Als Gegenleistung für was?«

»Du zerstörst die Seite für den Zorn, wenn du sie zurückbekommst.« Nox bewegte seinen Kopf ganz leicht.

»Sie zerstören?«

»Damit der Zorn nicht an jemand anderen weitergegeben werden kann. Die Seite wird nicht benötigt, damit die Macht existieren kann. Nur um sie weiterzugeben.«

»Madaleine, ich allein kann die Macht der Sünden zwischen Wirten hin und her zu bewegen. Die Seite muss nicht zerstört werden, wenn du mein Wort hast, dass du den Zorn behalten darfst.« Sie warf ihm einen langen Blick zu.

»Dein Wort?«

»Du weißt, dass mein Wort bindend ist.«

»Ich möchte, dass du die Seite zerstörst.« Rot flackerte in ihren Augen auf und Nox lächelte.

»Du hast selbst versucht, sie zu zerstören, nicht wahr?« Sie senkte den Blick für einen Sekundenbruchteil. »Wirst du sie zerstören oder nicht?«

»Nein. Du kannst mich beim Wort nehmen, dass du die Macht über den Zorn behalten darfst, oder wir haben keinen Deal.« Ihre Augen liefen rot an und sie stand abrupt auf.

»Ich werde darüber schlafen«, rief sie und wirbelte herum. »Cornu!« Der Dämon sprang auf und eilte ihr hinterher, als sie aus dem Club marschierte.

Ich sah Nox an.

»Wenn du ihr den Zorn überlässt, dann kannst du deinen Fluch nicht brechen. Du hast gesagt, du brauchst alle Sünden zurück, um wieder deine volle Kraft zu bekommen.«

»Ich weiß. Ich werde dafür sorgen, dass der Deal zu meinem Vorteil ausgerichtet ist. Nicht jeder liest das Kleingedruckte.« Ein schelmischer Glanz tanzte in seinen Augen.

»Hmmm. Ich schätze, du bist ein Profi darin, Deals zu machen, die zu deinem Vorteil funktionieren.«

»Du solltest das am besten wissen.«

»Gab es bei meinem Deal ein Kleingedrucktes, das ich hätte lesen sollen?«

»Nein. Keine Tricks für dich, Beth. Nur pure, reine Lust.« Der gierige Blick in seinen Augen schickte Schauer über meine Haut, seine Hitze pulsierte und streichelte meinen Körper und floss wie Lava über mich hinweg.

»Kann ich euch beiden etwas bringen?« Max kräftige Stimme durchbrach den Moment.

»Nein. Wir gehen.« Der Barbesitzer sah erleichtert aus.

»Gut. Schönen Tag euch.«

»Bevor wir gehen, hätte ich aber noch ein paar Fragen zu Gordon. Der Mann, der den Tänzerinnen Geld leiht. Sag mir, was du über ihn weißt.« Max zuckte mit den Achseln.

»Es gefällt mir nicht, dass er den Mädchen Geld leiht, aber sie sind alle dumm. Was soll ich machen? Sie geben das Geld links und rechts aus und es ist nicht so, dass ich ihnen nicht genug zahle.« Nox Gesicht war teilnahmslos.

»Erzähl mir von Gordon.«

»Oh, richtig, ja. Ähm, die Mädchen mögen ihn nicht wirklich.«

»Er ist ein Shifter?«

»Ja. Ein Fuchs.«

»Erlaubst du das Shiften hier drin, Max?« Ein gefährlicher Ton war in Nox Stimme getreten und der Barbesitzer schüttelte sich und rang mit den Händen.

»Nein natürlich nicht, nur in ausgewiesenen Nächten des Schattens und dafür bekomme ich immer eine Genehmigung.«

Ausgewiesene Nächte des Schattens? Ich machte mir eine mentale Notiz, Nox zu fragen, was das war. Eine Partynacht für Übernatürliche vielleicht?

»Ich habe einen Bericht von dieser jungen Frau, dass Gordon sie bedroht hat und mit dem Shifting begann, und das in deiner Bar.«

»Darum habe ich mich gekümmert«, antwortete er schnell.

»Hast du ihn angezeigt?«

»Nein, nein, ich wollte keinen Ärger. Und außerdem hat er es nicht wirklich getan. Er ist ein guter Kunde.«

»Der Streit, den er mit Sarahs Freund hatte, hat er sich da auch verwandelt?« Max schluckte und wich Nox Blick aus. Er brauchte nicht zu sprechen; es war offensichtlich, dass die Antwort *ja* lautete.

»Ich habe ihn in der Nacht rausgeworfen.«

»Aber du hast ihn nicht angezeigt?«

»Nein. Dave hat ihn hart geschlagen. Jeder Shifter hätte das Gleiche getan, das ist Instinkt.« Schweiß perlte auf Max Stirn.

»Würdest du dich verwandeln, wenn du jetzt geschlagen würdest?« Nox ruhige Stimme war mit einer Drohung durchsetzt.

»Ich? Nein, ich ähm, ich...« Max atmete aus, ein niedergeschlagener Blick durchzog seine Züge. »Ich habe die Kontrolle über mein Tier.«

»Und Gordon hat sie nicht.« Es war keine Frage. Widerwillig nickte Max zustimmend.

»Ich schätze, wenn du es so ausdrückst...« Nox stand auf.

»Danke, dass du ehrlich zu mir warst.«

»Wirst du mich anzeigen?« Furcht erfüllte Max Stimme.

»Nein. Aber ich möchte, dass du Gordon Hausverbot erteilst. Wenn er seinen Fuchs in deinem Etablissement nicht unter Kontrolle hat, solltest du ihn nicht reinlassen.« Max stieß einen weiteren Seufzer aus, den ich für Erleichterung hielt.

»Okay. Danke, Mr. Nox.«

»Ich möchte, dass du mich anrufst, wenn er vorbeikommt.«

»Klar doch. Es ist mir viel lieber, wenn du ihm sagst, dass er nicht mehr in den Club kommen darf, als wenn ich das machen müsste.« Kaum hatte sich Max umgedreht und war zurück zur Bar geschlendert, sprang ich auf.

»Ich habe Fragen. Viele Fragen«, sagte ich.

»Du hast immer Fragen.«

»Mehr als du denkst.«

»Wer sind Michael und Gabriel?« Die erste Frage flog mir von den Lippen, als wir in das Auto schlüpften.

»Engel.«

»So wie du? Aber nicht gefallen?«

»Ja. Sie arbeiten für die Götter.«

»Sind das die Vollstrecker, von denen du vorhin gesprochen hast?«

»Sie machen nicht die Drecksarbeit, aber ja. Sie sorgen dafür, dass die Übernatürlichen sich benehmen.«

»Warum mögen sie dich nicht?« Nox warf mir einen Blick zu.

»Ich bin der Teufel. Ich repräsentiere die Sünde. Sie brauchen keine anderen Gründe.«

»Oh. Glaubst du, Madaleine geht auf deinen Deal ein? Denkst du, sie weiß, wo das Buch ist?« Nox fuhr sich mit der Hand durchs Haar und alles südlich meiner Rippen krampfte sich zusammen. Ich zwang mich, mich zu konzentrieren.

»Sie hat Kontakte, die ich nicht habe, und sie ist mächtig. Ich habe nur wenige Verbündete. Ich denke, es wäre von Vorteil, sie auf unserer Seite zu haben, zumindest im Moment.«

Unserer Seite. Das gefiel mir. Seit wann war ich begeistert davon, auf der gleichen Seite wie der Teufel zu arbeiten? Die verrückte Dame aus Lavender Oaks tauchte in meinem Kopf auf und ich stieß ein Glucksen aus. Nox hob eine Augenbraue.

»Entschuldige, mir ist gerade etwas eingefallen. An dem Tag, an dem ich dich kennengelernt habe, war ich abends bei Francis und eine alte Dame aus dem Heim fing an zu schreien, dass ich mit dem Teufel im Bunde sei.«

»Sie muss eine Seherin sein.«

»Was ist das?«

»Sie sehen Auren.«

»Können sie in die Zukunft sehen? Mit Kristallkugeln und so?« Nox lächelte.

»Nein. Aber manche Dschinns können das, es ist jedoch extrem selten.«

»Dschinn?«

»Dschinns. Sie leben in magischen Lampen in der menschlichen Volkskultur.« Mir fiel der Mund auf.

»Ernsthaft?« Aufregung schwirrte in meinem Körper umher. »Ich kann nicht glauben, dass es so viel gibt, was ich nicht über die Welt wusste. Echte Flaschengeister? Ich kann es kaum erwarten, herauszufinden, was es noch alles gibt.« *Und mich wieder auf die Suche nach meinen Eltern zu machen.*

Ein echtes Lächeln machte sich auf Nox schönem Mund breit und löste bei mir wieder Magenflattern aus.

»Ich bin froh, dass du dich darauf freust.«

»Wie viele Arten von Übernatürlichen gibt es? Woher wusstest du, dass Max ein Shifter ist? Kannst du erkennen, was Leute sind, nur indem du sie ansiehst?«

»Es gibt zu viele Arten, um sie alle aufzuzählen. Und ja, ich kann sofort erkennen, was die Kraft eines Übernatürlichen ist, aber das ist eine Gabe, die nur wenige haben. Viele Übernatürliche können erkennen, ob jemand nicht menschlich ist, aber das ist auch schon alles. Ich hingegen kann alles sehen, bis hin zu welchem Tier in ihnen lebt.«

»Was ist das Tier von Max?«

»Ein Adler.«

»Gibt es viele Arten von Tierverwandlern?«

»Ja, aber die meisten sind in irgendeiner Form hündisch. Wölfe dominieren.«

»Was ist eine ausgewiesene Nacht des Schattens?«

»Es ist eine Nacht, in der der ganze Club für Sterbliche geschlossen wird und alle Übernatürlichen ihrer Magie freien Lauf lassen können. Sie finden überall in der Stadt statt, aber sie müssen vorher genehmigt werden, damit die Veranstaltungsorte richtig versteckt werden können.«

»Das ist ja supercool.« Der Gedanke an geheime Magiepartys in ganz London begeisterte mich.

»Es gibt ein paar Orte, die dauerhaft vor den Menschen versteckt sind. Sie sind voll mit Magie, die ganze Zeit über.«

»Ich will sie sehen.«

»Das wirst du. Dort werden wir anfangen, nach dem Buch zu suchen. Aber zuerst müssen wir den Mörder finden und deinen Namen von dem Mordverdacht reinwaschen. Ich bin ganz scharf darauf, unsere Abmachung zu erfüllen.«

Das war ich auch, aber aus dem falschen Grund.

»Denkst du immer noch, dass es Madaleine war?« Seine blauen Augen bohrten sich in meine.

»Glaubst du es?«

»Nein.« Ich schüttelte den Kopf. »Ich glaube nicht, dass sie dir anbieten würde, dir zu helfen, das Buch zurückzubekommen, wenn sie jemanden in deinem Büro getötet hätte.«

»Zorn arbeitet auf seltsame Weise. Und kann unglaublich impulsiv sein.«

»Hmmm.«

»Sie könnte das Buch gestohlen haben, nur um es mir im Gegenzug für die ewige Kontrolle über den Zorn zurückzugeben.«

Daran hatte ich noch nicht gedacht. Ich kaute auf meiner Unterlippe, als ich es in Betracht zog. Es machte durchaus Sinn. Sie war absolut nicht vertrauenswürdig. Und dann war da noch die schimmernde weiße Feder...

»Aber was ist mit Gordon?«, fragte ich. »Du hast ihn noch nicht kennengelernt, er ist verdammt unheimlich. Und diese Tänzerin hält ihn auch für einen Widerling.«

»Ich glaube, er könnte für den Zettel an deiner Tür verantwortlich sein.«

»Du glaubst nicht, dass das der Mörder ist?«

»Ich denke, der Mord hat mit dem Buch zu tun. Ich denke, der Zettel hatte mit dem zu tun, in was sich dein

Ex verwickelt hat.« Er murmelte die Worte *dein Ex* nur. Ich schluckte.

»Oh.«

»Und lass uns den wütenden Mechaniker nicht außer Acht lassen.«

»Er hat Sarah auf jeden Fall geliebt«, sinnierte ich. Nox Handy klingelte und er schob es aus seiner Tasche, um abzunehmen. Das Gespräch war kurz und knapp und er sah genervt aus, als er auflegte.

»Beth, ich muss ins Büro. Willst du zu mir nach Hause gehen und auf mich warten?«

»Wie lange wird es dauern?«

»Ein paar Stunden.«

»Das ist genug Zeit, um mit Francis zu sprechen. Ich habe ein schlechtes Gewissen, weil ich sie neulich so früh verlassen habe.« Und sie war die einzige Person, mit der ich über das moralische Dilemma, Sex mit dem Teufel zu haben, reden konnte.

»Kein Problem. Claude wird dich hinbringen.«

Als die Limousine vor dem Altersheim anhielt, hatte ich mich bereits entschieden. Ich würde Francis alles erzählen. Über die Übernatürlichen, dass Nox der Teufel ist, einfach alles. Sie war meine einzige wahre Vertrauensperson und ich konnte die Menge an Informationen und die Entscheidungen, die ich treffen musste, nicht bewältigen, ohne mit jemandem darüber zu sprechen.

Außerdem dachte ich wirklich, dass sie mir glauben würde. Und selbst wenn nicht, würde sie wahrscheinlich eher so tun, als glaubte sie mir, als die Irrenanstalt anzurufen. Ich vertraute ihr bedingungslos.

»Süße, es ist so schön, dich zu sehen«, sagte sie, als ich sie in ihrem Sessel fand. »Sie haben dich also noch immer nicht verhaftet?«

»So sieht es aus. Und ich habe einen neuen Verdächtigen für sie gefunden.«

»Erzähl mir davon.« Sie klopfte auf die Armlehne des Sessels neben ihr und ich ließ mich hineinsinken.

»Francis, glaubst du an Magie?« Ich sah sie genau an. Ihre Augen weiteten sich, dann verengten sie sich als denke sie ernsthaft über meine Frage nach.

»Ich glaube an etwas. Ich weiß nicht, ob ich es Magie nennen würde.«

»Ich... ich habe echte Magie erlebt. Wahre übernatürliche Mächte.«

»Hat Gott zu dir gesprochen?«, fragte sie mit einem Hauch von Sorge in der Stimme.

»Eher der Teufel. Obwohl es auch Götter gibt. Und Engel.« Sie hob die Augenbrauen in Zeitlupe.

»Der Teufel?«

»Ja. Der Mann, der hierhergekommen ist, Mr. Nox. Er ist Luzifer. Der Teufel.«

»Du meinst, der tatsächliche, wahre, leibhaftige Teufel?« Ich nickte.

»Und ich habe ein Abkommen mit ihm geschlossen.«

»Oh.« Sie stieß einen langen Atemzug aus, die Augenbrauen immer noch hoch auf ihrer Stirn und die Augen weit aufgerissen. »Du hast einen Sex-Deal mit dem Teufel abgeschlossen«, zischte sie.

»Es gibt keine Garantie, dass es Sex geben wird«,

korrigierte ich sie schnell. »Aber ja. Ich habe einen Deal mit dem Teufel getätigt und jetzt kann ich die übernatürliche Welt sehen. Und es ist überall um uns herum, überall. Ich habe eine Frau getroffen, die ein gefallener Engel ist, und sie hat Flügel. Nox hat auch welche.«

Sobald ich anfangen hatte, konnte ich nicht mehr aufhören. Alles, was ich in den letzten Tagen erlebt hatte, strömte aus mir heraus. Von dem Zettel an meiner Tür und Nox, der darauf bestand, dass ich bei ihm blieb.

»Was passierte dann?« Francis hing mir an den Lippen und kein Teil ihres Gesichtsausdrucks deutete darauf hin, dass sie sich innerlich über meine Geschichte lustig machte oder sie infrage stellte.

»Und dann... Er sagte mir, dass er verflucht wurde, weil er die Macht der Sünden aufgab, die er nicht wollte. Die Götter haben ihn verflucht, damit er die, die er behalten hat, nicht genießen kann.«

»Welche hat er behalten?«

»Habgier, Völlerei und Wollust. Er kann kein Essen schmecken, er kann Geld nicht länger als einen Tag behalten und... und er kann keinen Sex haben.« Francis Gesicht wurde aschfahl.

»Das ist ein verdammtes Verbrechen gegen die Menschlichkeit, das ist es. Dieser Mann ist viel, viel zu hübsch, um keinen Sex haben zu können.«

»Nun... Es sieht so aus, als ob er es jetzt kann, zum ersten Mal seit fast achtzig Jahren. Aber nur mit mir.«

Ein breites Lächeln legte sich auf ihr Gesicht und ließ ihre Augen funkeln. Sie klatschte die Hände zusammen.

»Süße, wenn er dich anlügt, um dich ins Bett zu bekommen, dann macht er das verdammt gut! Was für eine großartige Art, ein Mädchen zu umwerben!« Ich verzog das Gesicht.

»Aber Francis, warum sollte er mit mir schlafen, aber mit keiner anderen? Ich bin super-normal, langweilig hat Alex es genannt. Was habe ich mit einem Fluch des Teufels zu tun?«

»Wer weiß und wen interessiert das schon? Du kannst mit ihm Sex haben! Und was noch besser ist, er kann mit keiner anderen rummachen!« Ihre Augen leuchteten vor Erregung und ihre Stimme wurde lauter. Der Aufenthaltsraum war leer, aber ich brachte sie trotzdem zum Schweigen.

»Er wird versuchen, den Fluch zu brechen. Damit er wieder... alle Sünden genießen kann«, sagte ich unbeholfen.

»Oh.« Ihr Gesichtsausdruck verfinsterte sich. »Wie lange wird das dauern?«

»Ich weiß es nicht.«

»Dann solltest du schnell handeln. Nutze deinen Vorteil.« Ich schüttelte den Kopf.

»Aber was ist, wenn ich es zu sehr mag? Und er nicht? Er wird sich an mir sattsehen und ich werde nie wieder das zurückbekommen, was ich mit ihm hatte.« Francis schaute mich ernst an.

»Süße, ich bin über siebzig. Alles, was ich jetzt habe, sind Erinnerungen an Dinge, die ich nicht mehr habe. Wenn ich sie nicht getan hätte, weil ich Angst hatte, sie nicht mehr zu tun, hätte ich nichts mehr.« Ihre Worte zerstreuten meine Zweifel, doch Fragen blieben mir. Hatte sie recht? War eine Erinnerung besser als eine Reue?

»Deine große Nacht der Leidenschaft findet erst statt, wenn du den Mörder gefunden hast, richtig?«, fragte sie.

»Ich muss meinen Teil der Abmachung erst erfüllen, wenn er mich von dem Mordverdacht befreit hat«, antwortete ich vorsichtig.

»Und wer, glaubst du, ist es?«

»Gordon. Irgendetwas an ihm war so abwegig. Er ist ein Shifter.«

»Ein Shifter? Heißt das, er kann sich in ein Tier verwandeln?«

»Ja. Du nimmst das erstaunlich gut auf.« Francis zuckte mit den Achseln.

»Ich habe keinen Grund, es anders aufzunehmen.« Mein Handy surrte in meiner Tasche und ich fischte es heraus, in der Erwartung, Nox Nummer zu sehen. Es war eine unbekannte Londoner Nummer. Ich nahm ab.

»Miss Abbott?« Ich erkannte die Stimme von Inspektor Singh. Mein Herz setzte einen Schlag aus.

»Ja?«

»Nur ein kurzes Update. Es gab keine Fingerabdrücke auf dem Zettel an der Tür. Die Handy-Triangulation hat jedoch bestätigt, dass um die Zeit des Mordes ein Anruf vom LMS-Gebäude zum Aphrodite-Club getätigt wurde, also suchen wir nach Gordon Jackson. Bitte gib Bescheid, wenn du ihm wieder über den Weg läufst.«

Die Bedeutung ihrer Worte war klar. *Mach dich nicht selbst auf die Suche nach ihm.*

Mein Herz schlug schneller in meiner Brust, als ich verarbeitete, was sie gesagt hatte. Zum ersten Mal hörte es sich nicht so an, als ob sie dachte, ich hätte es getan. Der Verdächtige, den ich gefunden hatte, könnte tatsächlich der Mörder sein und die Polizei suchte nach ihm. Erleichterung schoss durch mich hindurch.

»Ich glaube, Mr. Nox möchte über seinen nächsten Besuch im Club informiert werden. Sie sollten ihn vielleicht auch anrufen«, sagte ich.

»Danke«, antwortete sie und legte auf.

»Wer war das?« Francis hatte ihren riesigen Körper aufgerichtet und lehnte sich eifrig vor.

»Die Polizei. Jemand hat am Tag des Mordes vom LMS-Gebäude aus im Stripclub angerufen.«

»Und was glauben die, wer es war?«

»Gordon. Ich wusste, dass ich recht hatte und Nox falschlag!«

»Denkt Mr. Nox nicht, dass er es ist?«

»Nein. Er glaubt, dass es der gefallene Engel ist, von dem ich dir erzählt habe, weil sie weiße Flügel hat und die Polizei eine weiße Feder am Tatort gefunden hat.«

»Eine weiße Feder? Hast du nicht gesagt, Gordon verwandelt sich in ein Tier?«

»Ja, aber nicht in eines mit Federn, er verwandelt sich in einen Fuchs.« Etwas machte in meinem Kopf klick, während ich sprach, und ich stieß einen kleinen Keuchlaut aus, als sich die Rädchen langsam drehten. »Francis, es gibt einen Shifter im Club, der sich in einen Vogel verwandelt.«

»Wirklich?«

»Ja! Max, der Barbesitzer. Nox sagte, er verwandelt sich in einen Adler.«

»Sind seine Federn weiß?«

»Ich weiß es nicht.« Die Rädchen drehten sich schneller in meinem Kopf. »Sarah hat für ihn gearbeitet und er ist immer wahnsinnig nervös in der Nähe von Nox. Außerdem ist er mit der übernatürlichen Welt verbunden, er würde von dem Buch des Teufels wissen!« Ich war auf den Beinen, ohne überhaupt zu merken, dass ich aufgestanden war. »Francis, ich glaube, der Mörder ist Max! Ich glaube, er und Sarah haben versucht, das Buch zu stehlen, und irgendetwas ging schief!«

Aufregung schoss durch mich hindurch. Wenn ich recht hatte und ich Nox und dem Inspektor sagen konnte, wer es wirklich war, würden sie alle aufhören, mich wie eine schwache Jungfrau in Nöten zu behandeln. Und die Abmachung mit Nox wäre hinfällig. Ich würde die Kontrolle haben.

»Ich muss nur noch herausfinden, ob die Federn von Max weiß sind. Dann werde ich es sicher wissen. Francis, ich gehe in den Club.« Francis Augen funkelten.

»Nicht ohne mich«, sagte sie und stand mühsam auf.

BETH

»Weißt du, du hättest wirklich nicht mitkommen müssen«, sagte ich zum hundertsten Mal. Claude sah uns so oft im Rückspiegel an, dass ich schon Angst hatte, er würde einen Unfall bauen.

»Ich denke, du wirst feststellen, dass ich doch mitkommen musste«, sagte sie und zog an dem Sicherheitsgurt über ihren runden Körper. »Ich kann nicht zulassen, dass du einen Mörder allein aufsuchst!«

»Das muss das fünfte Mal sein, dass ich in dieser Bar bin, es ist nicht gefährlich dort«, sagte ich. »Ich werde ihn nur überreden, sich zu verwandeln, damit ich die Farbe seiner Flügel sehen kann. Nichts Gefährliches.«

»Wenn der mächtige, feine Herr Teufel nicht hier sein kann, um zu helfen, dann musst du dich mit mir begnügen«, sagte sie.

Ich blickte auf das Handy hinunter, das ich immer noch in der Hand hielt. Ich hatte Nox zweimal angerufen, aber keiner der beiden Anrufe war durchgekommen.

»Francis, du hattest dich entschieden, mit mir mitzukommen, bevor ich überhaupt versucht hatte, Nox anzurufen.«

»Nun, es ist schon lange her, dass ich in einem Stripclub war. Ich würde gerne meine Erinnerungen auffrischen.« Ich seufzte.

»Bist du dir ganz sicher, dass du und deine Freundin in den Aphrodite-Club gehen wollt?«, fragte Claude nervös von vorne.

»Ja, es tut mir leid, dass ich dir das immer wieder antue«, sagte ich. »Ich versuche, den Chef anzurufen, versprochen.« Er nickte mir kurz zu, warf einen Blick auf Francis im Rückspiegel und konzentrierte sich dann wieder auf den langsamen Verkehr.

»Er ist irgendwie süß«, flüsterte Francis laut.

»Wer? Claude?« Ich flüsterte zurück.

»Klar.«

»Ich werde mein Bestes tun, um herauszufinden, ob er Single ist«, versprach ich ihr.

»Mach du das.«

Es war 14 Uhr, als wir schließlich vor der kleinen Tür zu Max Club hielten. Ein Rinnsal an Adrenalin hatte begonnen, durch meinen Körper zu pumpen und ich fühlte mich heißer, als ich sollte, selbst für einen ungewöhnlich warmen Frühlingstag.

»Bist du sicher, dass du nicht im Auto bleiben willst?«, versuchte ich es ein weiteres Mal.

»Nö«, sagte Francis.

Es dauerte länger, die schmale Treppe hinaufzusteigen, als ich allein gebraucht hätte, aber als wir dort ankamen, saß der gelangweilt aussehende Typ in seiner Kabine.

»Je drei Pfund«, sagte er, als wir ihn erreichten. Sein Blick verweilte eine Sekunde auf Francis, dann bewegte er sich schnell zurück zu seinem Telefon. Ich kramte sechs Pfund aus meinem Portemonnaie und nahm ihm die kleinen Pappstücke ab.

»Ist Max hier?«

»Max ist immer hier«, zuckte er mit den Schultern, ohne mich anzuschauen.

Die Tänzerin von vorhin stand hinter der Bar, als wir durch den Vorhang kamen und ein anderes Mädchen war auf der Bühne. Sie trug Cowboystiefel und einen riesigen Hut. Drei oder vier Jungs saßen allein an Tischen, und in der Nähe der Bühne gab es eine etwas ruppigere Gruppe von drei Leuten.

Wer hätte gedacht, dass es so viel Geschäft mit dem Strippen schon am frühen Nachmittag gibt?

»Es ist laut!«, rief Francis mir zu.

»Ja. Setz dich hin, während ich nach Max suche. Er wird in deiner Gegenwart nichts Magisches tun.« Sie nickte und ich führte sie zu einem der Tische an der Wand. »Und bleib auch gefälligst hier.«

»Ich gehe nirgendwo hin. Kann ich etwas Geld für einen Drink haben?« Ich seufzte und gab ihr einen Fünf-Pfund-Schein.

»Ich kann nicht glauben, dass ich einer Rentnerin einen Ausflug in eine Stripbar spendiere«, murmelte ich.

»Meine Brüste sahen mal so aus«, sagte sie wehmütig und starrte auf das Mädchen, das auf der Bühne mit den Brüsten im Takt zur Musik wackelte. Meine Brüste sahen nicht so aus, dachte ich, während ich sie anstarrte. Sie waren riesig.

Die Jungs in einer Gruppe jubelten laut, als das andere Mädchen ein Tablett mit Bier herüberbrachte.

»Benimm dich«, sagte ich zu Francis und ging auf die Tür hinter der Bühne zu. Sie war geschlossen, als ich dort ankam und ich klopfte.

Nichts regte sich.

Vorsichtig drückte ich die Klinke herunter. Die Tür schwang auf.

»Hallo?« rief ich, aber ich wusste, dass man mich bei dem Klang von *Sex Bomb* von Tom Jones nicht hören würde. Ich schritt hindurch und die Musik wurde gedämpft, als ich die Tür hinter mir schloss. Ich befand mich in einem küchenähnlichen Raum, mit einer kleinen Spüle, einer Mikrowelle und einem Wasserkocher auf der einen Seite sowie Mopps, Eimern und Stapel von Papiertüchern und anderen Vorräten auf der anderen Seite. Am anderen Ende gab es eine weitere Tür und ich sah sie mir an, um abzuschätzen, ob sie auf der anderen Seite der Bühne abging.

Sie öffnete sich und ich trat überrascht einen Schritt zurück.

»Was machst du hier?« Max trat hindurch und sah mich stirnrunzelnd an, während er die Tür schnell hinter sich schloss.

»Oh, ähm, ich suche nach dir«, strahlte ich ihn an.

»Wieso?« Er marschierte auf mich zu und ich streckte den Rücken durch.

»Ich versuche, etwas über den Schleier zu lernen und du warst mir bisher sehr hilfreich. Ich habe mich gefragt, ob ich dich noch etwas über Shifter fragen kann.« Er blieb ein paar Meter von mir entfernt stehen. Konnte er mein Herz hören, das etwas zu schnell schlug? War das eine seiner Kräfte?

»Was willst du wissen?«

»Nun, die Wahrheit ist... ich habe noch nie einen Shifter gesehen.« Ich versuchte es wieder mit dem Schmollmund. »Ich nehme an, du würdest mir nicht zeigen, wie so eine Verwandlung aussieht?«

»Du hast doch gehört, was dein Freund gesagt hat«, sagte er finster. »Auf dem Gelände hier ist das Shiften verboten.«

»Aber hier hinten kann uns niemand sehen. Bitte, bitte!« Er sagte nichts, aber ich konnte die Unentschlossenheit in seinem Gesicht sehen. »Ich würde gerne deine Flügel sehen«, sagte ich.

Seine Gesichtszüge verschärften sich, als sich sein Ausdruck veränderte.

»Meine Flügel?«

»J-ja«, stammelte ich.

»Woher weißt du, in was ich mich verwandle?«

»Mr. Nox hat es mir gesagt.« Ich machte einen Schritt rückwärts, näher zur Tür. Der dumpfe Takt der Musik wurde ein wenig lauter.

»Warum hast du so viele Fragen?« Ich öffnete den Mund, konnte mir aber keine Antwort einfallen lassen, bevor er wieder sprach. »Hier geht es nicht um den

Schleier. Es geht um Sarah.« Seine Augen verfinsterten sich und ein schwaches Glühen erschien um ihn herum.

»Nein, es geht um die Verwandlung. Ich will nur sehen, wie es passiert.« Selbst ich konnte die Lüge in meiner Stimme hören, als ich mich weiter zurückzog.

»Arbeitet Nox mit der Polizei zusammen?« Panik huschte durch Max wachsame Augen, dann setzte sich stattdessen harte Entschlossenheit dort fest. »Die Polizei hat die Feder gefunden, die ich dort verloren habe, nicht wahr? Deshalb wollest du sehen, wie ich mich verwandle.« Seine Stimme war sanft, aber unverkennbar bedrohlich. Mein Blut schien in meinen Adern zu gefrieren.

Er war es. Ich hatte recht gehabt.

»Wenn Sarah sich nicht gewehrt hätte, hätte ich die verdammte Feder nicht verloren.« Er knurrte und ich drehte mich um und warf mich gegen die Tür.

Seine Hand umschlang mein Haar und er riss mich so stark zurück, dass ich aufschrie. Meine Hände wanderten instinktiv zu meinem Kopf, als er weiter an meinem Haar zog und mich weiter von der Tür wegzerrte.

»Ich meinte, was ich gesagt habe. Dein Schädel wird noch langsamer brechen als der von Sarah.« Seine Stimme war ein Zischen und ich fühlte mich krank vor Angst, als er mich an sich zerrte. Ich trat so fest ich konnte aus, aber sein großer Arm schlang sich um meine Taille und zog mich von den Füßen, bevor ich ihn traf.

Ich schrie. So laut, wie ich nur konnte. Irgendjemand im Club musste mich über die Musik hinweg hören. Aber dann war da ein stechender Schmerz in meiner Schläfe und alles wurde dunkel.

~

Ich blinzelte und ein pochender Schmerz in meinem Kopf filterte durch den Dunst in meinem Schädel. Ich blinzelte noch stärker und versuchte, meine Sicht zu klären.

Wo war ich?

Ich bewegte mich und merkte, dass ich auf dem Bauch lag. Der Boden unter mir war weich. Verwirrt versuchte ich auf Hände und Knie zu kommen und stellte fest, dass ich weder meine Hand- noch meine Fußgelenke lösen konnte. Angst durchzuckte mich und ich atmete tief ein, während ich mich hin und her wälzte und verzweifelt versuchte zu erkennen, wo ich war.

Ein Bett. Ich lag auf einem Bett mit einer ekelhaften Decke darauf, die mit Flecken übersät war. Ich hob meine Arme und sah, dass sie mit schwarzem Klebeband gefesselt waren. Genauso wie meine Knöchel. Ich kämpfte darum, mich aufzusetzen. Eine Welle von Schmerz schoss mir durch den Kopf, so stark, dass mir die Galle im Hals aufstieg. Ich schloss meine Augen, als der Schwindel mich zu übermannen drohte und atmete tief durch den Mund ein - um den fauligen Geruch im Raum zu vermeiden.

»Kotz bloß nicht auf mein Bett.« Die Stimme ließ mich aufschrecken und meine Augen öffnen. Mein Kopf schnappte hoch. Max saß in einem Korbsessel vor einem kleinen tragbaren Fernseher auf einem Hocker.

Schnell sah ich mich im Rest des Raumes um. Es gab ein Fenster, das mit Pappe abgeklebt war und durch das nur ein bisschen Licht durch eine Spalte fiel. *Es war also noch nicht dunkel draußen.* Abgewetzte Holzdielen säumten den Boden und überall lagen Klamotten, DVDs und Zeitschriften verstreut herum.

Behälter von Schnellimbissen mit nicht identifizierbaren pelzigen Überresten waren die wahrscheinliche Ursache für den horrenden Geruch. Ich schluckte meine aufsteigende Angst hinunter. So viel Adrenalin strömte durch mich hindurch, dass meine Haut sich anfühlte, als würde sie in Flammen stehen. Meine Brust war eng, als ich sprach und meine Stimme war rau.

»Lass mich gehen, sofort.«

»Nein. Ich werde dich aber noch nicht töten.« Ich holte zitternd Luft.

»Nox wird mich finden.« *Bitte, bitte mach, dass er schon nach mir suchte. Bitte.*

Aber Nox und die Polizei hatten die falschen Verdächtigen. Keiner von ihnen verdächtigte Max.

»Nox ist ein verdammtes Riesenarschloch«, brüllte Max und stand von seinem Stuhl auf. Er kam auf mich zu und stampfte über die Dielen. »Sarah hat sich auch von ihm einwickeln lassen. *Oh Max, ich kann es nicht tun, ich kann ihn nicht bestehlen.*« Er sprach mit einer hohen Frauenstimme. »Sie hat mich angerufen. Sie hat mich aus seinem Büro angerufen, die dumme Schlampe. Hat mir gesagt, dass sie ihn mag und sich geweigert, das Buch zu stehlen, obwohl ich sie dafür bezahlt hatte. Also musste ich hinfliegen und es verdammt noch mal selbst tun.«

»Warum hast du sie umgebracht?«

»Weil sie mir auf den Sack ging. Sie war eine verdammte Belastung. Sie hat sogar versucht, den Schleier für deinen nutzlosen Ex zu lüften.« Wut funkelte in seinen Augen auf und ich wusste in diesem Moment, warum er sie getötet hatte. Es war derselbe Blick, der sich in Gordons Gesicht breitgemacht hatte.

»Du warst eifersüchtig. Sie wollte nicht mit dir schlafen, nicht wahr?« Max glühte auf und dann begann sein Körper sich vor meinen Augen plötzlich neu zu formen. Knackende Geräusche hallten durch den Raum und mein Herz pochte schmerzhaft in meiner Brust, als ein riesiger weißer Adler mit seinen grauen Flügeln vor mir erschien.

Der Vogel stürzte sich auf mich, die schwarzen Augen direkt auf mich gerichtet. Gerade noch rechtzeitig warf ich meine mit Klebeband umwickelten Arme über meinen Kopf und der spitze Schnabel bohrte sich in die Haut meiner Unterarme. Ich schrie vor Schmerz auf und drückte mich in die eklige Decke, als der Schnabel noch mehr Haut durchtrennte.

»Stopp!« Ich spürte den Schnabel nicht mehr und meine Arme zitterten, als ich sie sinken ließ.

Max keuchte leicht, Wut stand in seinem Gesicht geschrieben und das glühende Licht um ihn herum verblasste.

»Du solltest mich nicht provozieren, kleines Mädchen. Du solltest mich verdammt noch mal nicht provozieren. Ich habe noch Pläne mit dir.«

Blut lief heiß aus den Wunden an meinen Armen und ich schluckte erneut. Ein harter, riesiger Kloß steckte in meiner Kehle und meine Augen brannten.

»Was für Pläne?« Meine Stimme zitterte und ich wünschte, ich hätte nichts gesagt. Ich wollte nicht, dass er wusste, dass ich Angst hatte. Ich blinzelte die Tränen zurück. Ich würde nicht vor diesem Verrückten weinen.

»Ich betreibe eine Stripbar«, sagte er und seine Augen tanzten vor Bosheit. »Ich habe eine Vorliebe für hübsche Mädchen. Und jetzt wird das neue Haustier des Teufels nur für mich tanzen.«

BETH

Ich starrte Max an, mein Inneres fühlte sich an, als wäre es mit Blei gefüllt worden. »Tanzen? Nur für dich?«

»Ich habe dich verletzt und jetzt hast du Blut an dir, also werde ich dir etwas Zeit geben, um dich sauber zu machen. Aber ja, dann wirst du für mich tanzen.«

Ich schüttelte den Kopf, ein stechender Schmerz begleitete die Bewegung und ließ mich erstarren.

»Nein. Nein, ich werde nicht...« Max trat vor, hob die Hand und ich hielt mir den Mund zu.

»Du wirst verdammt noch einmal tun, was man dir sagt.« Er griff nach meinem Arm und zog mich zum Rand des Bettes. Er riss mich auf die Füße und ich war gezwungen, mit meinen gefesselten Knöcheln hinter ihm her zu hüpfen. Er führte mich zu einer ramponierten Tür. Als er sie aufriss, sah ich ein kleines Bad.

»Wasch dich.« Er schob mich hinein.

»Binde meine Handgelenke los.«

»Nein. Und lass die Tür offen.« Er drehte sich um,

schritt zurück zu seinem Stuhl und stellte ihn so hin, dass er der offenen Badezimmertür gegenüberstand.

Ich atmete tief ein und bereute es sofort. Die Toilette roch noch schlimmer als das Schlafzimmer. Ich blickte auf die Porzellanschüssel hinunter und musste mich beherrschen, mich nicht zu übergeben. Es war mehr als ekelhaft.

Stattdessen wandte ich mich dem Waschbecken zu. Ein schmutziger Spiegel zeigte einen blauen Fleck, der sich auf meiner Stirn auszubreiten begann und Blut, das meine linke Schulter hinunterlief und an meinen Unterarmen heruntertropfte. Mein Haar war verheddert und in meinen Augen lag ein wilder Ausdruck. Ich sah mir mein Spiegelbild genau an und versuchte, mein rasendes Herz zu beruhigen.

Ich musste ruhig bleiben. Ich musste mich konzentrieren. Max hatte eine Frau getötet und er hatte Magie. Dies war die ernsteste Situation, in der ich mich je befunden hatte und wenn ich jetzt die Nerven verlor, konnte ich sehr wohl auch mein Leben verlieren.

Ich hob meine gefesselten Arme und drehte unbeholfen den Wasserhahn auf. Wasser gluckerte aus dem rostigen Metall. Ich hielt meine Hände darunter und konzentrierte mich auf das kühle Wasser. Ich merkte, wie durstig ich war. Richtig durstig.

»Kann ich etwas Wasser zu trinken haben?«, fragte ich und drehte mich zu Max um.

Seine glänzenden Augen beobachteten mich einen Moment, dann stand er auf. Nachdem er durch den Raum gelaufen war, kam er mit einem schmutzigen Bierglas in das Bad. Er hielt es einen Moment unter den

Wasserhahn, dann stellte er es auf der Seite des Waschbeckens ab.

»So.« Ich sagte nichts und er kehrte zu seinem Stuhl zurück.

Auf keinen Fall würde ich aus einem so ekligen Glas trinken. Ich ließ meinen Kopf sinken und hielt stattdessen meinen Mund unter den Wasserhahn, wobei ich versuchte, nichts von dem schmutzigen Porzellan zu berühren. Kühles Wasser füllte meinen Mund und ich schloss die Augen.

Ich konnte das hier überleben. Nox würde mich finden. Francis wusste, wo ich war. Sie würde sich mit Nox oder der Polizei in Verbindung setzen.

»Wenn du dich weiter so bückst, lassen wir das mit dem Tanzen und machen direkt weiter«, rief Max. Ein mulmiges Gefühl drehte mir den Magen um und drohte die innere Ruhe zu zerstören, an der ich so hart arbeitete.

Sarah war nicht belästigt oder in irgendeiner Weise berührt worden.

Ihr war nur der Kopf eingeschlagen worden. Na toll.

Ich verdrängte den Gedanken an den toten Körper des Mädchens. So sehr ich sie auch dafür hasste, dass sie mit meinem Freund geschlafen hatte, es hörte sich an, als hätte Sarah bei jedem Deal das Nachsehen gehabt. Die Männer glaubten, dass sie ein Recht darauf hatten, Sex mit ihr zu haben, und als sie *nein* sagte, behandelten sie sie wie Scheiße.

Max hatte gesagt, dass sie ihn angerufen und ihm gesagt hatte, dass sie Nox zu sehr mochte, um ihn zu bestehlen, und er hatte die Beherrschung verloren und sie getötet. Ich versuchte, meine aufgewühlten Gedanken zu ordnen. Warum hielt er mich gefangen, statt mich zu töten? War ich nur noch am Leben, weil er seine Kontrolle noch nicht verloren hatte? Weil der Schlag auf meinen Kopf nicht hart genug gewesen war, um mehr Schaden anzurichten? Ich dachte darüber nach, was er zu Nox über Shifter-Instinkte und Kontrolle gesagt hatte.

Ich musste ihn ruhig halten, entschied ich. Ich musste verhindern, dass er die Beherrschung verlor und mir den Schädel einschlug, ob absichtlich oder aus Versehen.

Ich richtete mich auf und versuchte, das Blut an meinen Armen zu entfernen.

»Warum hast du das Buch von Nox gestohlen?« Ich stellte die Frage so beiläufig, wie ich nur konnte und war erleichtert, dass meine Stimme nicht zitterte. Das Wasser und der vage Plan, meinen mörderischen Kidnapper nicht zu verärgern, wirkten, um meine Panik in Schach zu halten.

»Das geht dich einen Scheißdreck an«, antwortete er. Ich nickte.

»Du hast recht. Das hier ist alles neu für mich.«

»Ja, du bist neu. Warum hat sich ein so mächtiger Gefallener wie Nox ein menschliches Tierchen ausgesucht?«

Ich zuckte mit den Schultern, die Bewegung zog an dem tiefen Kratzer in meiner Schulter und ließ mich zusammenzucken.

»Ich weiß es nicht«, log ich.

»Hat es etwas damit zu tun, dass Sarah sich für den Drogen-Assi interessiert hat, den du gevögelt hast?«

Ich biss mir auf die Zunge, um nicht zu erwidern. Ich

hörte, wie Max sich bewegte und drehte mich rechtzeitig um, um ihn direkt hinter mir zu sehen. Er knurrte und zog mich vom Waschbecken weg.

»Die Zeit ist ab.« Er schob mich zurück zum Bett und drehte den Wasserhahn ab.

»Ich habe gehört, dass Adler-Shifter eine große Sache sind«, sagte ich. Ich hatte nichts dergleichen gehört, aber dieser Mann hatte eindeutig ein riesiges Ego.

Er schien sich ein wenig aufzurichten, dann ging er zurück zu seinem Stuhl. Ich setzte mich auf die Bettkante.

»Also, warum bist du und dieser Alex-Trottel für alle so interessant?«, fragte er rau.

»Ich weiß es nicht. Ich habe mit Alex nie über den Schleier gesprochen. Ich habe erst von dieser Welt erfahren, nachdem wir Schluss gemacht haben.« Max schaute mich skeptisch an.

»Und jetzt bist du mit Nox zusammen. Dem großen, mächtigen Teufel. Ich wette, er ist besser im Bett als dieser Versager.« Ich sagte nichts. »Stört es dich nicht, dass er das gleiche Mädchen gevögelt hat wie dein Ex?«

»Er hat nicht mit Sarah geschlafen«, sagte ich leise. »Nox, meine ich.«

Max lachte spöttisch und sein Gesicht färbte sich rot. In meinem Kopf begannen die Alarmglocken zu läuten. *Mach ihn nicht wütend, mach ihn nicht wütend.*

»Natürlich hat er sie gevögelt. Glaubst du wirklich, sie würde einen Job im Wert von fünf Riesen für einen Typen ablehnen, den sie nicht einmal gevögelt hat?«

»Vielleicht hast du recht«, sagte ich schnell. »Fünftausend Pfund sind eine Menge Geld.« Nach dem, was Nox über das Buch gesagt hatte, war es wahrscheinlich viel, viel mehr wert als das. »Wo ist das Buch jetzt?«

»Als ob ich dir das sagen würde.« Ich warf einen Blick hinter mich auf das ungemachte, fleckige Bett. »Mein Kopf tut weh. Wäre es okay, wenn ich ein wenig schlafen würde?« Max grinste.

»Du kannst die halbe Stunde haben, die ich brauche, um im Laden vorbeizuschauen.«

Er würde ausgehen? Hoffnung flammte in meiner Brust auf und breitete sich schnell aus. Eine halbe Stunde war genug Zeit für mich, um aus der Klemme zu kommen, da war ich mir sicher.

Er stand auf und schaufelte dabei etwas vom Boden auf.

Ein Seil.

Mein Herz setzte einen Schlag aus und mein Funken Hoffnung verflog.

»Komm her.«

»Kann ich nicht auf dem Bett bleiben?«

»Nein. Dort gibt es nichts Festes, um dich anzubinden.«

Er stapfte zu mir herüber und zog mich auf die Beine. Ich versuchte mich gegen ihn zu wehren, aber da ich meine Beine nicht richtig verwenden konnte, fiel ich sofort hart auf die Knie. Ich stieß einen Schmerzenslaut aus, als meine Kniescheiben auf den festen Boden aufschlugen, dann einen weiteren, als er mich an meiner verletzten Schulter wieder auf die Füße zog. Ich hüpfte hinter ihm her, während er mich in die Ecke schleifte und mich auf den Boden unter das Fenster warf. Ich versuchte meinen stolpernden Fall abzubremsen und scheiterte, landete auf meiner Hüfte und stieß mir den Ellbogen auf. Ich sah einen Heizkörper an der Wand vor mir, von dessen Rückseite Rohre unter die Dielen liefen.

Es dauerte nur wenige Minuten, bis er meine Handgelenke an den Rohren befestigt hatte.

»Wie soll ich denn so schlafen?«

Er ging zum Bett, hob ein Kissen auf und warf es nach mir. Ich drehte mich um, als es meinen Kopf traf und ein widerlicher, abgestandener Schweißgeruch mich einhüllte.

»Schlaf gut«, sagte er mit einem sarkastischen Lächeln. »Oh, und mach dir nicht die Mühe zu schreien, das Gebäude ist vollkommen leer.«

NOX

»Ist es wahr, dass du das Buch der Sünden verloren hast?« Ich knirschte mit den Zähnen und ließ meine Augen über die brutale Visage hinter Exanimus huschen.

»Es wurde gestohlen.«

Mein Blick ruhte auf dem Gott. Er saß in etwas, das man nur als Thron beschreiben konnte, in einem Raum, den man nur als das Zentrum der Hölle bezeichnen konnte. Es war so heiß, dass sogar ich mich unwohl fühlte. Rinnsale aus geschmolzener Lava liefen an meinen Füßen vorbei, von wo aus sie sich an der Wandmalerei an der Rückwand des Raumes hinunterschlängelten. Das Bild stellte das Gemälde des Jüngsten Gerichts in der Sixtinischen Kapelle dar; Dämonen und Monster, die Menschen von ihren Wolken im Himmel in brennende Gruben darunter schleiften.

Ich wusste nicht, wer Michelangelo das Wandgemälde gezeigt hatte, aber er war ganz sicher nicht allein darauf gekommen.

Der Rest des Raumes sah ebenfalls wie eine Kapelle

aus, mit einer hohen gewölbten Decke und Buntglasfenstern, die von den orangefarbenen Flammen, die dahinter wüteten, erleuchtet wurde. Ich war in einer Kapelle, in einer Feuergrube im Herzen der Hölle.

»Luzifer, du verblüffst mich.«

»Es freut mich zu hören, dass ich dich immer noch überraschen kann.«

»Verspotte mich nicht, Kind.« Exanimus Augen waren tiefschwarz und das war alles, was ich von seinen Gesichtszügen sehen konnte. Die Götter nahmen viele Formen an und Exanimus erschien mir immer nur in dieser einen - eine Masse aus funkelndem Licht mit Augen aus riesigen schwarzen Edelsteinen. Ich holte tief Luft.

»Warum hast du mich hierher berufen? Ich muss das Buch finden, auf der Erde.«

»Dies ist deine wahre Heimat, Luzifer.«

»Ich werde auf der Erde gebraucht.«

»Nein. Du wünschst dir, auf der Erde gebraucht zu werden.« Meine Flügel streckten sich hinter mir aus, als meine Kontrolle mir für einen Moment entglitt.

»Lass mich zurückkehren.«

»Wirst du die Dinge wieder in Ordnung bringen?«

»Ich werde das Buch und die Seiten finden«, zischte ich.

»Wirst du die Kontrolle über die sieben Sünden wiedererlangen? Und damit deine rechtmäßige Position als Vollstrecker der Bestrafung des Bösen einnehmen?«

»Ich werde es versuchen.« Die Worte schmerzten. Ich hatte nur einen relativ kleinen Teil meines langen Lebens frei von Verantwortung verbracht. Und für den größten

Teil dieser Zeit hatte sich der Preis angemessen angefühlt. Bis meine unerfüllten Sehnsüchte gewachsen waren und die Zeit und das Bedürfnis bis ins Unerträgliche anschwellen ließen. Aber jetzt... Jetzt war da Beth. Jetzt gab es eine Chance, meine Bedürfnisse zu erfüllen und mich gleichzeitig vor meinen Pflichten zu drücken.

»Du lügst.«

»Das tue ich nicht«, log ich. Wenn ich Beth haben konnte, ohne alle sieben Sünden zurückzunehmen, dann würde ich nie und nimmer meine alte Position wieder einnehmen. *Wachhund der Götter. Bestrafer des Bösen. Aufseher über den Abschaum.*

»Luzifer, deine Brüder wollen nicht, dass du deine Macht behältst. Dafür gibt es einen Grund. Du hast das Potenzial, der mächtigste Engel zu sein, der je geschaffen wurde. Du bist an dieses Potenzial gebunden.«

Die Masse aus funkelndem Licht wuchs, während Exanimus sprach und der große Steinthron mit ihm wuchs. Der Geruch von Schwefel umspülte mich und ein Bedürfnis zu zerstören explodierte in meiner Brust.

Sie müssen alle sterben. Lange, langsame und qualvolle Tode, angemessen für die Verbrechen, die sie begangen haben.

Die Gedanken füllten meinen Kopf und ich schrie laut auf: »Genug! Ich habe dir gesagt, dass ich versuche, das Buch zu finden. Schick mich zurück, sofort.«

»Deine Brüder versuchen, eine Waffe zu finden.« Ich erstarrte.

»Was? Warum?«

»Es wird einen Krieg geben, Luzifer. Einen Krieg, der dich zwingen wird, eine Seite zu wählen.«

»Deine Seite?«

»Ich werde dich nicht auf meiner Seite haben wollen, wenn es deinen Brüdern gelingt, deine Seele zu zerstören. Der einzige Weg zu überleben, ist, deine volle Macht wiederzuerlangen.« Ich knurrte und spürte, wie sich erneut Wut in meiner Brust ausbreitete.

»Vielleicht hättest du mir diese Information zu Beginn unserer Unterhaltung mitteilen können.«

»Ich sollte es dir gar nicht sagen.«

»Kriege zwischen den Göttern gehen mich nichts mehr an. Schick mich zurück und lass mich mit der Wiederbeschaffung des Buches weitermachen.«

Exanimus beugte sich vor, Schmerz kroch über mich hinweg und versengte meine Haut. Ich fühlte selten Schmerz. Als Reaktion darauf durchströmte mich Wut und ich spürte, wie sich meine Flügel hinter mir ausbreiteten und mein Körper vor Kraft anschwoll.

»Du bist nur noch eine Hülle des Engels, der du einmal warst. Wenn du das nächste Mal, wenn ich dich rufe, keine Fortschritte gemacht hast, wird das Konsequenzen haben.«

»Schick mich zurück.« Die Stimme, die von mir ausging, war zischend, knurrend und animalisch. Es war eine Stimme, die ich auf der Erde selten brauchte. Eine, die ich mir für die Hölle aufsparte.

Ich hasste sie.

»Ich meine es ernst. Schwerwiegende Konsequenzen, Luzifer.«

Eine Hitzewelle verschlang mich. Alles blitzte glühend orange auf und alle Luft verließ meine Lungen. In der nächsten Sekunde stand ich wieder in meinem Büro.

. . .

»Arschloch, verdammte Gottheit!«, brüllte ich und meine Flügel warfen alles vom Tisch, als ich herumwirbelte und meine Faust in die massive Wand hinter mir schlug. Funken flogen von meinen Fingerknöcheln, als meine Faust kurz Feuer fing, die Flammen erstickten, als sich meine verletzte Haut augenblicklich selbst reparierte.

Ein kleines, feminines Husten ertönte und ich wirbelte herum.

»Chef«, sagte Rory mit einem Nicken. Sie stand in der Ecke des Raumes und hielt ein iPad in der Hand.

»Dieser Wichser spielt mit mir. Sehe ich für dich wie ein verdammtes Spielzeug aus?«

»Nein, aber du stehst ein bisschen in Flammen.« Rory zeigte auf meine Füße und ich sah, dass meine Schuhe mit dem Teppich verschmolzen waren.

»Das ist italienisches Leder, verdammt«, zischte ich und zog sie aus. »Besorg mir ein paar neue Schuhe.«

»Klar doch.« Ich hielt inne, als sie sich umdrehte.

»Danke.« Sie warf mir über ihre Schulter ein Lächeln zu und verließ dann den Raum. Ich ließ mich auf meinen Stuhl fallen und kochende Wut brodelte immer noch in mir. Hatte er die Wahrheit gesagt? Hatten meine Brüder etwas mit dem Diebstahl des Buches zu tun?

Michael und Gabriel hatten mich noch nie gemocht, aber ich hätte nicht gedacht, dass sie jemals versuchen würden, mich zu zerstören.

Wenn ein Krieg bevorstand, dann hatten die Forderungen des allmächtigen Arschlochs vielleicht doch eine gewisse Berechtigung. Vielleicht musste ich tatsächlich meine volle Kraft wiedererlangen.

Der Gedanke, endlose Stunden damit zu verbringen, das Schlimmste der menschlichen Natur vorgeführt zu bekommen, ließ meine Wut wieder anschwellen und ich schlug mit der Faust auf meinen Schreibtisch.

Eins nach dem anderen, Nox. Etwas war im Schleier im Gange, so viel war sicher. Nach Jahrzehnten des Friedens wurde mein Buch plötzlich gestohlen und Beth tauchte in meinem Leben auf.

Erst Beth. Dann das Buch. Was auch immer dieser verdammte Krieg war und was auch immer meine Brüder im Schilde führten, ich würde es angehen, sobald es sich ergab.

Ich zog mein Handy aus der Tasche, um Beth anzurufen und sie wissen zu lassen, dass ich bereit war, Gordon zu finden. *Verdammt, war ich vielleicht bereit.* In dem Augenblick, in dem ihr Name von dem Verdacht des Mordes reingewaschen war, war mein Teil der Abmachung erfüllt. Dann würde sie an der Reihe sein. Das Verlangen brannte in mir bei dem bloßen Gedanken.

3 verpasste Anrufe.

Die Benachrichtigung blinkte auf dem Bildschirm auf. Telefone funktionierten in der Hölle nicht. Das Übernatürliche und moderne Technik passten nicht zusammen. Ich drückte auf die Benachrichtigung. Zwei Anrufe von Beth und einer von einer unbekannten Nummer. Mein Herzschlag beschleunigte sich. Warum hatte Beth mich zwei Mal angerufen?

Ich hob mein Telefon an mein Ohr, als ich den Anrufbeantworter wählte.

»Mr. Nox, hier ist Inspektor Singh. Ich möchte Sie bitten, mich zu informieren, sobald Sie wissen, wo sich Gordon Jackson aufhält. Wir haben von Miss Abbott erfahren, dass Sie mit dem Clubbesitzer über diesen Mann im Gespräch sind und ich möchte, dass Sie uns das überlassen. Wir haben einen Anruf von Ihrem Gebäude zum Aphrodite-Club um die Zeit des Mordes zurückverfolgt und wir glauben, dass Mr. Jackson gefährlich sein könnte. Bitte rufen Sie mich zurück.«

Ich legte auf und drückte auf Beths Namen. Der Klingelton ertönte, aber es kam keine Antwort.

Rory schob sich ins Zimmer, in der Hand ein Hemd auf einem Bügel und ein paar schwarze Schuhe.

»Mir ist aufgefallen, dass deine Manschette angesengt ist von der Stelle, an der du gegen die Wand geschlagen hast, also habe ich dir auch ein Hemd mitgebracht und jemand wird in zehn Minuten hier sein, um den Schaden zu reparieren«, sagte sie.

»Rory, sag Claude, er soll mich so schnell wie möglich hier abholen.«

»Sofort, Chef.« Sie hielt inne und sah mich an. »Wie war dein Treffen? Ging es um das Buch?«

Ich presste die Zähne zusammen, während ich überlegte, was ich ihr sagen sollte und knirschte mit ihnen, bis sie schmerzten. Es gab sehr, sehr wenig, was Rory nicht über mich wusste und ich würde ihr mein Leben anvertrauen.

»Exanimus sagt, ich brauche meine volle Kraft zurück, um mich gegen einen drohenden Angriff zu verteidigen. Er scheint zu glauben, dass der Diebstahl des

Buches Teil von etwas Größerem ist.« Sie legte den Kopf schief.

»All die Berichte über übernatürliche Ereignisse in letzter Zeit, an denen du mich arbeiten gelassen hast, hängt das damit zusammen?«

»Ich denke schon. Meine Priorität liegt im Moment darin, herauszufinden, wer Sarah ermordet hat und eine Spur des Buches zu finden. Mein Forschungsteam macht einige Fortschritte beim Aufspüren der verlorenen Seiten, aber es wird nicht einfach sein, mindestens zwei von ihnen zu finden.«

»Müssen wir einige unserer unliebsamen Kontakte in Solum wieder aufleben lassen?«

»Ja.«

»Ich kümmere mich darum. Auch und, Chef?«

»Ja?«

»Warum das Interesse an dem Menschenmädchen?« Ich sah die Elfe ernst an. So sehr ich ihr auch vertraute, ich wollte ihr nicht sagen, dass Beth anscheinend die einzige Frau war, die meinen Fluch durchbrechen konnte. Ich entschied mich für eine Teilwahrheit.

»Sie hat etwas damit zu tun.«

»Wirklich? Und wie?«

»Ich weiß es nicht. Aber ich habe vor, es herauszufinden.«

~

»Sir, ich bin sehr froh, Sie zu sehen.« Claude sah nervös aus, als ich zum Auto schritt.

»Lavender Oaks, bitte, Claude«, sagte ich, als er mir die Tür aufhielt.

»Miss Abbott ist nicht mehr da.« Ich erstarrte und drehte mich langsam zu dem alten Fahrer um.

»Was?«

»Sie sagte, sie hätte herausgefunden, wer der Mörder ist, bräuchte aber einen Beweis. Sie hat mir geschworen, dass sie Sie angerufen hat.«

»Ich war im Schleier, ihre Anrufe sind nicht durchgestellt worden«, schnauzte ich. Ich wusste bereits, wohin sie gegangen war, ohne den alten Mann fragen zu müssen. Die Polizistin hatte gesagt, dass sie einen Anruf zum Aphrodite-Club zurückverfolgt und mit ihr gesprochen hatten. »Ist sie noch im Club?« Claude nickte.

»Ja, Sir.«

»Dann mal los.«

Mein Verstand schwirrte und ich versuchte, den Gedankengängen von Beth zu folgen. Warum sollte sie sagen, dass sie herausgefunden hatte, wer der Mörder war, wenn sie dachte, dass es Gordon war? Sie hatte ihn im Verdacht, seit sie ihn kennengelernt hatte, also ergab es keinen Sinn, plötzlich in den Club zu gehen, um nach Beweisen zu suchen. Jede quälende Sekunde, die wir damit verbrachten, durch den Londoner Verkehr zu kriechen, wühlte mich mehr auf und ich verfluchte das menschliche Bedürfnis nach motorisierten Fahrzeugen. Ich hätte im Handumdrehen dorthin fliegen können.

Ich war nur verärgert von meinem Treffen mit Exanimus, sagte ich mir. Es war schon ärgerlich genug, abberufen zu werden, alles fallen lassen zu müssen. Aber wenn er dachte, er könnte mich zurück in das Leben drängen, das ich verachtet hatte...

»Ich bin mir sicher, dass es Miss Abbott gut geht«, sagte Claude nervös vom Fahrersitz. »Sie hatte eine Dame bei sich.« Ich runzelte die Stirn.

»Wen?«

»Eine korpulente, ältere, amerikanische Dame.«

Francis? Beth hatte eine Rentnerin mit in den Aphrodite-Club mitgenommen? Ich konnte mir das Lächeln nicht verkneifen, das mir über die Lippen geisterte. Nach den kurzen Momenten, die ich mit ihr verbracht hatte, konnte ich mir vorstellen, dass Francis wahrscheinlich den größten Spaß ihres Lebens haben würde.

BETH

Zehn Minuten nachdem Max den düsteren Raum verlassen hatte, in dem er mich gefangen hielt, waren meine Handgelenke aufgerieben. Ich war bei dem Versuch gescheitert, mich aus den Fesseln zu befreien und hatte mir die Haut an den Händen verbrannt, als ich immer wieder mit den heißen Rohren in Kontakt kam. Ich hatte einen schwachen Hoffnungsschimmer, dass die Rohre heiß genug waren, um das Seil zu zerfressen, aber tief im Inneren vermutete ich, dass der grobe Stoff zu robust war.

Frustration verwandelte sich in Panik und ich wusste, dass in Panik zu verfallen mir jetzt nicht helfen würde. *Menschen, die in Panik gerieten, machten Fehler.* Das hatte mein Vater immer gesagt.

Ich versuchte, meinen pochenden Kopf zu entspannen, lehnte ihn zaghaft gegen die Fensterbank und achtete darauf, meinen Rücken von der heißen Heizung fernzuhalten. Ich schloss meine Augen und ließ in meinen Verstand durchspielen, was ich wusste und betete, dass etwas Nützliches ans Licht kommen würde.

Max war in Sarah verliebt gewesen. Oder zumindest hatte er mehr von ihr gewollt. Dessen war ich mir sicher. Die Art, wie er über sie sprach und die Eifersucht, die sein Gesicht erfüllte, wann immer Alex erwähnt wurde, verrieten die Stärke seiner Gefühle.

Aber wo passten Nox und sein Buch da hinein? Jemand hatte Max und Sarah dafür bezahlt, es zu stehlen und da Sarah einen Job im Gebäude hatte und Sandwiches auslieferte, hatten sie die perfekte Gelegenheit. Hatte jemand sie angesprochen, weil sie bereits in dem Gebäude arbeitete? Oder hatte sie den Job nur zur Vorbereitung des Diebstahls angenommen?

So oder so jemand, der wohlhabender ist als Max oder Sarah, steckte hinter dem Plan. Könnte es Zorn sein? Oder die Engel, die Nox erwähnt hatte? Bei dem Gedanken an Nox zuckten meine Augen auf. Oben ohne und mit einem grimmigen Gesichtsausdruck, goldene Flügel hinter ihm im Sonnenlicht, der Ausblick über die Stadt hinter sich...

Ich konnte nicht sterben, ohne diese Flügel berührt zu haben. Harte Entschlossenheit durchströmte mich und mit einer gewissen Erleichterung spürte ich, wie ein Funken Wut in meiner Brust aufflammte.

Für wen zum Teufel hielt sich Max? Das war das wahre Leben. Männer entführten keine Frauen und fesselten sie an verdammte Heizkörper! *Er mochte stärker sein als ich und er mochte sich in einen bösartigen Vogel verwandeln können, aber ich war nicht völlig wehrlos. Ich* war schlau und schnell und eine Frau. Ich setzte mich aufrecht hin und ignorierte den Schmerz in meinen Schultern. Der Mann hatte praktisch zugegeben, dass hübsche Mädchen seine Schwächen waren. Könnte ich mein Geschlecht zu meinem Vorteil ausspielen?

Bei dem Gedanken, ihn zu verführen, drehte sich mir der Magen um. Der Mann hatte eine Schraube locker, wie sollte ich ihn anmachen? Aber wenn ihn irgendetwas davon überzeugen würde, mich loszubinden, dann wäre es die Verlockung von Sex.

Ich sah mich im Raum um, auf der Suche nach irgendetwas, dass ich benutzen konnte, sollte ich mich aus den Fesseln befreien. Max war größer und stärker als ich und er hatte magische Kräfte. Ich wusste nicht, ob ich ihm entkommen konnte und ich wusste auch nicht, wo ich war. Allerdings konnte es in London nicht so viele leere Gebäude geben. Befanden wir uns weit außerhalb der Stadt?

Das Geräusch eines Schlüssels im Schloss ließ meinen Kopf herumfahren. Max drängte sich in den Raum. Er schwang eine Tragetasche in einer Hand. Ein Viererpack Bier war durch das dünne Plastik sichtbar.

»Das war keine halbe Stunde«, sagte ich, als er die Tür hinter sich schloss und den Schlüssel in seine Tasche fallen ließ.

»Da war keine Schlange und ich musste nicht warten.« Er zuckte mit den Schultern. Wir waren also ganz in der Nähe eines Ladens. Das war gut. In Geschäften gab es Menschen und Telefone. Ich musste nur aus diesem Zimmer raus.

· · ·

»So, ich habe meine Erfrischungen, es wird Zeit, dass du die Show beginnst.« Max stellte die Bierdosen auf dem Boden neben seinem Stuhl ab und kam zu mir herüber. Er löste die Seile vom Heizkörper und ich war schwer versucht, meine Chance zu ergreifen. Aber meine Knöchel und Handgelenke waren immer noch mit dem Klebeband gefesselt. Ich konnte weder rennen noch die Tür öffnen oder gar den Schlüssel aus seiner Tasche fischen.

»Weißt du, ich könnte fünftausend Pfund gebrauchen«, sagte ich. Er schnaubte.

»Dein Freund ist ein verdammter Millionär.«

»Er ist nicht mein Freund. Und er war auch nicht der von Sarah.«

Er gab mir einen harten Stoß zwischen die Schulterblätter und ich fiel zu Boden. Erst traf meine Schulter auf das Holz, dann mein Kinn. Kopfschmerzen explodierten in meinem Schädel.

»Sag verdammt noch mal nicht ihren Namen!«

»Okay, okay«, stotterte ich. Ich hatte mir auf die Zunge gebissen und konnte den eisigen Geschmack von Blut schmecken.

»Du hast sie nicht gekannt. Sie war eine Nervensäge. Sie hat mir gesagt, wenn ich ihr helfe, reich zu werden, würden wir zusammen sein. Also tat ich es. Und sie hat gelogen.« Max packte eine Handvoll meiner Haare und zog mich wieder auf die Beine. Meine Kopfhaut schmerzte höllisch, aber ich schaffte es, meine Lippen geschlossen zu halten.

»Ich habe für uns die perfekte Gelegenheit gefunden, aus diesem Drecksloch zu verschwinden. Und was macht sie? Beschließt, dass der Teufel eine bessere verdammte Partie für sie ist. Und dann finde ich heraus, dass sie auch noch den Versager vögelt, der bei dir gewohnt hat.« Sein Kopf senkte sich über meine Schulter. Sein Gestank ließ meinen Schädel noch mehr schwimmen. »Mir scheint, kleine Beth, dass alle, auf die Sarah stand, auch auf dich stehen. Also kann ich vielleicht stattdessen von dir bekommen, was ich brauche.«

Angst kräuselte sich in meinem Bauch und mein Herz hämmerte so stark gegen meine Rippen, dass es unmöglich war, dass er es nicht hören konnte.

»Ich habe damit nichts zu tun«, keuchte ich, als er meinen Kopf weiter zurückzog und sein Knie in meinen Rücken drückte.

»Schwachsinn.«

»Es ist wahr. Ich habe nur etwas mit Nox zu tun, weil die Polizei mich des Mordes an Sarah verdächtigt hat.«

Er schubste mich wieder zu Boden. Diesmal konnte ich mit den Ellenbogen die Hauptlast des Aufpralls abfangen und spannte meinen Nacken an, um zu verhindern, dass mein Kopf auf dem Boden aufschlug.

»Bist du verdammt noch mal taub? Ich habe dir gesagt, du sollst ihren Namen nicht sagen!« Ich hörte seinen Fuß hart auf die Bretter stampfen und spürte dann, wie er auf meinem Rücken landete und mich auf den dreckigen Boden drückte. »Weißt du was? Sie sollten denken, dass Nox sie getötet hat. Aber neeeeein, dieser reiche Wichser käme natürlich nicht mal als Verdächtiger infrage. Nun, ich denke, ich kann der Polizei einen weiteren Mord geben, bei dem er ein Verdächtiger ist. Die wissen, wie viel Zeit du mit ihm verbracht hast.« Er rollte mich mit seinem Fuß herum und ich konnte dir Magie um ihn herum glühen sehen. Seine Augen waren schwarz und glänzten. Eine seltsame Spannung breitete sich auf seinen Zügen aus, während er über mir schwebte. »Kannst du schwimmen, Beth?«

»Ich hatte das eigentlich nicht geplant, aber weißt du was? Es macht nicht so viel Spaß, dich um mich zu haben, wie ich es mir erhofft hatte.« Max Stimme war ein Raspeln, als er mich auf die Füße zog und mich von ihm wegdrehte. Adrenalin schoss durch meinen Körper, ließ meine Glieder zittern, aber den Schmerz aus meiner Schulter und meinem Kopf verschwinden. Er packte meinen Nacken mit seiner rauen Faust und zwang mich vorwärts, wobei ich unbeholfen hüpfte. Als wir die Tür erreichten, hielt er inne und ich versuchte, meinen Kopf zu drehen. Er hielt mich jedoch fest und dann sah ich, wie sein Arm an mir vorbeiging, um den Schlüssel in die Tür zu stecken.

Wir verließen den Raum. Das war es. So würde ich entkommen. Es mussten Leute in der Nähe sein.

»Mich zu töten, wird Sarah nicht zurückbringen«, sagte ich, als Max mich die Treppe hinunterzog. Da ich es nicht geschafft hatte, ihn nicht zu verärgern, dachte ich mir, dass der nächstbeste Plan war, ihn so sehr zu verärgern, dass *er* einen Fehler machte.

»Hör auf ihren Namen auszusprechen«, knurrte er und schleuderte mich gegen die Wand. Ich rutschte aus, fiel hin und mein Knöchel begann bei dem Aufschlag zu bluten. Sein starker Griff legte sich um meinen Nacken und Schmerz schoss meine Wirbelsäule hinunter, als er mich wieder aufrichtete.

»Hast du sie geliebt?«

Er stieß ein wütendes Bellen aus, aber antwortete nicht. Den Rest des Weges die Treppe hinunter, sagte er nichts mehr. Wir kamen an zwei weiteren Türen vorbei, aber so wie sie aussahen, schien es, als hätte er die Wahrheit darüber gesagt, dass das Gebäude leer war. Als wir eine Feuertür am Ende des Treppenhauses erreichten, durchströmte mich Hoffnung. Tageslicht und Menschen lagen hinter dieser Tür. Sicherlich würde eine Frau mit gefesselten Füßen und Armen ziemlich schnell auffallen.

Max trat an mir vorbei und stieß die Tür auf, sodass er meinen Hals nicht loslassen musste. Licht durchflutete für einen Moment meine Sicht, dann kam ein großer Van in den Fokus, der gegenüber der Tür geparkt war.

Wut begann die Hoffnung in mir zu ersetzen, als er nach vorne griff und die Seitentür des Fahrzeugs aufschob.

»Rein mit dir«, sagte er und schlang seinen anderen Arm um meine Mitte, hob mich vom Boden und in den Van.

»Wo fahren wir hin?«, rief ich. Im hinteren Teil des Wagens war es dunkel und es roch nach Fisch. Ich hatte mich, während er fuhr, wie ein verdammter Wurm herumgewälzt und versucht, irgendetwas zu finden, dass mir nützlich sein könnte, aber da war nichts. Nur ein feuchtes Laken und eine große Metallbox.

»Zum Hafen.« Seine gedämpfte Stimme drang durch das Innere des Wagens. Ich hatte nicht erwartet, dass er antworten würde.

»Welcher Hafen?« Die Themse verlief durch ganz London, überall in der Stadt gab es Docks, Werften und Piers.

»Das kann dir doch egal sein. Du wirst tot sein.«

BETH

Der Wagen hielt etwa fünf Minuten später an und als die Seitentür aufglitt, war ich bereit. Ich hatte mich in eine sitzende Position vor der Tür gebracht und in der Sekunde, in der ich Licht sah, trat ich mit meinen zusammengeschnallten Beinen so fest, ich konnte zu. Ich spürte etwas und dann hörte ich ein Lachen.

Ich hatte ihn verfehlt. Mehr Wut tobte in mir. Gepaart mit Panik. Mir lief die Zeit davon.

Max stieg neben mir auf den Rücksitz und zog die Kiste an sich heran. Ich rollte mich herum und versuchte, aus dem Van zu kommen. Ich schaffte es. Meine Füße pulsierten vor Schmerz, als sie auf dem Boden aufschlugen. Ich stolperte, schaffte es aber, mein Gleichgewicht zu halten.

Wir hatten auf einer Rampe geparkt, die hinunter zum Fluss führte, direkt an der betonierten Kaianlage darüber. Ein Kran ragte über uns auf und ich konnte Stapel von Ziegelsteinen und Maschinen sehen, die den Steg übersäten. Ich befand mich auf einer Baustelle am

Flussufer, wurde mir klar. Aber ich konnte keine einzige Person sehen. Keine Warnwesten, keine Schutzhelme und auch keinen einzigen Touristen.

Ich begann mich die Rampe hinaufzubewegen, einen winzigen Sprung nach dem anderen. Ich kam ungefähr einen Meter weit, bevor Max seine Faust um meinen Hals schloss. Eisige Angst durchströmte mich und ließ meine Brust eng werden.

Ich konnte nicht wegrennen. Ich hatte bereits geahnt, dass ich nicht rennen konnte, aber wenigstens hatte ich die Hoffnung gehabt, es versuchen zu können.

Max drehte mich um und marschierte mit mir zurück zum Wagen. Die große Metallkiste war offen und eine Kette lief von ihr ab, die um die Scharniere des Deckels gebunden war. Darin waren Ziegelsteine aufgestapelt.

Echtes Entsetzen erfasste mich, als ich erkannte, was Max geplant hatte. Diese Kiste würde direkt auf den Grund der Themse sinken. Zusammen mit dem, was an der Kette befestigt war. Oder mit *wem,* wer an der Kette befestigt war.

Für einen Moment war ich nicht in der Lage, Atem zu holen. Mein Körper war taub vor Angst, als Max nach unten griff und das Ende der Kette durch die kleine Lücke im Klebeband um meine Beine schob. Das kalte Metall drückte gegen meine Knöchel und erweckte meinen Körper wieder zum Leben.

Ich schlug um mich so fest ich konnte und brachte ihn aus dem Gleichgewicht. Er richtete sich auf, hob seine Hand und schlug sie mir mit dem Handrücken ins Gesicht. Mein Kopf schnellte durch den Aufprall nach hinten und ich schnappte nach Luft. Ich sah Sterne. Er packte mich grob an der Taille, als er die Kette um das Knöchelband wickelte und ich ließ mich fallen, damit er mein Gewicht auffangen musste. Er grunzte, weil er plötzlich gezwungen war, mich hochzuhalten.

»Ich werde dafür sorgen, dass es nicht die Polizei ist, die Nox die Schuld an deinem Tod gibt«, knurrte er und ließ mich auf den Beton fallen. »Es werden die Götter sein. Und sie werden ihn schlimmer bestrafen als das beschissene menschliche Justizsystem.«

Bei der Erwähnung von Nox warf ich meinen Blick gen Himmel. War er da draußen und suchte nach mir? *Bitte, bitte, lass ihn nach mir suchen.* Ich schrie, in der Hoffnung, dass er tatsächlich irgendwo da draußen war. Ich schrie mit jedem bisschen Energie, dass ich in meinem Körper hatte und ich hörte nicht auf, bis Max mich wieder schlug.

»Halt verdammt noch mal die Klappe!«

Er beugte sich vor und schloss den Deckel der Kiste, dann begann er, sie zum Rand der Rampe zu schieben. Eis strömte durch meine Adern. Mir lief die Zeit davon.

»Du hast die Frau getötet, die du geliebt hast. Das wird sie nicht zurückbringen.« Meine Stimme war schrill und verzweifelt, aber das war mir egal. Ich hatte keine Optionen mehr. Alles, was ich tun konnte, war zu versuchen, ihn davon abzulenken, mich in ein wässriges Grab zu schicken.

Er glühte vor Magie und hob die Kiste erneut an. Sie rutschte näher an den Rand.

»Sie hätte dich vielleicht auch geliebt, wenn du ihr die Zeit dazu gegeben hättest. Aber du hast ihr das Leben genommen und jetzt ist sie für immer fort.«

Mit einem letzten Stoß wippte die Kiste auf der Kante und das Glühen verschlang Max vollständig. Knackende Geräusche hallten um uns herum und als die Kiste in Richtung Wasser zu kippen begann, stürzte sich der riesige Adler auf mich. Ich warf mich nach vorne, schleuderte meine gefesselten Handgelenke über den Vogel und ließ die Krallen in das Fleisch reißen, auf das sie trafen. Er hatte nicht damit gerechnet und stieß ein unheimliches Krächzen aus, als ein lautes Platschen ertönte und die Kette sich um meine Knöchel schloss. Meine Haut schrammte über den Beton und der Adler schlug mit dem Flügel, der nicht zwischen meinen Armen eingeklemmt war, als wir beide an den Rand der Rampe rutschten und dann hinunterfielen.

Das eiskalte Wasser biss in meine Haut, während der Vogel um sich schlug. Ich schaffte es, einmal tief Luft zu holen, bevor ich von den Wassermassen verschlungen wurde. Mit einer rasenden Kraft schlug der Adler auf meine Handgelenke ein und versuchte verzweifelt, sich aus meinem Griff zu befreien. Ich spürte, wie das Band riss, als seine Krallen darauf trafen.

In dem Moment, in dem er das Klebeband durchbrochen hatte und ich meine Hände bewegen konnte, stieß ich den Vogel von mir weg und drehte mich um, um an meine Knöchel zu kommen. Ich zerrte an dem Band, während das trübe Wasser um mich herum aufgewühlt wurde und der Adler versuchte, an die Oberfläche zu kommen. Das Licht wurde schwächer, als wir weiter sanken und meine Lungen begannen zu brennen.

Schließlich fanden meine Fingernägel den Anfang des Bandes und ich zerrte verzweifelt daran, um die Fesseln zu lösen, die mich auf den Grund des Flusses zogen. Als ich das Band gelöst hatte, war es fast komplett schwarz um mich herum, so dunkel war das Wasser hier tief unter der Oberfläche. Ich sank nicht mehr, aber eine winzige Blase entkam meinen Lippen, als jeder Impuls meines Körpers versuchte, mich zum Atmen zu bringen. Mir ging die Luft aus. Ich strampelte mit den Beinen und spürte, wie mein Körper sich nach oben bewegte. *Ich konnte es schaffen. Ich konnte es an die Oberfläche schaffen.*

Es dauerte wahrscheinlich nur Sekunden, um die lebensrettende Luft zu erreichen, aber es fühlte sich wie eine Stunde an. Je weniger Sauerstoff mein Körper hatte, desto schwieriger war es, meine Gliedmaßen zu bewegen. Es war, als würde ich durch Schlamm schwimmen.

Aber ich konnte diesen Bastard nicht gewinnen lassen. *Ich würde ihn nicht gewinnen lassen.* Eine ganz Neue Welt hatte sich vor mir aufgetan und ich konnte dieses Leben nicht verlassen, ohne sie zu erkunden. Ich war nicht bereit zu sterben.

Als mein Kopf die Oberfläche durchbrach, schnappte ich nach Luft, ohne auch nur einen Gedanken an die Welt um mich herum zu verschwenden. Meine Augen brannten von dem schmutzigen Wasser, heiße Tränen strömten über mein Gesicht und ich konnte ein kreischendes Geräusch hören. Ich zwang mich, im Wasser zu treten und blinzelte und blinzelte, bis ich wieder sehen konnte.

Nox.

Nox schwebte über dem Fluss, seine massiven

goldenen Flügel zu beiden Seiten von ihm ausgebreitet. Mit einem Hitzesturm wurde ich aus dem Wasser gehoben und dann sauste ich durch die Luft. Ich kam sanft auf dem Kai auf und die schwarze Limousine kam kreischend neben mir zum Stehen. Die hintere Tür flog auf, bevor sie überhaupt angehalten hatte und Rory sprang aus dem Auto und eilte zu mir.

Aber ich nahm sie kaum wahr.

Vor Nox war der weiße Adler aufgetaucht. Es gab einen Lichtblitz, dann schwebte Max menschliche Gestalt in der Luft über der Themse. Er schrie und Wunden durchzogen seinen Körper, als ob jemand unsichtbare Lava über seine Haut gegossen hätte. Tiefe, verkohlte Wunden schlängelten sich über seine Brust. Und Nox...

Nox Flügel schimmerten golden, aber sein Kern war schwarz. Schatten, die mit tiefroten Flammen flackerten, verschlangen seinen Oberkörper und die Macht schlug in Wellen aus ihm heraus, welche gegen den Fluss, den Beton und gegen mich schlugen.

»Du wirst für deine Verbrechen bestraft werden.«

Seine Stimme war schrecklich. Das Schrecklichste, was ich je gehört hatte. Jede Angst, die ich jemals gehegt hatte, jeden Zweifel, den ich jemals gehabt hatte, jede Erinnerung, die mich jemals nachts wachgehalten hatte, schossen mir durch den Kopf. Ich wollte mich zu einem Ball zusammenrollen und sterben. Ich wollte nicht in einer Welt leben, in der solch ein Schrecken existieren konnte.

Ein warmes, rosafarbenes Licht erschien vor mir und plötzlich konnte ich wieder atmen. Meine Muskeln lockerten sich ein wenig, aber mein entsetzter Blick war immer noch auf Nox und Max fixiert. Es war wie ein Autounfall - zu brutal, um hinzusehen und zu brutal, um wegzuschauen.

»Sieh mich an.« Rorys eindringliche Stimme schnitt durch das schreckliche Gefühl. »Meine Magie kann einen Teil der Angst blockieren, aber glaub mir, das willst du nicht sehen.«

Ich richtete meinen Blick auf sie. Sie hockte neben mir, in der Hand eine Thermoskanne und eine Decke. Vage konnte ich Claude hinter ihr ausmachen.

Ein Schrei, schrill und schrecklich durchzog die Luft und ich dachte, mir würde schlecht werden. Ich wollte mich zu dem Geräusch umdrehen, doch Rory hatte ihre Hände sanft auf meine Wangen gelegt und hielt mein Gesicht fest.

»Sieh mich an. Und trink das. Bevor du einen Schock bekommst.«

Zu spät. Ich spürte, wie mich etwas umspülte und eine erschreckend endlose Dunkelheit meinen Geist erfüllte. Für einen kurzen Moment war ich gefangen. Ich war für immer in einer endlosen Leere gefangen, die Dunkelheit mein einziger Begleiter für den Rest der Zeit. Dann verblasste mein Bewusstsein vollständig.

BETH

Mein Kopf tat nicht weh, als ich meine Augen öffnete. Ich wusste vage, dass er es sollte, aber ich konnte mich nicht erinnern, warum. Der Dunst des wohl sehr langen, sehr tiefen Schlafes lichtete sich langsam und ich blinzelte.

Ich lag in einem Krankenhausbett - in einem sehr schönen Krankenhausbett - und neben mir standen Blumen. Die rosafarbenen Rosen verloren einen Teil meiner Aufmerksamkeit, als ich die Schläuche sah, die in meinem Arm steckten und an den Wagen neben mir angeschlossen waren.

»Was...«

»Beth.«

Ich drehte meinen Kopf und sah Nox auf einem Stuhl neben dem Bett sitzen. Die Erinnerung an ihn, grimmig und tödlich und schrecklich, erfüllte meinen Geist. Ich konnte nichts gegen das Zusammenzucken tun, das sich auf mein Gesicht legte. Schatten loderten in seinen Augen und sein Kiefer straffte sich.

»Hast du ihn getötet?« Meine Stimme war kaum ein Flüstern.

»Nein.«

Erleichterung durchflutete mich. Nicht, weil Max es verdiente zu leben, sondern weil ich die ganze Zeit versucht hatte, meinen Namen von einem Mord reinzuwaschen, war die Vorstellung, in einen solchen verwickelt zu sein, zu schrecklich, um sie in Betracht zu ziehen.

»Du hattest ein paar ziemlich tiefe Wunden auf der Brust, von der Stelle, an der du Max mit zu Boden gerissen hast. Und eine vermutlich ausgekugelte Schulter. Aber es stellte sich heraus, dass es eine Verstauchung war. Der Tropf ist nur zur Schmerzlinderung, nichts Ernstes.« Er deutete auf die Schläuche in meinem Arm. Das war der Grund, warum ich keine Kopfschmerzen hatte. Tatsächlich stellte ich fest, dass mir überhaupt nichts wehtat.

»Was hast du mit Max gemacht?«

»Ich habe ihn den Behörden übergeben.«

»Aber... du hast gesagt, du würdest ihn bestrafen.« Gefahr tanzte durch seine blauen Augen.

»Er wird bestraft werden. Aber nicht von mir. Ich brauchte ihn, um deinen Namen reinzuwaschen.«

Ich schluckte und merkte, wie trocken mein Mund war.

»Könnte ich etwas Wasser haben?« Nox stand auf und ich bemerkte, dass sein Hemd nicht so frisch aussah wie sonst und seine Krawatte nicht gerade saß. Er goss Wasser aus einem Krug in ein kleines Glas und reichte es mir.

»Die Behörde der Welt des Schleiers hat alles mit den

Inspektoren geklärt. Singh wird in Kürze hier sein, um mit dir zu sprechen, aber sie wird keine Erinnerung daran haben, dass du eine Verdächtige warst. Sie wird nur die Details deiner Entführung und deines Überfalls aufnehmen müssen. Von dem sie glaubt, dass er mit einem Messer durchgeführt wurde.«

»Muss ich mir etwas ausdenken?« Ich war zu müde und verwirrt, um Geschichten zu erfinden.

»Sag ihr einfach, dass Max dich im Aphrodite-Club mit einem Messer bedroht hat, dich in den Van gesteckt hat und dann...« Seine Augen verfinsterten sich wieder und Hitze wallte aus ihm heraus. Ich erschauderte und er blinzelte. »Beth, ich möchte mich entschuldigen.«

»Wofür?«

»Für das, was er dir angetan hat. Wenn du nicht so mutig gewesen wärst, ihn mit reinzuziehen...«

»Du hast es noch rechtzeitig geschafft mich zu retten«, sagte ich seufzend. Ich lehnte mich zurück auf das Kissen. »Wie hast du mich gefunden?«

»Francis. Sie hatte gerade eine Gruppe von Männern überzeugt, hinter die Bühne des Clubs zu stürmen, um nach dir zu suchen, als ich ankam. Rory hat die Adresse von Max Haus gefunden und als wir es leer vorfanden, bin ich ausgeflogen. Als ich dich schreien hörte...« Etwas wie Schmerz blitzte in seinen Augen auf, sein Ausdruck war angespannt, als er mich anstarrte. »Ich habe es nicht rechtzeitig geschafft. Du hast dich selbst gerettet, Beth.« Er bewegte sich auf mich zu und griff nach meiner Hand. Funken sprühten aus der Berührung und etwas Inneres und Widersprüchliches brannte in mir. Dieser Mann war furchterregend. Wahrhaftig furchterregend.

»Du sahst so anders aus«, flüsterte ich und starrte in sein Gesicht. »Über dem Fluss, wie aus Feuer und Schatten.«

»Das ist nur ein Bruchteil meiner Macht, Beth. Es ist der Bestrafer in mir. Der Teil von mir, den ich versucht habe, aufzugeben.« Ich spürte, wie meine Augenbrauen sich hoben.

»Deshalb hast du die Sünden aufgegeben?«

»Ja. Verstärke das, was du gesehen hast, um das Zehnfache und du wirst die wahre Macht der Strafe des Teufels spüren.«

»Dann solltest du das Buch vielleicht nicht zurückbekommen«, sagte ich leise. Er sagte nichts, aber sein Blick brannte sich in meinen, intensiver denn je. »Ich habe versucht, Max zu fragen, was er damit gemacht hat, aber er wollte es mir nicht sagen. Er hat Sarah getötet, weil sie sich geweigert hat, es dir zu stehlen.« Nox stieß einen langsamen Atemzug aus.

»Er wird leiden für das, was er getan hat. Nur nicht durch meine Hand.« Die Erinnerung an seine versengte Haut, die tiefen Furchen und den markerschütternden Schrei filterte sich durch meinen Geist. Ich verkrampfte mich und Nox musste es bemerkt haben.

»Er hat bereits durch deine Hand gelitten.« Nox nickte langsam.

»Ein wenig. Meine Kontrolle über meine Gefühle ist nicht mehr das, was sie einmal war.« Er ließ meine Hand los. Gemischte Gefühle kochten in mir hoch, mein Instinkt trauerte um den Verlust seiner Berührung und mein Verstand wusste, dass ich den Freiraum brauchte.

»Francis ist hier. Sie hat sich geweigert, zu gehen, bis du aufgewacht bist.«

»Wo bin ich?«

»In einer Privatklinik in Mayfair.«

»Oh.«

»Ich gehe Francis holen.«

Ich sah ihm wortlos zu, wie er den hellen kleinen Raum verließ, da mir die Energie oder die Klarheit fehlte, etwas zu tun oder zu sagen.

Francis machte einen riesigen Wirbel um mich, als sie ins Zimmer watschelte. Sie erzählte mir ausführlich und mit vielen unnötigen Schimpfwörtern, wie sie die Gruppe von Männern auf einem billigen Junggesellenabschied zusammengetrommelt hatte, um ihr zu helfen, mich zu retten, bevor Nox aufgetaucht war.

»Süße, jetzt, wo die Polizei ihren Mörder hat, darfst du die Nacht mit diesem Kerl verbringen.«

Ich schaute sie alarmiert an. Unsere Abmachung. Wie konnte ich die Nacht mit ihm verbringen? Er hatte ein echtes Monster in sich und jetzt, wo ich es gesehen hatte, konnte ich es nicht mehr ungesehen machen.

Die Inspektorin kam eine Stunde später und las aus einer Liste von Zeugenaussagen vor, die ich einfach bestätigen musste. Sie benahm sich so, als würde sie mich kaum kennen und ich nahm an, dass die magischen Behörden die falschen Aussagen geliefert hatten.

Ein Arzt kam als Nächstes und sagte mir, dass sie

mich über Nacht behalten wollten, da ich genug Schläge auf den Kopf bekommen hatte, so dass sie sichergehen wollten, dass ich keine Gehirnerschütterung erlitten hatte, ehe sie mich nach Hause gehen ließen.

Der Himmel draußen war dunkel geworden, als eine Krankenschwester ein Tablett mit Essen brachte und ich endlich allein war. Ich verschlang jedes Stück des überraschend essbaren Krankenhausessens, während ich versuchte, meine Gedanken zu ordnen.

Welchen Weg sie auch immer einschlugen, ich kam immer wieder auf zwei Dinge zurück, die ich mit Sicherheit wusste. Erstens, ich musste die Welt des Schleiers erforschen. Es war eine neue Spur, um meine Eltern zu finden und davon konnte ich auf keinen Fall abrücken.

Zweitens wusste ich so sicher, wie mein Herz in meiner Brust schlug, dass ich mit Nox noch nicht fertig war. Unserer Geschichte war noch nicht zu Ende. Es gab noch mehr, dass ich an ihm erforschen wollte. Und er war nicht nur mein Ticket zur Schleier-Dimension. Er bedeutete mir etwas und ich ihm.

Die Beth, die ihre Arme um den Adler geschlungen hatte, als er sich in Fleisch und Muskeln riss, war mutiger als jede Version von mir, die ich je gekannt hatte. Und das war seinetwegen. Ich war mir sicher, dass es so war. Er erweckte mein Selbstvertrauen zum Leben. Er ließ die zweifelnden, ängstlichen Stimmen in meinem Kopf so weit verstummen, dass ich sie ignorieren konnte.

Sicher, er repräsentierte auch meine schlimmsten verdammten Ängste in einer Masse aus Schatten und Feuer, aber er versuchte, dass hinter sich zu lassen. Er hatte Sex geopfert, um das hinter sich zu lassen, um Himmels willen.

Ich wusste nicht, was meine Verbindung zum Teufel war, oder warum wir uns dort befanden, wo wir waren, aber ich wusste tief in meinem Inneren, dass ich genau dort war, wo ich sein sollte.

Und wir hatten eine Abmachung getroffen.

BETH

»Also, wie ist Max in das Gebäude gekommen?«

Es war der Montag nach der verrücktesten Woche meines Lebens und ich saß an der Küchenleiste in Nox schöner Küche, mit einem Glas satten Rotweins in der Hand. Der Alkohol tat rein gar nichts, um die Schmetterlinge in meinem Bauch zu beruhigen.

Das Krankenhaus hatte mich am Vortag entlassen und als ich vom Tropf genommen wurde, fühlte ich mich, als wäre ich von einem LKW überrollt worden. Ich hatte fast den ganzen Sonntag über geschlafen. Aber als ich an diesem Morgen aufgewacht war, war da eine Nachricht auf meinem Handy. Von Nox.

Du schuldest mir was. Wann auch immer du bereit bist.

Junge, war ich bereit.

Der Bluterguss an meinem Kopf war größtenteils

verblasst und die Schnitte an meinen Armen und Schultern waren nach der Behandlung im Krankenhaus schnell verheilt. Ich hatte mir die rechte Schulter verstaucht, aber das war der einzige Teil von mir, der sich noch nicht ganz von der Tortur erholt hatte. Also hatte ich ihm zurückgeschrieben.

Essen wir heute Abend bei dir zu Hause?

Ich werde kochen.

Ich werde über Nacht bleiben.

Ich wusste, dass ich wahrscheinlich warten sollte, bis ich mich besser fühlte, bis meine Schulter ganz abgeheilt war und ich mich wieder mehr wie ich selbst fühlte. Aber ich hatte keine Lust zu warten. Ich hatte beschlossen, das Verrückte zu tun. Ich wollte meine Nacht mit Nox. Und ich wollte sie jetzt.

»Max ist hinaufgeflogen«, sagte Nox, während er Paella in einer großen Pfanne rührte. Es roch göttlich.

»Wie? Da oben gibt es doch keine Fenster, oder?«

»Es gibt drei Feuerleitern, außerdem die Dachterrasse.«

»Hast du es geschafft, ihn dazu zu bringen, dir zu

sagen, wer ihn für den Diebstahl des Buches bezahlt hat?«

Schatten flackerten über Nox Gesicht, während er einen Schluck Wein trank. Wein, den er nicht schmecken konnte. Der Gedanke schwebte durch meinen Kopf und ein vager Hauch von einem Gefühl erfasste mich. War es Mitleid? Ich war mir nicht sicher.

»Es war jemand Mächtiges. Immer wenn er versuchte, von ihnen zu sprechen, wurde seine Zunge...« Nox hielt inne und ließ seinen Blick unsicher zu meinem Gesicht schweifen.

»Sag es mir.«

»Seine Zunge verwandelt sich in Asche. Dann baute sie sich im Laufe der nächsten Stunde wieder auf. Es ist eine dunkle und schmerzhafte Zauberei, aber es gibt viele, die dazu fähig wären, sie auszuführen, also gibt sie uns keine Anhaltspunkte.« Ich verzog das Gesicht und presste meine eigene Zunge gegen den Gaumen, als wolle ich sichergehen, dass sie dort noch sicher war.

»Ekelhaft.« Nox tauchte einen Löffel in die Paella, kam dann auf mich zu und hielt ihn mir hin.

»Probier mal. Sag mir, ob noch etwas fehlt.« Ich pustete darauf, dann tat ich, was er sagte.

»Es ist perfekt«, sagte ich ihm wahrheitsgemäß. »Ich kann nicht glauben, dass du es nicht schmecken kannst.«

»Ich habe ein gutes Gedächtnis.« Seine Augen bohrten sich in meine. »Aber manche Dinge erlebt man besser im wirklichen Leben, als dass man sie nur in seiner Fantasie durchspielt.«

Ich schluckte.

Licht glühte um ihn herum und er griff über den

Marmor nach meiner Hand. Funken flogen zwischen uns und ich atmete scharf ein.

»Weißt du, eigentlich bin ich mir nicht sicher, ob unsere Abmachung noch gilt«, sagte ich milde. Nox hob eine Augenbraue. »Ich habe den Mörder gefunden. Ohne dich.«

»Ich glaube, ich habe danach noch etwas beigetragen. Der Umgang mit den Behörden des Schleiers und der menschlichen Polizei ist ein ermüdender Prozess.«

»Hmmm«, sagte ich.

»Wenn du wirklich der Meinung bist, dass der Deal nichtig ist, dann können wir das weiter besprechen. Aber was mich betrifft, werde ich deinen Teil der Abmachung einfordern.« Seine Stimme war tief und intensiv. Hitze durchströmte meinen ganzen Körper und Vorfreude ließ meine Muskeln zusammenziehen. Ich spürte, wie sich ein verwegenes Lächeln auf meine Lippen legte.

»Ich glaube, Mr. Nox, dass Sie bei meinem letzten Besuch einige ziemlich große Versprechungen gemacht haben. Ich würde gerne herausfinden, ob Sie Ihr Wort halten können.«

NOX

Beth die Treppe hinaufzufolgen war die süßeste Art von Folter. Ihr perfektes Becken schwang verführerisch vor mir hin und her. Ich war so nah dran. So nah daran, ihre Hitze, ihre Leidenschaft, ihre Erregung zu spüren.

Es war eine warme Nacht und als wir auf die Dachterrasse traten, strömte kühle Luft über meine Haut. Beth blieb stehen und drehte sich fragend zu mir um. Ich nahm ihre Hand und führte sie am Glas des Küchendachfensters vorbei zum Rand des Pools.

»Wirst du alles tun, worum ich dich bitte, Beth?«, fragte ich sie. Sie sah mit großen Augen zu mir auf.

»Ja.«

»Gut. Erinnerst du dich an das, was ich dir das letzte Mal gesagt habe?«

»Ja.«

»Erzähl es mir.« Ihre Wangen und ihr Hals erröteten im Schein des gedämpften Lichts. Sie saugte einen

Moment an ihrer Unterlippe, dann begann sie zu sprechen.

»Du willst, dass ich deinen Namen sage.«

»Sag ihn jetzt.«

»Nox.«

»Sag mir, was du willst.«

Beunruhigung blitzte in ihren großen Augen auf und ihr Brustkorb hob sich, als sie einen weiteren tiefen Atemzug einholte. Verdammt, es war herrlich, sie anzusehen. Ich konnte sehen, wie sich ihr Verlangen vor mir abspielte, wie sich die Macht der Lust zwischen uns entfachte. All ihre Selbstzweifel, ihre Barrieren und ihre Schüchternheit waren da, um zerstört, verdorben und zu Asche verbrannt zu werden. Und ich würde da sein, um ihr zu helfen, sich aus der Asche zu erheben, heiß, kräftig und stark. Kraftvoll, sexuell und umwerfend.

»Dich«, sagte sie. »Ich will dich.«

»Mehr.« Das Wort war ein Befehl, aber sie zuckte nicht zurück. Sie richtete sich auf.

»Ich will, dass du...« Meine eigene Atmung wurde flach, als sie zu mir hoch starrte und all ihren Mut zusammennahm. Weitere Mauern in ihrem Inneren bröckelten und ihre Abwehrsysteme wurden von Lust und Selbstbewusstsein abgelöst. Bilder von Händen, die ekstatisch Laken ergriffen, ihr zurückgeworfener Kopf, meine schlagenden goldenen Flügel, rauschten durch mich hindurch.

Sag es.

Sag es.

»Ich will, dass du mich fickst, Nox.«

Ich zog sie an mich, presste meinen Mund auf ihren

und mein Hunger war kaum zu bändigen. Sie erwiderte den Kuss ebenso leidenschaftlich. Ihre Zunge fand die meine, ihre Hand legte sich um meinen Nacken und schob sich in mein Haar. Ein köstliches Pochen pulsierte durch mich und meine Erektion war schmerzhaft präsent. Welche Macht hatte diese Frau über mich und über einen Fluch der Götter? *Fast achtzig Jahre hatte ich auf diesen Moment gewartet.* Ich würde die Kontrolle bewahren und jede Sekunde auskosten. Ich würde dies zur besten verdammten Nacht ihres Lebens machen.

Ich trat zurück, fuhr mit meinen Händen an ihren Seiten entlang und atmete schwer.

»Lass mich dich sehen.«

»Hier?«

»Hier.« Ihre Augen huschten an den Hauswänden entlang, prüften, dass keine Gesichter uns von den Fenstern gegenüber zusahen und merkten, dass niemand uns sehen konnte. Ich hob meine Hände und knöpfte mein Hemd auf. Ihre Augen fielen auf meine Brust und verfinsterten sich vor Verlangen.

Das Bedürfnis pulsierte durch mich.

Langsam griff sie nach dem Saum ihrer Bluse und hob ihn an.

Ich stieß einen angestrengten Atemzug aus und sie öffnete ihren BH und ließ ihn auf die Fliesen fallen. Die feinen Haare auf ihrer Haut stellten sich auf und ihre Brustwarzen zogen sich in der Abendluft zu Spitzen zusammen. Ich biss mir hart auf die Zunge und schickte Wellen von Wärme, um sie zu umhüllen. Sie keuchte, ihre Schultern entspannten sich und ihre schönen Brüste hoben sich.

»Du bist im echten Leben noch atemberaubender als auf dem See«, sagte ich ihr. Sie blinzelte.

»Du bist dran.« Ihre Stimme war ein Flüstern. Ich neigte meinen Kopf zur Bestätigung und ein Lächeln spielte auf meinen Lippen. Sie wurde immer mutiger.

Ich zupfte mein Hemd von den Schultern und genoss die Art, wie ihre Augen meinen Körper verschlangen. Viele Frauen hatten mich in der Vergangenheit begehrt, aber das Verlangen in Beths Augen war völlig neu für mich. Ich brauchte es wie eine Droge. Je mehr sie mich wollte, desto mehr strebte ich danach, sie zu beanspruchen.

»Jetzt bist du wieder an der Reihe«, sagte ich. Mit kaum einem Zögern schlüpfte sie aus ihrer Jeans. »Behalte deine Unterhose an«, sagte ich ihr, als sie ihre Fingerspitzen in die Seiten ihrer scharlachroten Unterwäsche einhakte. Wenn sie die ausziehen würde, würde ich mich vergessen.

»Deine kannst du gern ausziehen«, antwortete sie und löste ihre Hände von der Spitze ihres Schlüpfers.

»Miss Abbott. Ich dachte, ich wäre derjenige, der hier die Anweisungen gibt.«

»Ich habe gesagt, dass ich alles tun werde, was Sie mir sagen. Und das werde ich auch. Es war nie die Rede davon, dass ich nicht auch meine eigenen Forderungen stellen darf.«

»Nur wenige trauen es sich, Forderungen an den Teufel zu stellen.«

»Dann genieße ich es, dass ich nicht so bin. Zieh deine Unterhose aus.«

BETH

Gnädigerweise zitterte meine Stimme nicht. Was tat ich hier? Ich hatte verlangt, dass der Teufel seine Unterhose auszieht. Ich war mir nicht sicher, was über mich gekommen war. Ich war nicht die Art von Mädchen, die in nichts als ihrem Höschen neben einem glühenden Pool auf einer Dachterrasse vor dem unverschämtesten heißen Mann stand, den sie je getroffen hatte.

Ich war die Art von Mädchen, die bescheiden und zurückhaltend war.

Aber ich wusste, wie sehr Nox mich wollte und das Wissen war wie ein Tropf an Selbstvertrauen direkt in meine Adern. Es fühlte sich aufregend und surreal an, als könnte ich nichts falsch machen. Ich war mir sicher, dass nichts, was ich sagte oder tat, diesen Mann dazu bringen würde, mich weniger zu wollen. Ich fühlte mich unbesiegbar.

Aber ich hatte auch das Gefühl, dass ich explodieren könnte, wenn ich noch eine Minute länger auf ihn warten musste. Pure Lust durchströmte mich, angeheizt durch den ungeduldigen Hunger, den er mir entgegenbrachte. Meine Nippel waren fest und hart und Hitze sammelte sich zwischen meinen Beinen, als Nox nach unten griff, um seinen Gürtel zu öffnen.

Verdammt. Vielleicht hätte ich ihm nicht sagen sollen, dass er seine Hose ausziehen soll. Ich wusste nicht wirklich, was ich tun würde, wenn ich einen völlig nackten Nox vor mir hätte. Langsam, die Augen auf meine gerichtet, öffnete er den Reißverschluss seiner Hose und ließ sie fallen.

Ich versuchte, seinem Blick standzuhalten. Aber ich konnte es nicht. Als wären meine Augen besessen, wanderten sie seine harten Brustmuskeln hinunter, die Muskelstränge, die sich um seine Rippen wickelten, das Model-Sixpack und die Spur aus dunklen Haaren, die hinunter in die Boxershorts führten, die eng wie eine zweite Haut anlagen.

Ein Geräusch, von dem ich nicht sicher war, ob es einen Namen hatte, entkam meinem Mund und ich biss mir auf die Lippe. Seine Erektion war zu groß, um in seine Unterwäsche zu passen. Die schimmernde, harte Spitze drückte gegen seinen Bauch und der Gummizug hielt sie an Ort und Stelle.

Großer Gott.

»Willst du einen Zaubertrick sehen?« Nox Stimme war eine Liebkosung. Das Versprechen von umwerfendem Sex im Audioformat. Ich gab ein kleines Quietschen als Antwort von mir.

Seine Unterwäsche fing Feuer. Ich gab ein lauteres Quietschen von mir und dann verwandelte sie sich zu

Asche, fiel auf den Boden und ließ ihn völlig, glorreich, nackt zurück.

Meine Gedanken kamen zum Stillstand. Ich war noch nicht mit vielen Männern zusammen gewesen, aber ich war immer ein wenig eingeschüchtert von dem, was zwischen ihren Beinen war. Überzeugt davon, dass sie besser damit umgehen können als ich. Aber Nox...

Er war perfekt. Groß, hart und perfekt. Was auch immer das Gegenteil von eingeschüchtert war, es verschlang mich ganz und ich machte einen Schritt auf ihn zu, wie eine Art Penis-besessener Zombie. Bevor ich ihn erreichte, bewegte er sich und mit einem kleinen Platschen glitt er ins Wasser des Pools. Ich blinzelte und meine Sinne fluteten zurück, von wo auch immer sie sich vorübergehend zurückgezogen hatten. Gerüche und Geräusche schienen zu mir zurückzukehren, das leise Glucksen des Poolfilters, der Duft der Blumen, die das Deck säumten und der leichte Geruch von Chlor.

»Komm rein.«

»In meinem Höschen?« Nox knurrte nur, während er mich anstarrte. Seine untere Hälfte war durch das sich bewegende Wasser verdeckt, nur die Farbe seines Fleisches war in dem schwach beleuchteten Pool sichtbar. Ich setzte mich auf den gefliesten Rand und ließ meine Beine in das Wasser gleiten. Es war warm. Ich glitt ganz hinein und das Gefühl des Wassers an meiner überempfindlichen Haut war wundervoll.

Nox hob einen Arm, fuhr sich mit der Hand durch die Haare und machte sie nass. Wasser tropfte von ihm und sein Bizeps wölbte sich. Himmel, er sah aus wie jemand aus einer Fernsehwerbung, aber besser, denn ich konnte ihn spüren. Seine Hitze spüren, seine Anwesenheit, das Versprechen, das in seinem Gesicht lag.

»Ich will dich.« Die Worte verließen meine Lippen, bevor ich sie aufhalten konnte.

»Und ich will dich. Mehr als...« Er brach ab und seine Muskeln spannten sich an. »Mehr als ich je wusste, dass es möglich ist.« Vergnügen schoss bei seinen Worten durch mich hindurch.

Wie konnte ich einem Mann wie ihm etwas bedeuten?

»Sag es mir. Sag mir, was du mit mir machen wirst.« Lust tanzte in seinen Augen. »Ich wusste, dass du es magst, wenn ich dir schmutzige Sachen ins Ohr flüstere.«

»Das tue ich«, sagte ich ihm. Ich bewegte mich durch den Pool, ließ das Wasser meine Nippel umspülen und das Gefühl der kühlen Luft, die sie küsste, wenn sie an der Oberfläche waren, ließ mein Inneres fast zergehen. »Wenn du mich nicht anfassen willst, dann sag mir, was du gerne tun würdest.«

»Verdammt, Beth. Ich sollte hier die Kontrolle haben.« Zu sehen, was meine Worte mit ihm anstellten, machte süchtig.

»Die hast du, Nox. Ich gehöre dir, für eine Nacht. Und du kannst mit mir machen, was du willst.«

Ein Grummeln ertönte in seiner Brust.

»Was ich mir wünsche, ist, dich meinen Namen schreien zu hören, während ich jede Vorstellung auslösche, die du von Vergnügen hattest. Was ich mir wünsche, ist, dich an einen Ort zu bringen, den du nie wieder verlassen willst. Ich will spüren, wie du zum Höhepunkt kommst, immer und immer wieder, bis du nur noch mich wahrnimmst. Ich will dich einen glückseligen Moment nach dem anderen auseinandernehmen und dich als die verdammte Göttin wieder zusammensetzen, wie du es verdienst.«

Mein Mund fiel auf. Der fast beängstigende Hunger in seinem Gesicht, als er sprach, schickte Schauer durch mich hindurch. »Das will ich auch.«

Nox goldene Flügel brachen aus seinem Rücken hervor und schickten Wasser zu beiden Seiten von ihm in die Höhe. Es war atemberaubend. Schatten wirbelten über seine nackte Brust und eine Welle von heißer Verheißung pulsierte aus ihm heraus, schlug in mich ein und ließ meine Knie schwach werden.

»Scheiße«, fluchte er wieder, und seine Stimme war rau. »Ich wollte warten. Ich wollte dich auf den Rand des Pools setzen und dich necken, dich immer wieder an den Rand der Ekstase treiben, bis du mich anflehst, dich zu erlösen.«

»Ich werde betteln«, hauchte ich. Er war ein Gott. Ein Gott des Lichts und der Hitze, mit Flügeln. Ich würde alles tun, um ihm zu gehören.

Im Nu war er an meiner Seite und hob mich in seine Arme. Überall, wo seine Haut meine berührte, brannte es. Dann stiegen wir aus dem Pool in die Luft. Ich keuchte, als wir aufstiegen, nicht nur, weil wir verdammt noch einmal flogen, sondern auch, weil ich seine Härte an meiner Haut spüren konnte. Mein Verstand war ein Dunst der Begierde und ich drehte mich in seinen Armen und versuchte, mich an ihm zu reiben. Er spannte sich an und seine Flügel schlugen schneller, während sein Griff um mich fester wurde. Ein schwach beleuchtetes Fenster kam in Sicht und wir flogen in Windeseile darauf zu. Erstaunlich sanft setzte er mich auf der Fensterbank ab, bevor er mir hinein folgte. Ich blinzelte und hatte Mühe, den Raum um mich herum wahrzunehmen.

Es war eine größere, luxuriösere Version des Gästezimmers, in dem ich geschlafen hatte, stellte ich fest. Es hatte ein größeres Bett und weiche Grautöne und tiefe Schwarztöne, wohin das Auge reichte. Bevor ich noch mehr aufnehmen konnte, zog mich Nox an sich. Die Flügel leuchteten immer noch hinter ihm und seine Erektion drückte sich in meinen Bauch, während er seine Hände in meinem Haar vergrub und mich küsste.

Bilder explodierten in meinem Kopf und ein schmerzhaftes Pochen des Verlangens ergriff mich. Ich stöhnte in seinen Mund und sein Arm schlang sich um meine Taille und hob mich von meinen Füßen. Er ging rückwärts, küsste mich immer noch heftig, bis meine Waden das Bettgestell berührten.

»Du gehörst mir«, hauchte er, ließ mich auf die Matratze sinken und starrte auf mich herab.

»Ich bin ganz dein«, sagte ich. Er ließ sich in die Hocke fallen, den Kopf auf gleicher Höhe mit dem Bett, während er seine Hände in die Seiten meines Höschens einhakte. Er streckte seine Flügel weit aus, während er meinen Slip langsam an meinen Beinen hinunterrollte. Langsam, zu langsam, spreizte er meine Beine und drückte meine Knie auseinander. Ein Knurren entkam ihm, als er auf mich herabstarrte, wobei goldene Lichtimpulse von seinen wunderschönen Flügeln ausgingen.

»Perfektion. Reine Perfektion.« Er beugte seinen Kopf und drückte einen heißen, weichen Kuss direkt auf meine Perle. Das Vergnügen schoss wie Elektrizität durch mich und ich wölbte meinen Rücken. Seine Finger strichen über die empfindliche Haut unter meinem Bauchnabel hinunter zu meinem Arsch. Ein Stöhnen verließ mich.

»Bitte.«

»Es gibt keinen Weg zurück, Beth. Wenn ich dich beanspruche, wirst du mein sein.«

»Ganz dein«, wiederholte ich, stützte mich auf meine Ellbogen und starrte in seine Augen. Ich war zu sehr in Ekstase, um darüber nachzudenken, ob es eine gute Idee war, mich dem Teufel für die Ewigkeit hinzugeben.

Alles, was ich wusste, war, dass Francis recht hatte. Ich würde lieber erleben, was auch immer dieser Mann mir zu geben hatte und den Rest meines Lebens unerfüllt verbringen, aber mit dieser Erinnerung, als zu glauben, dass der Höhepunkt der Lust die halbherzige Version war, die ich mein ganzes Leben lang gekannt hatte.

Nox stand auf und nahm seinen Penis in seine Hand. Mein Herz hämmerte gegen meine Rippen und mein Atem war flach.

»Ich will dich meinen Namen schreien hören«, sagte er, während er sich an meinen Eingang presste. Ich verkrampfte mich in Erwartung und seine Flügel flatterten. Er bewegte seine Hand, die sanft meine Nässe berührte, um die Spitze seiner Erektion. »Ich werde ganz langsam anfangen, Beth. Damit du dich an mich gewöhnen kannst. Aber glaub mir, ich werde dich ficken, wie du noch nie gefickt wurdest.«

Ich ließ meinen Kopf zurück auf das Bett fallen, als er langsam in mich eindrang. Langsam, so langsam, dehnte er mich aus und mein Körper entspannte sich um ihn herum und ließ ihn eindringen. Der Druck baute sich hart und schnell auf, wollte mich verkrampfen lassen, doch seine Finger strichen um mich herum, während er weiter in mich hinein glitt und mich ausfüllte. Ich wusste, dass ein leises Stöhnen von mir ausging, aber ich beachtete es nicht. Es gab nichts außer seiner Länge, seiner Härte, seiner Nähe. Das Vergnügen verwandelte sich fast in Schmerz, als er ganz in mich eindrang und seine Hüften gegen meine angehobenen Oberschenkel drückte.

»Sieh mich an.« Ich hob meinen Kopf und starrte ihn durch einen Schleier wilder Begierde an.

Ein Gott. Er war ein Gott. Der umwerfendste Mann, den ich je gekannt hatte, und er sah mich an, als wäre ich seine Göttin. »Du bist für mich gemacht, Beth.«

Mein Körper verkrampfte sich um ihn, als sich seine Finger über meinen Kitzler bewegten.

»Ja«, knurrte er, dann begann er aus mir herauszugleiten. Ich verkrampfte mich, als würde mein Körper versuchen, den Verlust von ihm zu verhindern und er zischte, als er fast ganz herausglitt. »Sag mir, dass du mich willst.«

Ich war kaum noch in der Lage zu sprechen.

»Ich brauche dich.« Er stieß wieder in mich hinein und strich mit seinen Fingern über mein ganzes heißes, nasses Geschlecht. »Verdammt, ich brauche dich.«

»Ich mag es, wenn du *ficken* sagst, Beth. Sag es noch einmal.« Er glitt aus mir heraus und ich stöhnte.

»Verdammt. Fick mich, Nox.« Ich keuchte und mein

Rücken wölbte sich vom Bett, als er hart in mich eindrang. Sein anderer Arm bewegte sich unter mir, hielt mich hoch, drückte mich gegen ihn, während er sich bewegte und mich mit jedem Stoß völlig ausfüllte. Seine Finger hörten nicht auf, sich auf meiner Klitoris zu bewegen, sie streichelten und schnippten im Takt mit seinem Schwanz, der in mich hinein und wieder herausstieß. Meine Arme legten sich um seinen Nacken und ich schrie auf, als der Druck sich bis an den Rand des Schmerzes steigerte und das Bedürfnis nach Erlösung jeden Teil von mir ergriff. Er stand auf, hob mich mit sich und dann bewegte er sich schneller, härter und das Geräusch, wie er in mich stieß, erfüllte den Raum. Hitze durchflutete mich und ich merkte, dass ich mich nicht länger zurückhalten konnte. Ich war mir vage bewusst, wie sich meine Fingernägel in seine Haut gruben, als ich mich gehen ließ. Die Lust explodierte aus meinem Inneren, durchströmte meinen Körper und ließ jeden Muskel in meinem Körper verkrampfen. Mein Verstand war leer, nichts als Glückseligkeit durchdrang die Wellen von Licht und Farbe, die durch meinen Geist schossen.

Nox brüllte. Das Geräusch brachte mich auf die Erde zurück und er zuckte in mir, seine Schultern verkrampften sich zu Stein, als er erschauderte. Mit einem Lichtblitz verschwanden seine Flügel und er drehte sich um, fiel rückwärts auf das Bett und schlang beide Arme fest um mich.

Er rollte sich so, dass er auf mir lag und küsste meinen Kiefer, meinen Hals und mein Schlüsselbein. Ich spürte, wie die Nachwehen seines Orgasmus durch mich pulsierten und zog meine Beine um seine Taille zusammen.

»Mein«, knurrte er in mein Haar. Sein Mund fand meinen und er stieß wieder hart in mich hinein.

Ich keuchte in seinen Mund und versuchte, mehr Luft zu holen, denn die Lust kribbelte in meiner Mitte und machte mich ganz schwindelig. Doch bevor ich wieder richtig zu Atem kommen konnte, rollte er sich wieder herum, so dass ich auf ihm lag.

»Setz dich auf«, sagte er, und der Befehl war so eindringlich, dass ich ihm sofort gehorchte. Ich setzte mich auf und sank ganz auf ihn.

»Oh mein...« Seine Hand schnellte hoch und verdeckte meinen Mund.

»Wage es nicht, *Gott* zu sagen«, sagte er, schenkte mir ein schmutziges Lächeln und ließ dann seine Hüften wippen. Ich wippte gegen ihn und er stöhnte mit mir. Seine Hand wanderte um meinen Nacken und er zog sanft an meinen Haaren. Er entblößte meinen Nacken, wodurch sich mein Rücken wölbte und meine Brüste ihm entgegen drückten.

Ich ließ meine Hüften kreisen und genoss, wie sehr er mich ausfüllte. Dann, langsam, hob ich mich ein wenig.

»Ja, Beth.« Ich sank wieder hinunter. »Noch mal.« Ich bewegte mich wieder, dieses Mal weiter, bevor ich wieder nach unten sank. »Du bist so verdammt feucht.« Seine Worte ließen mich zusammenzucken und seine Faust schloss sich fester um mein Haar. Seine andere Hand wanderte zu meiner Hüfte und zusammen schaukelten wir und meine Hüften hoben und senkten sich im Takt mit seinen. »Sag mir, wie es sich anfühlt, den Teufel zu ficken.«

Seine Hand lockerte sich in meinem Haar, sodass ich ihn ansehen konnte, und seine Bauchmuskeln zogen sich zusammen, als er sich aufsetzte und seinen Mund auf meinen traf. Er bohrte sich mit der Bewegung hart in mich und ich keuchte gegen seine Lippen.

»Unglaublich. Es fühlt sich unglaublich an«, hauchte ich. Er legte sich zurück und zog mich mit sich, dann legte er beide Hände auf meinen Hintern.

»Beweg dich jetzt nicht. Und ich will meinen Namen hören«, sagte er, sein Gesicht nur Zentimeter von meinem entfernt, während meine Haare um ihn herum fielen.

Er packte mich hart, sodass ich mich nicht bewegen konnte, glitt aus mir heraus und stieß dann hart wieder hinein. Seine Augen glühten mit blauem Licht und pures Verlangen strömte aus ihm heraus.

»Nox«, flüsterte ich. Er stieß wieder zu und wieder. Ich atmete den Geruch von Holzrauch und Schweiß ein und versuchte, jeden einzelnen Zentimeter der Bewegung zu genießen. Er füllte mich so perfekt aus, die Balance zwischen zu viel und genau richtig verschob sich mit jeder Bewegung. Sein Griff um meinen Arsch wurde fester und er spreizte meine Beine noch weiter auseinander, als er härter wurde. Ich spürte, wie sich das köstliche Gefühl in mir aufbaute und ein Knoten der Lust in meiner Mitte wuchs, der mit jedem Stoß größer wurde. »Nox«, keuchte ich wieder, weil ich wusste, dass er darauf reagieren würde. Das tat er und er stieß mit voller Kraft in mich hinein und wieder heraus. Sein Körper war angespannt und glühte heiß unter mir. Meine Schenkel krampften sich zusammen, mein Orgasmus durchfuhr mich und ich verlor ganz die Kontrolle über mich. »Nox! Nox! Nox!« Ich rief seinen Namen, während ich mich auf ihm hin und her wogte und mich von einer Welle nach der anderen mitreißen ließ. Nichts außer ihm war wichtig. Er ruckelte mit mir, seine Hand krallte sich in mein Haar und sein Atem verließ ihn in einem langen Stöhnen, das wie mein Name klang.

VIERZIG

Er war unersättlich. Und das war ich auch. Er hatte die Ausrede, achtzig Jahre lang zölibatär gelebt zu haben. Ich hatte diese Ausrede nicht.

Ich konnte einfach nicht genug von ihm bekommen.

Immer und immer wieder erfreuten wir uns am Körper des anderen und zu keinem Zeitpunkt fühlte ich auch nur ein Flackern von Zweifel. Jedes Mal, wenn er mich an den Rand der Ekstase brachte, sei es mit langsamen, neugierigen Streicheleinheiten, mit seinen Händen und seiner Zunge, die mich wild zucken ließen, oder mit massiven, kraftvollen Stößen, von denen ich wusste, dass ich sie noch am nächsten Tag spüren würde, brachte er mich an den Rand des Wahnsinns. Ich hatte keine Ahnung gehabt, dass Sex wie dieser existierte. Ich hatte keine Ahnung gehabt, dass es möglich war, dass sich der Geist so vollständig entleerte und die Lust einen fast deliranten Zustand der Glückseligkeit hervorrufen konnte. Er hatte recht gehabt. Ich wollte nie wieder zurück.

. . .

»Meine Schulter müsste eigentlich wehtun«, sagte ich, als wir zusammen in der Dusche standen und er meinen Körper wusch. »Aber sie fühlt sich ganz normal an.« Er hielt inne und sah mich an. Mein Gott, sah er gut aus, wenn er nass war.

»Sex kann alles heilen«, grinste er. Ich schlug ihm leicht auf den Arm.

»Es liegt also nicht an deiner Kraft?« Er schüttelte den Kopf.

»Nein. Es ist nicht wirklich eine Teufelskraft, andere zu heilen.«

»Aha. Aber gottgleiche Ausdauer schon?« Das brachte mir ein zweites Grinsen ein. Ich sah ihm in die Augen und ließ zu, dass die Frage, die mich jetzt quälte, meine Lippen verließ. »Also, wie geht es jetzt weiter?«

Ich war fast so nervös, seine Antwort zu hören, wie ich es gewesen war, die Nacht mit ihm zu verbringen.

Hatte er die Nase voll von mir? Hatte er entdeckt, wie langweilig ich war? Nichts an den letzten Stunden hatte sich für mich langweilig angefühlt, aber Zweifel packten mich trotzdem.

Er könnte seine Ablehnung mir gegenüber verbergen, indem er sagte, dass der Schleier zu gefährlich sei oder dass ich keinen Grund hätte, Teil seines Lebens zu sein, jetzt, da unser Deal abgeschlossen war. Aber das wäre trotzdem eine Ablehnung.

»Das Buch zu finden, hat oberste Priorität. Rory untersucht einige unserer weniger pietätvollen Kontakte und mein Forschungsteam hat gute Hinweise für zwei der Buchseiten.« Ich hielt meine Stimme betont lässig.

»Weißt du, wo du anfangen wirst?«

»Solum. Dort beginnt alle Magie in London.« Seine Augen tanzten mit hellem blauem Licht, als er mich anstarrte. Er wusste, was ich hören wollte, ich konnte es in seinem Gesicht sehen. Seine Lippen kräuselten sich langsam, sein Lächeln war atemberaubend. »Ich würde Ihnen gerne einen neuen Job anbieten, Miss Abbott. In meinem speziellen Forschungsteam.«

»Das würden Sie?« Er nickte.

»Es ist gefährlich, aber es gibt ein paar Vergünstigungen, die das ausgleichen. Die Bezahlung ist deutlich höher als Ihr derzeitiges Gehalt. Es gibt die Möglichkeit zu reisen. Und es würde Ihnen Zugang zu Informationen bieten, mit denen man verlorene Dinge wiederfinden kann.«

Aufregung durchströmte mich, Erleichterung und Zuversicht ließen meinen Körper kribbeln.

»Was würde ich da jeden Tag tun?« Er legte den Kopf schief und sein Blick bohrte sich in meinen.

»Wie wäre es mit einem neuen Deal? Hilf mir, das Buch und die Seiten zu finden. Dann suchen wir nach deinen Eltern.«

»Du würdest mir wirklich helfen, sie zu finden?«, hauchte ich. Meine Hände umklammerten seine Arme und mein Herz raste.

»Ich muss mir zuerst die Macht des Teufels sichern. Ich... ich habe eine Warnung erhalten. Wir stehen unter Zeitdruck, den ich leider nicht umgehen kann.«

Aufrichtigkeit leuchtete in seinen Augen und ich wusste, dass er die Wahrheit sagte. Es gab niemanden in der Welt der Magie, der besser in der Lage war, mir zu helfen, sie zu finden; dies war eine Spur und eine Gelegenheit, mit der ich nie gerechnet hatte. Wenn ich noch ein wenig länger warten musste, dann sollte es wohl so sein. Ich nickte.

»Ich nehme Ihr Angebot an.«

»Das freut mich, Miss Abbott.« Ein schmutziger Blick überzog sein Gesicht. »Können wir jetzt weiter duschen?«

Er drückte mich gegen die Fliesen, senkte seinen Kopf und ließ seine Zunge über meine Brustwarze fahren. Sie verhärtete sich sofort und ich schob meine Hände in seine Haare.

»Ja. Lass uns das machen.«

Ich war mir nicht sicher, ob ich mehr als eine Stunde geschlafen hatte, als ich am nächsten Tag in einem Gewirr von Seidenlaken erwachte. Ich drehte mich um und blinzelte mir den Schlaf aus den Augen. Nox lag nicht neben mir und ein Anflug von Panik erfasste mich, bis ich merkte, dass ich die Dusche hören konnte.

Mein schmerzender Körper pulsierte und ein glückliches Gefühl blühte in meiner Brust auf. Er wollte mich wirklich. Die letzte Nacht war nicht nur ein Spiel gewesen. Er hatte mir einen Job angeboten. Er wollte mich wirklich.

Ein kleiner Schauer durchfuhr mich bei dem Gedanken, sein Gesicht zu sehen und ich schluckte. Ich war süchtig. Süchtig nach dem Teufel.

· · ·

Ich rollte mich aus dem Bett und suchte nach etwas zum Anziehen, um von seinem Zimmer in die Küche zu kommen, wo mein Koffer stand. Ich zog die verspiegelte Schranktür auf und sah Reihen von ordentlich aufgehängten Hemden und hob eines von seinem Bügel.

Ich erstarrte, als ich die Schranktür schloss und mein Spiegelbild erblickte.

So schwach, dass ich es kaum sehen konnte, aber definitiv da, war der goldschimmernde Umriss von Flügeln.

»Nox!« Er trat schnell aus dem Bad ins Schlafzimmer. Er war nackt und nass. Er fing meinen Blick im Spiegel auf und hielt dann inne. Sein Gesicht wurde sichtlich blass, als er die schwachen goldenen Flügel sah, die sanft flatterten.

»Nox, warum habe ich Flügel?« Ich versuchte, meine Stimme ruhig zu halten und scheiterte.

Ich beobachtete im Spiegel, wie seine eigenen Flügel aus seinem Rücken herausbrachen. Mein Atem blieb mir in der Kehle stecken. Der Anblick war immer noch absolut berauschend. Nox schloss seine Augen für einen viel zu langen Moment, dann fluchte er laut.

»Wir haben meinen Fluch nicht gebrochen. Wir haben nur einen Neuen begonnen«, zischte er, Schatten und Licht kämpften in seinen Augen, als er sie öffnete.

»Was? Was ist los?« Er trat hinter mich und sein Blick huschte zwischen meinem Gesicht und den geisterhaften Flügeln, die von meinem Rücken ausgingen, hin und her.

»Beth, ich bin mir nicht ganz sicher, ob du noch ein Mensch bist.«

Mein Herz überschlug sich in meiner Brust, Energie

rauschte durch mich hindurch und mein Verstand wurde benommen.

»Was?«

»Ich denke, es ist an der Zeit, dass wir einen neuen Deal abschließen.«

DANKE FÜRS LESEN!

Vielen Dank, dass du »*Luzifers Fluch*« gelesen hast. Ich hoffe, es hat dir gefallen! Wenn ja, wäre ich sehr dankbar für eine Rezension! Sie helfen Autoren sehr; klicke einfach hier und hinterlasse ein paar Worte. Das wird mir den Tag versüßen :)

Du kannst das nächste Buch »*Gefallene Federn*« hier finden.

Um exklusive Einblicke auf neue Titelbilder und Ideen zu erhalten, plus kostenloser Kurzgeschichten und Hörbücher, kannst du dich für meinen Newsletter auf elizaraine.com anmelden und du kannst Teaser und Veröffentlichungs-Updates (und Bilder meiner Haustiere) erhalten, indem du meiner Facebook-Lesergruppe hier beitrittst!